EIN SOLDAT ZU WEINACHTEN

WEIHNACHTEN IN HEART FALLS
BUCH 2

VIVIAN AREND

Weihnachten in Heart Falls 2: Ein Soldat zu Weinachten

Originaltitel: A Soldier's Christmas Wish © 2019 by Arend Publishing Inc.

Copyright für die deutsche Übersetzung Weihnachten in Heart Falls 2: Ein Soldat zu Weinachten © 2024 Helena Tamis

Digitales ISBN: 978-1-990674-90-7
Taschenbuch ISBN: 978-1-990674-91-4
Lektorat: Nadine Manz
Lektorat Original: Anne Scott
Cover-Design © Damonza
Korrektorat Original: Angie Ramey, Linda Levy, & Manuela Velasco

1

„Ach, Mist."

Brooke Silver streckte den Kopf noch rechtzeitig aus der kleinen, schmalen Küche, um zu sehen, wie ihr Vater das Gesicht verzog. „Was ist denn los?"

Er hob eine Hand, ein Finger stieß durch ein Loch in seinem Hausschuh. „Da ist eine Dichtung gerissen."

Von ihr kam ein Schnauben. „Ich hoffe, dein Schuh war weicher als so eine übliche Dichtung. Willst du, dass ich dir einen neuen hole?"

Ihr Dad stand auf und winkte bei dem Vorschlag ab. „Ich kümmere mich darum. Du machst Abendessen. Ich will nicht mit dir tauschen, denn so begrenzt deine Kochkünste auch sind, du bist besser als ich."

Dagegen konnte sie nichts einwenden. Sie kehrte zurück zu der einfachen Mahlzeit, die sie zubereitete, nur um wieder von leisen Flüchen neben der Eingangstür abgelenkt zu werden.

„Hast du einen heftigen Tag, Dad?"

Keine Antwort. Nur das Geräusch von etwas, das auf den

I

Boden fiel, dann schlurfte ihr Dad aus dem Wohnzimmer zu seinem Zimmer weiter hinten in ihrer kleinen Wohnung.

Sie zuckte mit den Schultern und konzentrierte sich darauf, die Kartoffeln und Eier nicht anbrennen zu lassen.

Ihre Wohnung, die sich in die obere Ecke der Werkstatt duckte, war klein, aber effizient. Die geteilte Küche und der Wohnraum waren in der Mitte, mit einem Schlafzimmer mit Bad an jeder Seite. Ihr Dad hatte den Anbau selbst gemacht, bevor sie aus dem Haus in Heart Falls ausgezogen waren, das sie sich mit Oma und Opa geteilt hatten, während Brooke aufgewachsen war.

Obwohl es nicht gerade eine Luxusbude war und auf jeden Fall die Privatsphäre fehlte, stimmte der Preis. Kleinstadt-Automechaniker kamen zurecht, aber es war klug, die Ausgaben so niedrig wie möglich zu halten. Sich den Wohnraum mit ihrem Dad zu teilen, war nicht so schlimm, und sie vertrugen sich ganz gut.

Doch es gab Zeiten, da wünschte sie sich etwas mehr Platz, und als ihr Handy in der Tasche losging, ließ Brooke ein Grinsen auf ihr Gesicht treten.

Ein Grund, weshalb etwas mehr Privatsphäre nicht geschadet hätte – ihr Freund Mack.

Sie klemmte sich das Handy an die Schulter, während sie die Kartoffeln rasch wendete. „Hey, Cap. Was geht?"

„Gerade gar nichts. Es ist ruhig auf der Feuerwache, und ich bin der Einzige, der heute Nacht für den Dienst eingetragen ist." Seine Stimme war ein tiefes Grollen, das sie beruhigte, noch während es ein Prickeln in ihr auslöste. „Willst du später vorbeikommen?"

Sie schaute auf die Uhr. „Dad und ich sind in etwa einer Stunde mit dem Abendessen fertig. Soll ich irgendwas für dich mitbringen?"

„Nur dich." Tief und rauchig. Er hatte auf jeden Fall was vor.

Nachdem sie etwa ein Jahr lang zusammen waren, konnte Brooke nicht nur erraten, was genau das war, sondern sie war hundertprozentig dabei.

„Wir sehen uns bald." Sie legte auf und steckte ihr Handy weg, damit sie das Abendessen aufteilen und die Teller auf den Tisch stellen konnte. „Dad. Das Abendessen ist fertig."

Er schloss sich ihr an, und sie ließen sich die einfache Mahlzeit schmecken. Beim Essen redete Gary Silver über ein paar Projekte auf der To-do-Liste für die nächsten Tage, doch Brooke merkte, dass irgendwas nicht stimmte.

Sie musterte ihn. „Du bist abgelenkt. Ist irgendwas?"

Ihr Dad rümpfte die Nase, dann lehnte er sich mit einem Seufzen zurück, verschränkte die Arme vor der Brust wie ein genervter Zweijähriger. „Es gibt keine Hausschuhe mehr."

Brooke musste das im Geiste wiederholen, und sie war sich immer noch nicht ganz sicher, was er damit meinte. „Keine Hausschuhe mehr ... wo?"

Gary seufzte wieder. „Die von Oma."

Ah. Jetzt ergab es Sinn. „Die bunten Schlupfpantoffeln, die sie jeden Abend vor dem Fernseher gestrickt hat?"

„Ja. Die habe ich alle in eine Schachtel getan. Jedes Mal, wenn einer ein Loch hatte, habe ich ihn rausgeworfen und einen neuen geholt." Er wand sich unbehaglich auf seinem Stuhl, das Gesicht nach unten gewandt. „Ich bin auf dem Boden der Schachtel angekommen. Es gibt keine mehr."

Ein scharfkantiger Schmerz kam wie aus dem Nichts. Opa war seit ein paar Jahren fort, Oma schon ein paar davor, aber sie waren so lange ein so großer Teil ihres Lebens gewesen, dass es unmöglich schien, dass sie nicht irgendwo gleich um die Ecke waren.

Brooke legte ihrem Dad eine Hand auf den Unterarm. „Tut mir leid. Ich vermisse sie auch."

Er nickte knapp, dann sah er aus, als wolle er das Thema wieder auf Autoreparaturen und die Standheizung von McMasters Van zurücklenken, die mindestens einmal im Monat den Geist aufzugeben schien.

Etwas Trauriges, doch Nachdenkliches zog über seine Miene.

„Es ist kaum zu glauben, dass wir schon im Dezember sind, doch es geht auf die Feiertage zu. Fühlt sich nicht richtig an." Gary schüttelte den Kopf. „Wie dumm, dass es mich so aus der Bahn wirft, bei den letzten Hausschuhen angekommen zu sein, aber da haben wir es."

„Es ist nicht dumm, an die Dinge zu denken, die wir vermissen."

Er schob sich vom Tisch hoch, schnappte sich die Teller. „Es lohnt sich nicht, sich mit Dingen herumzuschlagen, die wir nicht haben können. Wenn es weg ist, ist es weg, und wir sollten nicht rumsitzen und klagen. Ich schätze, ich wünsche mir einfach dieses altmodische Weihnachtsgefühl, aber wir können nicht viel tun, um das zu erzeugen."

Die Worte trafen sie wie ein Schneeball bei einem Überraschungsangriff.

Ein altmodisches Weihnachten?

Dieses Gefühl hatte sie ihn bisher noch nie in seinem Leben ausdrücken hören. Gary Silver war bis ins Innerste pragmatisch. Er war nicht gesetzt oder langweilig, aber der Mann arbeitete mit Schrauben und Muttern und glaubte, dass alles seinen Platz hatte.

Ihr Dad ging um sie herum, stellte die Teller ins Spülbecken, bevor er sich umdrehte, um ihr ein eindeutig erzwungenes Grinsen zuzuwerfen. „Danke fürs Kochen. Ich mache sauber. Ich schätze, du bist unterwegs, um dich mit diesem Typen zu treffen."

Brooke streckte ihm die Zunge raus, weil das zwischen ihnen ein ständiger Witz war. „Du tust so, als hätte er keinen Namen, aber das ändert gar nichts. Mack ist ein sehr netter Mann, und ja, ich werde mich mit ihm treffen."

Ihr Vater ignorierte ihre Anmerkung über Mack, stattdessen hob er einen Finger und deutete auf ihr Gesicht. „Du weißt ja noch, was deine Oma über Grimassen gesagt hat. Da weht plötzlich der Wind aus der anderen Richtung, und es bleibt dir für immer stehen."

Sie kicherte, dann kam sie vor, um ihn zu umarmen, bevor sie in ihr Zimmer ging, um sich rasch frisch zu machen und sich was Hübsches anzuziehen.

Es war wunderbar gewesen, Zeit mit Mack zu verbringen. Er war einige Jahre lang Feuerwehrmann bei der Canadian Air Force gewesen. Inzwischen hatte er sich aus dem aktiven Dienst zurückgezogen und arbeitete als Zivilist bei der Feuerwehr und dem Rettungsdienst.

Der große Mann war ein lockerer Gesprächspartner, auf jeden Fall hübsch anzusehen, und alles an ihm passte einfach richtig gut zu ihr. Sie hatten überraschend wenig Streit, wenn man bedachte, wie sturköpfig sie sein konnte, und die Tatsache zur Kenntnis nahm, dass er genauso stur war.

Nein, sie vertrugen sich wirklich, als wären sie feuerfest – und der Gedanke brachte sie zum Grinsen. Ihr Feuerwehrmann wand sich jedes Mal, wenn sie einen Witz machte, der sich aufs Feuer bezog.

Ihr großes Problem war, Orte zu finden, an denen sie unter sich sein konnten. Ihre Wohnsituation mit ihrem Dad, und Macks Präsenz rund um die Uhr auf der Feuerwache bedeuteten, dass zu unpassenden Zeiten immer jemand aufzutauchen schien, ob nun Elternteil oder Freiwilliger. Mit gestohlenen Augenblicken und ein paar spektakulären Ausflügen in Hotels hatten sie allerdings genug Gelegenheiten gehabt, um zu beweisen, dass sie auch körperlich äußerst gut zusammenpassten.

War sie bereit für mehr? Auf einer Ebene – ja. „Gute Nacht" zu sagen und trotzdem in seinen Armen bleiben zu können, wäre schon eine tolle Veränderung. Ihre Beziehung in einem intimeren Bereich weiterzuführen und eines Tages eine Familie zu gründen, war etwas, was sie sich erhoffte.

Aber Brooke war selbst pragmatisch genug, um sich zu denken, wenn die Beziehung passte, würde es irgendwann schon zum nächsten Schritt kommen. Keiner von ihnen hatte genug gespart, um ihre Wohnsituation zu verändern. Mack durfte kostenlos auf der Feuerwache wohnen, aber er hatte Geld an seine Eltern geschickt und zahlte Schulden ab. Sie hatte gerade erst ihre letzten Rückzahlungen wegen des Studienkredits gemacht.

Darauf zu drängen, dass er mit ihr zusammenziehen wollte, wenn sie sich bestimmt keine Bleibe leisten konnten, wäre frustrierend gewesen. Und sie würde ihn nicht bitten, bei ihr einzuziehen, wenn ihr Dad den Gang entlang wohnte.

Einfach ... nein. Nein, nein, Teufel nein.

Vielleicht würde sie im neuen Jahr das Thema mal ansprechen. Vorerst nervte das Warten, obwohl Geduld vielleicht eine ihrer Superkräfte war.

Nachdem sie sich ein sauberes langärmliges pastellblaues T-Shirt angezogen hatte – Macks Lieblingsfarbe – ging sie die Stufen runter zum Hauptbereich der Werkstatt. Sie stemmte das übergroße Tor auf, damit sie mit ihrem Truck in die verschneite Winternacht rausfahren konnte.

Weihnachtsbeleuchtung blinkte auf den Laternenpfosten entlang der Hauptstraße, während sie durch die Stadt fuhr.

Auf dem Parkplatz der Feuerwache standen mehr Autos,

als sie erwartete. Heart Falls war als Gemeinde klein genug, dass sie nur einen Vollzeit-Feuerwehrmann hatten – Mack – und der Rest waren Freiwillige. Brad Ford, der Brandmeister für die umgebenden Bezirke, wohnte auch in Heart Falls, und während sie die Stufen zu dem Raum oberhalb hinaufging, wo die Fahrzeuge bereitstanden, war sie überrascht, nicht nur Feuerwehrleute zu sehen, sondern auch Brads Frau Hanna.

Eine Küche zog sich an einer Seitenwand entlang, und in der Ecke gestattete eine glitzernde Feuerwehrstange raschen Zugang zum Untergeschoss. Mitten im Raum stand ein Tisch, der groß genug war, dass über ein Dutzend Leute sich dort versammeln konnten. Er war nicht voll besetzt, aber es war weit davon entfernt, hier leer zu sein.

Mack grinste sie verlegen an, während sie sich zu einem leeren Stuhl zwischen ihm und Hanna begab.

Er beugte sich dichter heran, drückte Brooke die Finger. „Das tut mir alles leid. Ich hatte keine Ahnung, dass die alle heute vorbeikommen würden."

Gegenüber am Tisch grüßte sie Ryan Zhao, seine glänzend schwarzen Haare schwangen bei der Bewegung mit. Seine Miene war höflich wie immer, aber ein Hauch Erheiterung glitzerte in seinen dunklen Augen. „Schön, dich wiederzusehen, Brooke. Du solltest einfach aufgeben und zur freiwilligen Feuerwehr gehen."

An Ryans Seite bestätigte ein drahtiger Cowboy namens Alex diesen Vorschlag. „Du scheinst jedes Mal hier zu sein, wenn wir auch da sind. Es ergibt schon Sinn, dass du zum Team kommst. Das würde es dir so viel leichter machen, meine Gesellschaft zu genießen."

Mack tat so, als würde er sich strecken, dann warf er einen Untersetzer vom Tisch direkt in Alex' Gesicht. „Sie wird sich nicht mit dir treffen."

„Das glaubst du." Alex wackelte mit den Augenbrauen.

Männliches Gelächter erklang, als die Männer auf das Necken reagierten, und bevor Brooke sich eine Antwort überlegen konnte, nahm ihre Freundin Hanna sie am Handgelenk und zog sie vom Tisch weg.

Die zierliche Brünette sprach leise, aber auch erheitert. „Da ihr Jungs offensichtlich mal ein offizielles Treffen braucht, werden wir euch nicht mehr im Weg sein." Sie schnappte sich eine Tüte vom Tresen und hielt sie lockend Brooke hin. „Ich habe was zum Knabbern dabei."

Mack wirkte leicht genervt, aber es hatte wirklich keinen Sinn, an seiner Seite zu sitzen, während er mit Brad, Alex und Ryan Fachgespräche führte.

Außerdem versprach der Geruch, der aus der Tüte aufstieg, frische Ingwerplätzchen. Sie mochte ja nicht die beste Köchin sein, aber sie war eine hervorragende Keksverkosterin.

Brooke tätschelte Mack mit gespieltem Mitgefühl die Schulter. „Keine Sorge. Wir werden nicht allzu viele Plätzchen essen, bis ihr fertig seid."

Sie wich seinen neckenden Fingern aus und folgte dann Hanna vom Essbereich in den Wohnbereich hinten, wo es einen abgetrennten, gemütlichen Raum gab, in den man sich für etwas Ruhe zurückziehen konnte. Türen führten von dem Raum zu den Schlafbaracken und den Duschen.

Hanna setzte sich auf einen der gemütlichen Sessel, wandte ihr freundliches Lächeln in Brookes Richtung. „Ich habe dich beim letzten Mädelsabend vermisst. Wie läuft es denn so? Hast du große Pläne für Weihnachten?"

Das war eine ziemlich heftige Frage, denn bis vor einer Stunde hatte Brooke keine gehabt. Sie hatte so ziemlich geplant, derselben einfachen Weihnachtsagenda zu folgen, die sie und ihr Dad in der Vergangenheit festgelegt hatten, natürlich mit Mack dabei. Jetzt war sie nicht mehr so sicher.

Ein altmodisches Weihnachtsfest? Was um Himmelswillen bedeutete denn das?

Sie wollte allerdings erst mal selbst ein bisschen mehr darüber nachdenken, darum hielt Brooke den Mund und behielt ihre verwirrten Gedanken für sich. Außerdem hatte sie so ein Gefühl, dass ihre Freundin mit ihren glänzenden Wangen Neuigkeiten mitzuteilen hatte.

„Ich arbeite noch die Einzelheiten aus", sagte Brooke einfach, bevor sie sich vorbeugte und Hanna in die Augen schaute, damit sie sich nicht rauswinden konnte und die Katze aus dem Sack lassen musste. „Was sind denn deine besonderen Pläne, sodass du glänzt wie ein verchromter Kotflügel bei einem Oldtimer?"

Hanna machte sich nicht die Mühe, sich zu verstellen. „Ach, nichts allzu Großes und Schickes. Nur eine schöne Familienfeier mit Brad, seinem Dad und seinem Bruder. Obwohl wir noch rausfinden müssen, ob wir den Heiligabend oder den ersten Weihnachtsfeiertag nehmen sollen, um Crissy zu sagen, dass sie eine große Schwester wird."

Brooke hatte Recht gehabt. Sie stand auf zu einer impulsiven Umarmung, die Hanna begeistert erwiderte. „Das ist so aufregend. Du und Brad seid bestimmt überglücklich."

Sie ließen sich wieder auf den Sesseln nieder, Hannas Miene strahlte Freude aus. „Sind wir. Wir haben beschlossen, dass es keinen Sinn hat, damit zu warten, ein Baby zu bekommen. Denn Crissy wird ja schon neun und will unbedingt helfen."

„Wann ist der Termin?"

„Im Juni", sagte Hanna, in ihren Augen glitzerten Sterne.

Sie plauderten noch ein bisschen, verspeisten warme Ingwerplätzchen, bis das Geräusch von Stühlen, die zurückgeschoben wurden und über den Boden kratzten, vom anderen Raum herandrang. Im nächsten Augenblick öffnete sich die Tür neben ihnen und Brad marschierte herein, Mack direkt auf den Fersen.

„Tut mir leid, dass wir den Abend unterbrochen haben", entschuldigte sich Brad, während er an Hannas Seite kam. Er kniete sich neben ihren Sessel und nahm ihre Finger in seine, küsste ihre Handknöchel, während er sie bewundernd anschaute. „Danke, dass du auf mich gewartet hast."

„Immer."

„Ich gratuliere", meldete sich Brooke zu Wort. „Ich habe die Neuigkeiten gehört."

Brads stolzes Grinsen ging bis über beide Ohren, aber dass er so vorsichtig die Arme um Hanna legte, die an seiner Seite stand, verkündete noch viel lauter, wie wichtig ihm seine Frau war.

Brooke machte Pläne, sich später in der Woche noch mit Hanna zu treffen, dann fuhren Hanna und Brad nach Hause, sodass Brooke und Mack im Essbereich zurückblieben.

Gedämpfte Geräusche kamen weiterhin aus der Halle der Feuerwache unter ihnen. Brooke war schon oft genug da gewesen, um es in wenigen Sekunden zu erkennen. „Jemand arbeitet an der Ausrüstung?"

„Alex und Ryan packen Notfalltaschen unten in der Halle. Zumindest sind sie nicht bei uns im Zimmer." Mack nahm sie an der Hand und zog sie zu sich. „Bitte sag mir, dass du eine Weile bleiben kannst."

Sie waren beide einer Meinung, dass es nicht heiß und schmutzig werden würde, wenn sonst noch jemand auf der Feuerwache war. So traurig das war, hatte Brooke etwas genauso Wichtiges im Sinn. Sie musste auf jeden Fall Mack das Ohr abkauen und seine Ideen abgreifen.

Außerdem, auch wenn kein Sex zur Debatte stand, war ja nichts dagegen einzuwenden, dass sie sich beim Brainstorming ein paar Küsse gönnen konnten.

Es war überhaupt nicht das, was Mack im Sinn gehabt hatte, als er sie vorhin angerufen hatte. Er zerrte Brooke zurück ins Wohnzimmer, ließ sich auf einem Sofa nieder und zog sie auf seinen Schoß.

Die Art, wie sie sich an ihn schmiegte, sprach von Monaten der Vertrautheit, und das Loch in seinem Inneren, das sich danach sehnte, gefüllt zu werden, machte sich laut und klar bemerkbar.

Mack hatte Pläne. Große, riesige, lebensverändernde Pläne. Er hatte seit dem Sommer ernsthaft über alles nachgedacht. Zeit mit Brooke zu verbringen, gehörte zu den wichtigsten Dingen auf der Welt, und er hatte nicht vor, irgendwas so spektakulär Perfektes zu verpassen.

Nur dass es da eine Sache gab, die er noch nicht raus hatte. Oder eher zwei Sachen. Aber während er die Hand um ihren Nacken legte und ihre Lippen zu einem langsamen, anhaltenden Kuss zusammenbrachte, träumte Mack von dem Ring, den er vor einem Monat gekauft hatte, und davon, wie er ihn ihr auf den Finger schieben wollte.

Alles an ihrer Beziehung war von Anfang an so behaglich gewesen, dass er wollte, dass dieses eine Ereignis etwas anderes war. Nicht anders im Sinne von gestelzt, aber er wollte, dass der Augenblick, in dem er ihr den Antrag machte, groß und erinnerungswürdig war, damit sie darauf zurückblicken und lächeln konnten. Ein episches Ereignis, das man in der Zukunft mit Freunden und Familie teilen konnte.

Was der erste Grund war, weshalb die Schatulle mit dem glänzenden Ring immer noch sicher unter seinem Bett versteckt war. Der zweite Grund?

Brookes Vater ...

Mack schob seine Sorgen zur Seite und konzentrierte sich

auf die Frau, die sich auf seinem Schoß anschmiegte und ihm mit den Fingern über die Arme strich, so langsam und stetig, dass ihm trotzdem ganz heiß wurde.

Er knabberte an ihrer Unterlippe, und sie lachte, strich mit den Händen nach oben, um ihre Finger in seinen Haaren zu vergraben.

Sie packte zu und zog leicht. „He. Ich brauche einen Rat", sagte sie.

Brooke wand sich von seinem Schoß, aber er passte ihre Haltung an, sodass ihre Beine über seinen liegenblieben, da er eine Verbindung brauchte, noch während er den Blick hob, um ihr in die Augen zu schauen. „Du sollst auf jeden Fall neue Unterwäsche kaufen. Ich mag die blaue an dir", sagte er zu ihr.

Ihr stand kurz der Mund offen, bis sie die Augen verdrehte. „Nicht, dass du so viele Gelegenheiten kriegst, mich in Unterwäsche zu sehen", scherzte sie. „Es scheint, jedes Mal, wenn wir allein sind, haben wir es viel zu eilig, uns auszuziehen, anstatt uns um irgendeine Art Modeschau zu kümmern."

Ihre lockere dahingesagte Bemerkung erwischte ihn auf dem falschen Fuß, aber er merkte sie sich, um später genauer darüber nachzudenken, während er ihr seine ganze Aufmerksamkeit zuwandte. „Wie lautet die eigentliche Frage?"

„Mein Dad hat erwähnt, dass er ein altmodisches Weihnachtsfest wollen würde, und ich bin nicht ganz sicher, wovon er da redet." Sie starrte an die Decke. „Aber ich will nicht direkt fragen, denn das wurde ausgelöst, als er entdeckt hat, dass er das letzte Paar Hausschuhe, die meine Oma immer gestrickt hat, aufgebraucht hat. Also ... wünscht er sich, dass irgendwas von dem passiert, das passiert ist, als sie noch gelebt hat? Ich bin mir nicht sicher, was altmodisch bedeutet, aber wenn ich es erraten kann, würde das die Feiertage bedeutsamer machen, als wenn er mir eine Liste gibt und ich hake nur ein paar Dinge ab.“

Wow. Das könnte eine interessante Herausforderung sein.

Mack richtete sich gerade auf, sein Gehirn ging bereits mögliche Ideen durch. „Ich weiß nicht wahnsinnig viel über typische Weihnachtstraditionen – ich hatte davon auch nicht sonderlich viel, als ich aufgewachsen bin, da wir eine Soldatenfamilie waren und die ganze Zeit umgezogen sind, aber das klingt nach etwas, bei dem ich gerne helfen würde.“

Genauso, wie es eine Chance war, dass sie eigene Erinnerungen anlegen konnten. Eine Chance, um vielleicht den perfekten Zeitpunkt rauszufinden, um ihr Leben zusammen zu besiegeln?

Vermutlich eine Chance, Brookes Vater zu beeindrucken ...

Nicht, dass Mack irgendwie plante, die Erlaubnis des Mannes zu erbitten, sie zu heiraten, aber Garys Zustimmung und Segen wären was Gutes. Gerade im Augenblick fühlte es sich an, als würde jedes Mal, wenn ihr Dad einen Blick auf Mack erhaschte, seine Miene unfreundlich werden.

Es war unheimlich, und offen gesagt war es nervig. Mack war ein liebenswerter Typ, verdammt. Trotzdem schaffte es Gary, ihm das Gefühl zu geben, als wäre er zehn Jahre alt und der Mann hätte ihn mit der Hand in der Keksdose erwischt.

Brooke war bereits in Aktion. Sie zog ein Notizbuch heraus und ließ sich an seiner Seite nieder, öffnete eine neue Seite und schrieb oben ordentlich *Pläne für ein altmodisches Weihnachten* hin.

„Ich weiß noch ein paar Dinge, die Oma und Opa früher während der Feiertage gemacht haben. Ich bin mir nicht sicher, weshalb wir damit aufgehört haben. Ich schätze, es war, als es nur noch Dad und ich waren, und da wurde es zu viel. Es fühlte sich unnötig an, auf dieselbe Art zu feiern. Aber es gab da diese Plätzchen, die er total geliebt hat. Ich kann mich nicht erinnern, wie sie heißen, aber wenn wir davon ein großes Blech machen, wäre das eines, was wir tun könnten." Sie rümpfte die Nase. „Falls ich das Rezept finde."

Mack stieß ihr sanft einen Ellbogen in die Seite. „Das wäre eine Aufgabe, bei der ich dir auf jeden Fall helfen kann, wenn man deine Talente in der Küche in Betracht zieht."

Sie hob vor ihm eine Augenbraue. „Ich habe Gerüchte gehört, dass du hier auf der Feuerwache auch ein paar Mahlzeiten hast anbrennen lassen."

„Nur, wenn du mich ablenkst", gab er zu, während er sich einen Kuss stahl. „Gib mir das Notizbuch. Du erinnerst dich. Was weißt du denn sonst noch?"

Sie reichte das Buch rüber, ihr Blick ging in die weite Ferne vor langer Zeit. Sie fing langsam an, dann sprach sie aufgeregter, während die Erinnerungen hereinströmten. Musik, Mahlzeiten. All die Dinge, die zu ihrer Welt gehört hatten, während sie bei Gary und ihren Großeltern aufgewachsen war.

Brooke schüttelte sich irgendwann wieder wach und schaute Mack in die Augen, ein sanftes Lächeln spielte um ihre Lippen. „Du hättest meine Großeltern echt gemocht. Sie haben geholfen, mich aufzuziehen, und doch hat es sich niemals angefühlt, als würden sie versuchen, an die Stelle meiner nicht existenten Mutter zu treten. Dad war Dad, Oma und Opa waren, wer sie waren, und wir haben uns alle vertragen. Es war ziemlich nett." Brooke starrte wieder ins Nichts. „Es hat nicht wie was Besonderes gewirkt, aber im Rückblick war es das."

Macks Blick hing an ihrem, während er darüber nachdachte, wie es bei ihm früher gewesen war. „Als Kinder ist uns nicht klar, was zu einer Erinnerung führt. Ich erinnere mich daran, am Weihnachtsfeiertag zum Essen gegangen zu sein. Je nachdem, wo Mom stationiert war, hatte immer ein Restaurant offen, normalerweise was Chinesisches, und das war die einfachste Art zu feiern, wenn Dad das Sagen hatte." Brookes Augen wurden groß, und Mack lachte über ihre beinahe entsetzte Miene. „Schau mich doch nicht so an. Chinesisches Essen zu Weihnachten war toll, denn es war ... eine Tradition. Und während Dad einfache Mahlzeiten ganz gut kochte, war was anderes als Fleisch und Kartoffeln ein Leckerbissen."

Brooke rückte ab, aber sie nickte langsam. „Genau. Unsere Traditionen ... das altmodische Weihnachtsfest, nach dem Dad sich sehnt, da geht es nicht um ein herrschaftliches Festmahl oder Kerzen im Baum."

Er erschauerte. Es war unmöglich, das nicht zu tun, als das Abbild einer Feuergefahr in seinem Kopf entstand.

Ihr entschlüpfte ein Lachen.

Frech. Er funkelte Brooke an. „Das hast du absichtlich gesagt."

Ein sanftes Zwinkern bestätigte das, bevor sie fortfuhr. „Wir sollten uns auf das konzentrieren, was wir hatten – die Traditionen, die wir in den letzten paar Jahren ausgelassen haben. Das ist unsere altmodische Art, zu feiern." Sie runzelte die Stirn, konzentrierte sich. „Ich frage mich, ob wir Fotos haben, die wir durchgehen könnten, denn ich schwöre, wir hatten Weihnachtsschmuck aufs Dach gepackt, aber ich kann es mir nicht mehr sonderlich gut vorstellen."

„Schmuck, Essen – darunter die mysteriösen namenlosen Kekse mit unbekannten Zutaten. Und Musik, aber du erinnerst dich nicht genau an das Lied. Das klingt einfach", scherzte Mack.

Brooke tippte sich mit den Fingern an die Lippen. „Du warst letztes Jahr bei Weihnachten dabei, und du *weißt*, dass wir es einfach gehalten haben. Das ist eine Chance, mir zu helfen, es besser zu machen. Nimmst du diese Herausforderung an?"

„Es ist genau die Art Mission, die ich übernehmen möchte", versicherte ihr Mack. „Wir werden meine Schichten hier berücksichtigen müssen, und deine in der Werkstatt, aber falls du ein Fotoalbum oder zwei herzaubern kannst, können wir anfangen, konkrete Pläne zu machen."

Was bedeutete, dass er konkrete Pläne machen konnte – solche, die die Ewigkeit betrafen. Denn irgendwo mitten in den wunderbaren Erinnerungen, die sie schaffen würden, würde es einen Augenblick geben, der genau richtig war, und er würde bereit sein.

Bevor Weihnachten vorüber war, war er entschlossen, seine Mission abzuschließen: eine perfekte Erinnerung zu schaffen, wie Brooke Silver ihn als den ihren annahm.

2

Brooke schlüpfte aus ihrem Winterparka, die Wärme des Cafés *Buns and Roses* legte sich um sie wie eine freundliche Umarmung.

Sie hatte ihre Jutetasche gerade erst auf dem kleinen Tisch abgestellt, als zwei starke Arme sich um sie legten und sie fest rückten.

„Du hast dich rar gemacht", beschwerte sich Tansy Fields, als sie Brooke endlich aus der Umarmung entließ. Die sonst immer lächelnde Blonde wackelte mit dem Finger vor Brookes Gesicht, als wäre sie bereit, Santa zu verraten, dass Brooke unartig gewesen war. „Aber jetzt bist du da, also verzeihe ich dir. Solange du mir sagst, dass du es zum nächsten Mädelsabend schaffst."

Brooke setzte sich auf ihren Stuhl und lächelte ihre Freundin an. „Ja, ich komme."

„Gut, denn den Großteil unserer Freundinnen verlieren wir an irgend so eine große Feier für die Stone- und Coleman-Clans. Im Augenblick sind es, soweit ich weiß, nur du, ich, Rose und Hanna für diesen Abend."

Am Tresen vorne klingelte jemand nach der Bedienung, und Tansy ging rasch, um sich darum zu kümmern.

Brooke ließ sie ziehen, weil sie wusste, sobald eine Gelegenheit bestand, würde sich Tansy für einen weiteren Besuch rausschleichen.

In der Zwischenzeit hatte sie nur ein paar Minuten, alles herzurichten, bevor Mack versprochen hatte, sich ihr anzuschließen. Da keiner von ihnen lange Pause hatte, konnten sie ihre Zeit zusammen auch gleich so effizient wie möglich gestalten.

An den letzten paar Abenden hatte sie nach Informationen gegraben, schockiert, als sie festgestellt hatte, wie wenig noch aus den Tagen übrig war, an denen sie und ihr Dad bei seinen Eltern gewohnt hatten. Aber andererseits war es fünfzehn Jahre her, dass ihre Großeltern in ein Altendomizil gezogen waren, und sie und ihr Dad in die Wohnung über der Werkstatt abgewandert waren.

Es hatte nicht viel Stauraum gegeben, aber der Mangel an Krimskrams und Erinnerungsstücken hatte vermutlich mehr mit der Tatsache zu tun, dass die vierzehnjährige Brooke dafür verantwortlich gewesen war, diese Dinge einzupacken oder sie der Wohlfahrt zu geben. Ihr Vater war darauf konzentriert gewesen, weiterhin für ihren Unterhalt zu sorgen, während er seine Eltern so gut wie möglich unterbrachte. Oma hatte gerade einen Schlaganfall gehabt, und Opa war völlig darauf konzentriert, für sie da zu sein, während sie sich an ihr neues Umfeld anpassten.

Brooke als Teenager hatte keine Ahnung gehabt, was man retten sollte, damit es als Erinnerungsstück diente, und jetzt bedauerte sie ihre schrecklichen Entscheidungen.

Sie hatte gerade das beste Fotoalbum aus dem ganzen Salat geöffnet, als Mack in das Café gerauscht kam, kalte Luft und Wind zogen mit ihm herein, bevor er die Tür schließen konnte.

Er grinste durch den ganzen Raum. „Jack Frost, stets zu Diensten."

Tansy schüttelte erheitert den Kopf, während sie an der Espressomaschine arbeitete. „Wenn du meine Heißgetränke zu Eisgetränken machst, finde ich eine Möglichkeit, mich zu rächen."

„Wie wäre es stattdessen mit zwei großen Lattes und was immer heute das Gebäck des Tages ist?"

„Das wären dann Zimtbrötchen mit Frischkäse-Topping. Abgemacht." Tansy wandte ihre Aufmerksamkeit wieder der Bestellung zu, die sie vor sich hatte.

Mack ließ sich neben Brooke auf den Stuhl fallen und beugte sich zu ihr, um ihr rasch einen Kuss zu geben. „Hey."

Sein Geruch blieb haften – scharfe Winterkälte und ein winziger Hauch Holzasche, denn es schien, dass Feuerwehrleute niemals den Rauch losbekamen, der einfach zu ihrem Beruf dazu gehörte.

Brooke lächelte freundlich und legte die Finger oben auf seine Hand, die er auf ihrem Oberschenkel platziert hatte. „Wie lange hast du denn?"

„Bis Mittag, oder bis mein Handy losgeht, weil ich zu einem Notfall gerufen werde. Wie steht es mit dir?"

„Auch bis Mittag. Willst du sehen, was ich gefunden habe?"

Mack rückte mit dem Stuhl näher, sodass er um sie herum greifen und sie dicht an sich ziehen konnte. Es war eine ganz lockere Bewegung, vertraut und richtig, und die Anspannung in Brooke ließ nach, sodass ihr nächster Atemzug tief und ruhig war.

Es war so behaglich, ihn um sich zu haben. Und gerade jetzt half diese Behaglichkeit, die geballten Sorgen zu beruhigen, dieses feste Knäuel, das sich in ihrem Inneren eingefunden hatte. Es war ja nicht, als wäre ihr Dad total enttäuscht, wenn das alles nichts wurde. Ihr Dad war nachgiebig und ziemlich locker, also ging es bei ihrer Verstörtheit nicht um ihn.

Brooke holte noch einmal tief Luft und stieß sie langsam aus, lehnte sich an Macks Seite. „Ich weiß nicht, warum ich so darauf fixiert bin. Ich meine, ich weiß, dass ich immer total ins Detail gehe mit allem, was ich tue, aber es fühlt sich an, als wäre das besonders wichtig. Das ergibt überhaupt keinen Sinn."

Mack spannte den Arm an, den er um sie gelegt hatte, und lachte leise. Die Bewegung seines Körpers schüttelte sie durch. „Du musst es ja nicht verstehen, um damit klarzukommen. Komm schon. Zeig mir, was du gefunden hast, und wir sehen, ob wir ein paar konkrete Pläne fassen können. Wenn du mal eine Liste hast, an der du anfangen kannst zu arbeiten, hilft dir das bestimmt, dich ein bisschen zu entspannen."

Das stimmte, und es legte viel zu viel offen. „Ich sollte mir Sorgen machen, dass du meine ganzen Eigenheiten und Schwächen kennst", murmelte sie, während sie zum Anfang des Fotoalbums blätterte.

Er drückte ihr kurz die Lippen auf die Wange, bevor er ihr leise ins Ohr murmelte, sodass nur sie es hören konnte: „Ich kenne doch gern alle deine Geheimnisse."

„Da möchte ich wetten."

Seine gebrummte Zustimmung strich über sie wie eine Liebkosung. „Falls du nicht willst, dass ich öffentlich bekanntgebe, dass ich weiß, wo du kitzlig bist, legst du jetzt besser mit den Einzelheiten los, damit wir diese Mission planen können."

Das brachte sie zum Lachen. Brooke drehte sich auf ihrem Platz, lächelte ihn amüsiert an. „Und da kommt gleich der Soldat wieder raus. Mir gefällt es, wenn der auftaucht."

„Ist ja nicht, als wäre der noch im aktiven Dienst", scherzte

Mack, dann nahm er das Fotoalbum unter ihren Händen weg. „Der Captain übernimmt derzeit nur die Verantwortung, da es der Zivilistin ja offensichtlich nicht möglich ist, Befehlen zu folgen."

Brooke lachte, dann blätterte sie durch die Seiten, deutete auf Fotos und erklärte, wen und was sie gerade sahen, während die Erinnerungen sie durchströmten.

Es war nicht gerade das beste Fotoalbum. Oma hatte offensichtlich noch nie was davon gehört, dass alle verrückt nach Scrapbooking waren, und Brooke war damals nicht daran interessiert gewesen. Es war durchaus möglich, dass es ihr Opa oder ihr Dad gewesen waren, die diese Bilder in ein magnetisches Album geschoben hatten, ohne sich auch nur annähernd um die chronologische Reihenfolge zu kümmern.

„Da ist das Haus, in dem ich aufgewachsen bin. Es ist drüben an der Elm Street, obwohl sie da inzwischen ziemlich viel renoviert und ein zweites Stockwerk angefügt haben."

Mack beugte sich dichter ran, dann fuhr er mit dem Finger über die grelle Zurschaustellung von Weihnachtsbeleuchtung, die fast jeden Quadratzentimeter des Daches bedeckte. „Jemand hatte Spaß mit der Beleuchtung und Leitern. Und zwar jede Menge Spaß ..."

Tansy kam rechtzeitig mit ihrer Getränkebestellung, um seine Anmerkung zu hören, und sie johlte beinahe vor Lachen. „Die Legende besagt, dass die Familie Silver die Tradition der extravaganten Weihnachtsbeleuchtung hier in Heart Falls gestartet hat. Alle um sie herum dachten sich, sie würden sowieso von den Lichtern geblendet werden, also konnten sie auch gleich mitmachen und eigenen Weihnachtsschmuck aufstellen."

Tansy platzierte die Getränke auf dem Tisch, zusammen mit Zimtbrötchen, die so groß waren wie Brookes ausgestreckte Hand, dann nahm sie eine andere Bestellung auf.

Macks Erheiterung schien nachzulassen, als er sich Brooke zuwandte. „Aber als ich letztes Jahr bei euch war, hattet ihr überhaupt nicht dekoriert. Vielleicht eine Lichterkette ums Fenster im Laden."

Sie musste mit der Schulter zucken. „Es stand nicht ganz oben auf der To-do-Liste, schätze ich. Ich weiß auch nicht. Vielleicht war Opa derjenige, der den Weihnachtsschmuck am Haus angebracht hat, nicht Dad."

Mack nickte nachdenklich und beugte sich vor, um das Haus ein weiteres Mal zu mustern, bevor er auf ihr Notizbuch deutete und sie aufforderte, eine Liste mit Gegenständen zu schreiben. „Sehen wir doch mal, ob wir rausfinden, was mit dem alten Weihnachtsschmuck passiert ist, aber falls nicht, werde ich kreativ."

„Falls du den alten Schmuck findest, musst du ihm ein Update verpassen, denn sonst ist deine Stromrechnung gleich auf fünfzig Millionen Dollar." Diese Bemerkung kam von jemand Neuem, der sich ihnen am Tisch anschloss: Rose Fields, Tansys Schwester und die Besitzerin des Ladens mit Krimskrams und Blumen, der sich an das Café anschloss.

Sie lächelte Brooke an, bevor sie vor Mack den Kopf schieflegte, ihr langes, dunkelbraunes Haar floss ihr über die Schultern, während sie ihm einen betonten Blick zuwarf. „Falls ihr vorbereitet sein wollt, sollte ich erwähnen, dass ich gerade jetzt LED-Lichter im Angebot habe."

Er grinste. „Brooke, schreib das auf die To-do-Liste. Weihnachtsschmuckkauf bei Rose."

Die Jungs am Tisch nebenan riefen Macks Namen, und er stand entschuldigend auf, um sich der Besprechung wegen der Erlaubnis für ein Lagerfeuer anzuschließen.

Rose nutzte die Gelegenheit, um sich verschwörerisch vorzubeugen. „Also, wie läuft es denn mit dir und dem heißen Captain?"

Brooke zuckte mit den Schultern. „Gut. Wir machen gerade Weihnachtspläne."

Ein Ausdruck zunehmender Aufregung breitete sich auf dem Gesicht ihrer Freundin aus. „Sind es große Pläne? Glänzende Pläne?"

„Ich schätze schon. Mein Dad hat was davon gesagt, dass er ein altmodisches Weihnachtsfest möchte, also versuchen wir, rauszufinden, was wir damals gemacht haben, als Oma und Opa noch gelebt haben."

Rose rümpfte mehr oder weniger angeekelt die Nase. „Du erstickst meine weihnachtlichen Hoffnungen, meine Liebe."

Ein leises Lachen entschlüpfte Brooke, bevor sie es verhindern konnte. „Weil wir noch nicht genug in deinem Laden einkaufen, wenn wir einen altmodisches Weihnachtsfest auf die Füße stellen?"

Ihre Freundin zog sich leicht zurück, die ganze Lockerheit aus ihrer Miene war verschwunden, während sie sehr viel nachdenklicher wurde. „Du meinst das ernst. Steckst bis zu den Knien in der Planung von etwas, zu dem ... dein Dad gehört."

„Ist mir irgendwie das Memo entgangen, auf dem steht, dass noch mehr auf meine Agenda sollte?"

„O mein Gott. Du bist manchmal so ahnungslos. Für jemanden, der klug ist, natürlich." Rose warf einen raschen Blick hinüber, um sicherzustellen, dass Mack immer noch mit den Jungs beschäftigt war, bevor sie die Stimme so weit senkte, dass Brooke die Worte kaum noch verstand. „Ihr beiden seid echt schon lange zusammen."

Okay, es war klar, wohin genau das lief, und nach was für Gerüchten Rose angelte.

Obwohl Brooke bereit war, darauf zu warten, dass die Zukunft eintraf – diejenige, zu der eine Vollzeit-Beziehung von ihr und Mack gehörte – wollte sie ihre Gründe zu warten nicht bis zum Erbrechen mit ihren Freundinnen diskutieren.

Das bedeutete, sie musste bluffen. Bluffen war schon okay – besser als okay, denn es war auch amüsant, so zu tun, als hätte sie keine Ahnung, und wenn sie schon Mack nicht rund um die Uhr haben konnte, wurde sie zumindest dadurch unterhalten, dass sie sich doof stellen konnte.

„Nö. Ich weiß echt nicht, was du meinst", entgegnete sie fröhlich.

Mack kehrte an den Tisch zurück, während Rose hochschoss, um zu der Glocke zu laufen, die am gegenüberliegenden Ende des Ladens geläutet wurde.

Rose wackelte mit den Fingern, während sie ging, und warf noch eine letzte Anmerkung über die Schulter. „Irgendwann male ich dir mal eine Landkarte."

Es war fast unmöglich, keine Miene zu verziehen. Brooke biss sich auf die Unterlippe und schenkte ihrem Freund ein wohl ziemlich schiefes Lächeln, während in ihrem Inneren Erheiterung aufkam.

Im vollen Bewusstsein, dass die Zeit lief, aber neugierig, wodurch dieser Ausdruck auf Brookes Gesicht zustande gekommen war, ließ sich Mack auf seinem Platz nieder und beäugte sie genauer. Sie wirkte nicht genervt, sondern einfach nur zappelig. „Wovon will Rose dir eine Karte malen?"

Brooke bewegte die Schultern auf eine Art, die wirkte, als wäre ihr Schnee in den Rücken gefallen. „Sie braucht vielleicht noch einen oder zwei Kaffees. Nichts, worüber man sich Sorgen machen müsste."

„Sie hat um diese Jahreszeit viel zu tun. Wahrscheinlich ist sie müde", erklärte er. Er griff nach dem Fotoalbum und schob das Notizbuch wieder vor Brooke. „Machen wir uns wieder an die Arbeit. Wir werden Weihnachtsschmuck aufspüren und ihn anpassen, falls nötig. Hast du irgendwelche Rezepte gefunden?"

„Oh, ja, habe ich." Sie blätterte aufgeregt zu einem anderen Teil des Buches und zeigte ihm ein halbes Dutzend Rezeptkarten, die neben Fotos steckten, die mit ihnen gar nichts zu tun hatten.

Ein rascher Blick reichte aus, um zu zeigen, dass da trotzdem noch ein Problem bestand. „Hast du irgendeine Ahnung, in welcher Sprache die geschrieben sind?"

„Sollte Schwedisch sein."

Mack grinste. „Und kannst du Schwedisch lesen?"

Sie schüttelte den Kopf, hatte diesen Teil aber offensichtlich schon raus. „In der Seniorenresidenz, wo Oma und Opa gelebt haben, gab es eine Reihe von Leuten, die das konnten. Ich dachte, ich könnte da mal demnächst rübergehen und nachsehen, ob ich eine Übersetzung bekomme. Ich bin mir nicht sicher, welches davon für Plätzchen ist, aber es könnte ja schön sein, auch den Rest zu kriegen."

„Noch mehr, das man anbrennen lassen kann. Klingt gut." Er rückte von ihr ab, als sie versuchte, ihn zu schlagen. „Hast du sonst noch was gefunden?"

„Ein Lied wurde erwähnt. Oder das Liederbuch, aus dem er kommt. Ich schwöre, im Titel war das Wort Julfest, aber als ich es gegoogelt habe, habe ich nichts gefunden. Ich dachte, ich könnte dabei auch in der Seniorenresidenz um Hilfe fragen."

Es war nicht gerade ein typischer Ort für ein Date, aber im Lauf der Jahre hatte Mack eine Menge Zeit damit verbracht, an unterschiedliche Orte zu gehen, um sich mit Leuten zu treffen. Die Seniorenresidenz von Heart Falls war voller guter, solider Mitglieder der Gemeinde, und die meisten erinnerten sich gern an die Vergangenheit. „Ich würde gern mit dir kommen, aber es muss morgen Nachmittag sein."

„Das kann ich möglich machen." Brooke ging zu einer weiteren Seite im Buch und hielt es triumphierend hoch. „Daran erinnere ich mich, und wir brauchen niemanden, der es für uns übersetzt."

Er beäugte die Seite. Eine kunterbunte Mischung aus Gegenständen war abgebildet. Alles von einem schiefen Pulli bis hin zu einem Teddybären, bei dem ein Bein länger war als das andere und die Augen nicht zusammenpassten. „Du bist mit Tim Burton verwandt?"

Von ihr kam ein schnaubendes Lachen. „Ich weiß nicht mehr, wann es angefangen hat, aber obwohl ich im Lauf des Jahres und zum Geburtstag Geschenke aus dem Laden bekam, waren die Weihnachtsgeschenke immer selbst gebastelt."

Ein weiterer Blick auf die Seite, und Mack sah geschnitzte Holzspielzeuge, gestrickte Sachen, Gemälde und andere künstlerische Anwandlungen. „Okay."

Brooke starrte inzwischen auf die Seite, ihre Miene leuchtete sanft. „Das ist die eine Tradition, die Dad und ich weitergeführt haben. Ich weiß nicht, ob es jemals *ausgesprochen* wurde, dass wir einander nichts kaufen, aber ich mache ihm normalerweise einen Fresskorb – und jetzt bitte keine neunmalklugen Anmerkungen darüber, dass ich Dinge anbrennen lasse. Er macht mir etwas in der Werkstatt oder was ganz Einfaches, wie etwa meine Werkzeuge polieren, sodass ich das neue Jahr beginnen kann und sie so gut wie neu aussehen."

Ein süßes Glücksgefühl machte sich breit. „Dann schätze ich, ich habe es letztes Jahr nicht zu sehr versaut, als ich einfach nur ein Carepaket gebracht habe."

„Hey. Stimmt ja." Sie stützte sich auf die Ellbogen, die Fotoalben vergessen, alles an ihr war strahlendes Glück, während ihr die langen Haare über die Schultern fielen. „Setz das auf jeden Fall auf die Liste."

„Carepakete?"

„Selbst gebastelte Geschenke", verbesserte sie. „Ich werde nicht verraten, was ich dir bastle, aber wenn du daran interessiert bist, mir was zu schenken, ist das jetzt offiziell eine Regel."

Mack dachte an die Ringschatulle, die ihm inzwischen ein Loch in die Tasche brannte. „Also ... ich will es nur mal nachprüfen. Selbst gebastelt gilt nur für Weihnachtsgeschenke?"

Sie nickte entschieden, dann senkte sie die Lider auf Halbmast. „Sexy Unterwäsche übersteigt unser beider Nähkünste."

Er lachte laut genug, dass er Tansys Aufmerksamkeit hinter dem Tresen auf sich zog. Er schmiegte Brooke an sich und sprach leise: „Das war auf so vielerlei Art falsch. Erstens mal hast du keine Ahnung, wie gut ich nähen kann, und zweitens, lieber Gott, ich habe ja keine Ahnung, weshalb du *mir* so was nähen solltest."

Sie legte ihm die Arme um den Hals und gab ihm einen raschen Kuss. Diese kleine Aufmerksamkeit, die in der Öffentlichkeit noch angemessen war, war heiß genug, dass in ihm ein Feuer entflammte.

Außerdem trug er dieses warme Leuchten im Herzen aus dem Café hinaus und in den verschneiten Dezembertag.

3

———————

*B*rooke verstaute ihre Werkzeuge nach der letzten Inspektion des Tages und säuberte sich die Hände an einem Lappen, während sie dorthin marschierte, wo ihr Vater noch unter seinem Autoklassiker herumstocherte.

Sie beugte sich hinab, um sicherzugehen, dass sie ihn nicht erschrecken würde, und als er sie anschaute, zwinkerte sie ihm zu. „Ich bin mit dem Auftrag für Grahams' Chevy fertig. Ich mach mich mal kurz frisch, dann gehe ich raus, falls du mich nicht mehr brauchst."

Ihr Dad wurde einen Augenblick nachdenklich, dann schüttelte er den Kopf. „Ich merke schon, dass wir in der Nebensaison sind. Es ist kaum Freitagnachmittag, und wir sind schon fertig? Übertreib es bloß nicht mit Weihnachtsgeschenken – wir werden unsere Ausgaben niedrig halten müssen, bis wir alle davon überzeugen können, dass es im neuen Jahr aber Zeit für etwas neuen Schnickschnack an der Karre wird."

„Wir haben doch genug Stammkunden. Wir kommen schon klar", versicherte ihm Brooke. Sie ignorierte seine

28

Anmerkung über Weihnachtsgeschenke absichtlich, denn sie wollte nicht, dass er auch nur daran dachte, was vielleicht passieren könnte.

Sie musste immer noch rauskriegen, was sie wegen ihres selbst gebastelten Beitrags zur Feier tun wollte. An diesem Nachmittag ging es darum, weitere Einzelheiten rauszufinden. Sie und Mack hatten einen Termin vereinbart, um an dem Haus stehen zu bleiben, wo Oma und Opa bis vor ein paar Jahren gelebt hatten.

„Kommst du zum Abendessen nach Hause?", fragte ihr Dad.

„Vielleicht? Ich bin mir nicht sicher, wann Mack und ich fertig werden. Ich weiß nicht, ob er sonst noch was vorhat. Vielleicht bringe ich ihn dann mit nach Hause."

Ihr Vater gab ein Geräusch von sich, aber er rollte sich zurück unter das Auto, und es war unmöglich, sein Gesicht zu sehen.

Auf dem ganzen Weg hinüber zu dem Haus war sie besorgt wegen des Gedankens, der an ihr nagte. Es war nicht, als hätte ihr Dad jemals offen gesagt, dass er Mack nicht mochte, aber es gab eine furchtbare Menge negativ klingender Brummgeräusche und nonverbaler Kommunikation, zu denen es kam, wann immer sie ihn erwähnte.

Als würde ihr Dad verzweifelt versuchen, so zu tun, als würde Mack nicht existieren, was einfach nur dumm war. Ihr Freund war ein aufrechter, anständiger Typ, der niemandem auf die Zehen trat, und bei dem nicht alles nur um ihn gehen musste. Sie hätte es auf jeden Fall schlechter treffen können.

Und als Mack hinter dem Sitz seines Trucks hervorkam und zu ihrem Fahrzeug ging, beäugte ihn Brooke von oben bis unten und dachte sich, dass sie schon den Jackpot gewinnen müsste, um es besser zu treffen.

Verdammt, den Mann konnte man anschauen. Dunkle

Haare, breite Schultern. Ein Hauch Bartstoppeln, die man an Kinn und Wangen ausmachen konnte, und die sinnliche Wölbung seines starken Mundes versprach, dass er Unfug im Kopf hatte.

Er zog die Tür auf. „Parkservice."

„Ach. Du willst doch nur auf den Fahrersitz meines Trucks steigen."

Sein Blick fiel auf ihre Lippen. Er kam nahe genug, um sie zu sich zu drehen, und dann schob er ihre Hüfte auf dem Sitz nach vorne. Durch diese Bewegung hatte sie die Beine zu beiden Seiten seines Körpers, und als sich ihre Oberkörper bewegten, kam ein leises Stöhnen von seinen Lippen. „Ich will gerade auf jede Menge steigen, und dein Truck ist davon nur eins."

Ein Beben lief ihr Rückgrat hinauf. „Das ist aber gar nicht nett, meinen Motor vorzuwärmen. Du hast doch heute Abend auf der Feuerwache Freiwillige auf Schicht, oder nicht?"

Mack rückte näher heran, seine Wange streifte ihre, und er atmete tief ein, als würde er ihren Geruch einsaugen. Er drückte ihr die Lippen auf den Hals, küsste sich hinauf zu der empfindlichen Stelle hinter ihrem Ohr, sodass sie wieder erbebte. „Wir können uns doch einen Ort suchen, an dem wir unter uns sind, aber erst mal haben wir einen Termin mit einem äußerst netten Pärchen, das gerne mal Hallo sagen möchte."

Sie legte die Hände an sein Gesicht und drehte ihn, bis sie ihn richtig küssen konnte. Auf den Mund, ihre Oberkörper in Kontakt.

Mack übernahm die Kontrolle, immer noch sanft, aber er hatte auf jeden Fall das Sagen, während er an ihrer Unterlippe knabberte. Seine Hände hielten sie fest gepackt, mit dem Daumen rieb er über die Taille ihrer Jeans, und wieder einmal dachte Brooke darüber nach, wie dumm es war, fast schon dreißig zu sein und viel zu nahe bei ihrem Vater zu wohnen.

Nicht, dass sie das ganz aufgehalten hätte. Mack war viel zu sexy, um ihm zu widerstehen, und wenn man bedachte, dass sie erwachsen war, hatte sie jedes Recht, mit nach Hause zu bringen, wen immer sie wollte.

Bis letztes Jahr hatte sie sich darum auch selten gekümmert.

Himmel, sein Mund machte sie ganz verrückt. Da war er, ließ ihre Libido hochschießen, als müssten sie nicht irgendwo hin, obwohl er das vorhin so behauptet hatte. Es war, als würde er versuchen, sie und sich selbst gleichzeitig zu quälen, denn als sie sich endlich voneinander lösten, ihre Stirn noch an seiner, erschütterte sie sein frustriertes Stöhnen bis hinab in die Zehenspitzen.

„Das bringt mich noch um", murmelte er, bevor er zurückwich. Er hielt ihr eine Hand hin, um sie von dem hohen Banksitz herunter zu geleiten. „Okay. Operation Altmodisches Weihnachten beginnt jetzt aber richtig. Legen wir los, bevor ich noch was tue, das uns in den Knast bringt."

Brooke ließ ihre Finger in seine gleiten. Seine Hand legte sich um ihre, groß und beschützend. Ein kalter Wind blies ihnen aus Norden entgegen, aber der Himmel war blau wie ein Rotkehlchenei, und die Sonne glitzerte auf dem Schnee, als würden eine Million Feen vor der weißen Weite tanzen. Ein magischer Weg, um zu den Doppeltüren des Seniorenheims zu gehen.

„Hier war ich schon lange nicht mehr", gab sie schuldbewusst zu.

„Deine Großeltern sind vor einer Weile gestorben, oder nicht?"

„Bei Opa war es vor zwei Jahren. Bei meiner Oma vor vier." Sie näherten sich den vorderen Stufen, die Bürgersteige waren völlig von Schnee und Eis befreit. „Wir sind früher regelmäßig vorbeigekommen, aber als sie fort waren, fiel es sehr viel schwerer, weiter herzukommen."

Obwohl es Leute hier gegeben hatte, die im Leben ihrer Großeltern wichtig gewesen waren, waren ihre Verbindungen schwächer geworden.

Bevor sie zum Anmeldetresen gehen konnten, zog er sie zur Seite des Gangs. Starke Finger hoben ihr Gesicht zu seinem, sein Blick musterte sie.

Er sprach leise, in seinem Tonfall lag Zuneigung. „Du musst nicht das Gefühl haben, du hättest was falsch gemacht. Du bist eine freundliche, liebenswerte Person, und obwohl du dich vielleicht nicht *hier* gekümmert hast, vertraue mir; du hast eine Menge Freundinnen, die dir für alles danken würden, was du in ihrem Leben bewirkt hast."

Er hatte recht, aber es fühlte sich immer noch seltsam an, an diesen vertrauten Ort zurückzukommen, nachdem sie so lange weg gewesen war.

„Danke." Sie stellte sich rasch auf die Zehenspitzen und gab ihm einen Kuss, bevor sie ihn zur Anmeldung lotste.

Niemand war hinter dem Tresen, doch als Brooke nach dem Summer griff, kam jemand aus dem Vorratsraum.

Die Frau trat rasch nach vorne, tätschelte ihre dunklen Haare, sodass sie besser saßen. In ihren Augen leuchtete Intelligenz, und ein rasches Lächeln wölbte ihre Lippen nach oben. „Kann ich helfen?"

„Ich bin Brooke Silver. Meine Großeltern haben früher hier gewohnt." Brooke schaute den Gang entlang, als in der Ferne das Geräusch eines Lachens erklang. „Ich habe früher in der Woche angerufen, um nachzufragen, ob noch hier jemand wohnt, den ich kenne. Ich habe auch ein Rezept, von dem ich hoffe, dass jemand es sich mal anschauen und es für mich übersetzen kann."

Die Frau nickte. „Ich habe gehört, dass Sie vorbeischauen würden. Kommen Sie, ich bringe Sie in den Gemeinschaftsraum. Ich glaube, es ist sowieso gerade jeder dort, mit dem Sie reden müssen. Es ist Zeit für Tee und Plätzchen.“

„Sie habe ich noch nie gesehen. Arbeiten Sie neu hier?“ Macks Finger waren immer noch mit denen von Brooke verschränkt, während sie über den sauberen weißen Linoleumboden gingen.

Die Frau schüttelte den Kopf. „Ich bin als Freiwillige hier. Meine Großeltern wohnen im Heim. Ich bin gerade erst in hergezogen. Mein Name ist Yvette.“

„Mack Klassen.“ Er bot ihr eine Hand. „Feuerwehrmann vom Ort.“

Yvette nahm seine Hand und dann die vom Brooke, während sie antwortete. „Tierärztin.“

„Oh, ich habe von Ihnen gehört“, sagte Brooke begeistert. „Sie kommen zu Josiah Ryder in die Klinik.“

„Es ist ein toller Job, und er ist ein toller Boss. Bisher“, sagte sie scherzend. „Und was für ein Unheil stiften Sie?“

„Mechanikerin.“

Yvette nickte rasch. „Perfekt. Ich muss mir Ihre Nummer besorgen, bevor Sie gehen, denn mein Auto hat mich zwar hergebracht, aber es läuft nur noch, wenn man betet.“

Der Hauptraum der Residenz war voller kleiner runder Tische, mit gemütlichen Sesseln darum herum. An der Hälfte der Tische saßen zwei oder drei Leute pro Tisch, Tassen mit heißen Getränken standen vor den Bewohnern, und Tabletts mit Mürbeteigplätzchen und Datteltalern standen in der Mitte, um geteilt zu werden.

Yvette krümmte einen Finger und führte sie zu einer Seite. „Hier ist jemand, der mit euch reden wollte.“

In ihrem Herzen pulsierte das Glück, als Brooke

hinüberschaute, um zwei vertraute Gesichter zu entdecken. Ihre Haare waren etwas grauer oder vielleicht etwas weniger geworden, aber das Lächeln war genau wie all die Male, als sie vorbeigeschaut hatte, um bei ihren Großeltern zu Besuch zu bekommen. „Mr. und Mrs. Wright. Wie wunderschön, Sie beide zu treffen."

Geraldine Wright gab ein sanftes, leises Geräusch von sich, das vermutlich so sehr ein erfreutes Quietschen war, wie sie es zulassen wollte. „Die süße kleine Brooke. Komm. Erzähl uns von allem, was du getan hast. Und du weißt ja, du bist jetzt alt genug, uns beim Vornamen zu nennen."

Ihr Mann Floyd schob seinen Rollstuhl zurück und hielt Mack eine Hand hin. „Wer ist dieser gut aussehende Gentleman?"

„Du kennst doch Mack", sagte Geraldine mit einem Lachen. „Schon gut, wenn du dich nicht erinnerst, Floyd, aber das ist der nette Feuerwehrmann, der zu unseren Brandschutzübungen vorbeikommt."

Mack hatte Floyd an der Hand genommen und schüttelte sie fest. „Sie sehen gut aus, Sir. Hatten Sie schon die Gelegenheit, sich eine Tasse Kaffee und einen Keks zu nehmen?"

Einen Augenblick lang wirkte Floyd verwirrt, aber dann lächelte er. „Ein Keks klingt ganz toll. Besonders, wenn Schokolade drin ist."

An ihrer Schulter kam eine sanfte Berührung, und Brooke drehte sich um, um festzustellen, dass Yvette sie ganz genau beobachtete. „Es scheint, meine Großeltern würden Sie kennen."

„Geraldine und Floyd sind Ihre Großeltern?" Brooke warf einen Blick auf das Pärchen, das mit Mack plauderte, als wären die drei Busenfreunde. Sie schaute zu der Frau. „Sie waren die besten Freunde meiner Großeltern. Seit mein Opa gestorben ist, bin ich nicht mehr so oft im Heim vorbeigekommen."

Die Frau tippte sich langsam ans Kinn. „Ich habe den Großteil meines Lebens in Saskatchewan verbracht, darum lerne ich sie mehr oder weniger gerade erst kennen. Macht es Ihnen was, wenn ich da bleibe, während Sie reden?"

„Überhaupt nicht." Brooke musste wegschauen, als ein Ansturm von Gefühlen sie traf. „Ich bin gekommen, weil ich nach Informationen suche, um etwas Besonderes für Weihnachten auf die Beine zu stellen. Mir ist nicht klar gewesen, wie viele Erinnerungen das zurückbringen würde."

„Erinnerungen sind was Gutes. Ich brauche mehr davon." Yvette senkte die Stimme. „Meine Eltern hatten sich von Mormor und Morfar entfremdet. Ich habe beschlossen, die Verbindung wieder aufzubauen, solange noch Zeit ist."

Es war irgendwie, als würde man Brooke mit einem besonders großen Ast am Kopf treffen. „Ja. Da bin ich irgendwie auch dabei." Sie lächelte, so gut sie konnte, dann deutete sie auf den Tisch. „Holen wir noch ein paar Stühle. Es wäre schön, wenn Sie sich uns anschließen, und ich muss mir auf jeden Fall Ihre Nummer besorgen, bevor ich aufbreche."

Im Lauf der Jahre hatte Mack an vielen Orten gewohnt und vieles gesehen. Als Soldatenkind war er quer durchs ganze Land geschleppt worden. Als Soldat war er im aktiven Dienst ins Ausland gereist. Durch all das hindurch hatte er einige harte Wahrheiten gelernt, aber diejenige, die ihn heute direkt zwischen den Augen traf, brachte ihn zum Lächeln.

Männer ab einem gewissen Alter hatten die universelle Fähigkeit, ihn dazu zu bringen, die Schultern zu straffen und auf seine Aussprache zu achten.

Obwohl er sich bewusst war, dass Brooke eine Unterhaltung mit der Tierärztin führte, hielt Mack den Blick fest auf Floyd Wright gerichtet. Der alte Mann erzählte eine ausufernde Geschichte, die mitten im Satz ins Stocken kam, als er beschloss, dass der Plätzchenteller seine Aufmerksamkeit benötigte.

Geraldine beugte sich auf der anderen Seite vor, die Nase gerümpft, während sie Mack anlächelte. „Es ist schön, dass Sie vorbeischauen. Sie lösen doch heute keinen Feueralarm aus, oder?"

Mack schüttelte den Kopf. „Nein, Ma'am. Die Übungen gibt es nur einmal im Monat, und ich war erst letzte Woche hier."

„Das ist gut", sagte sie, deutete nach draußen auf den Wintertag. „Ich weiß, die Sonne scheint, und ich würde nur ungern auf meinen blauen Alberta-Himmel verzichten, aber es ist da draußen gerade kälter als im Hexenarsch."

Er hielt seine Miene so ausdruckslos wie möglich, war aber gleichzeitig unfassbar erheitert.

Brooke schob noch einen weiteren Stuhl an den Tisch, und sie und Yvette schlossen sich ihnen an.

„Du kennst die Wrights?", fragte er Brooke.

Sie nickte, dann neigte sie den Kopf zu Yvette. „Es scheint, als hätten wir gerade diese Sache entdeckt, dass jeder jeden um sechs Ecken kennt. Geraldine und Floyd waren die besten Freunde meiner Großeltern, und Yvette ist ihre Enkelin."

„Kleinstädte. Ist doch immer wieder spannend, herauszufinden, wie sich die verworrenen Beziehungen aufklären." Er sprach zu Yvette. „Ich helfe bei regelmäßigen Brandschutzübungen hier in der Residenz und mache auch bei anderen Gemeinschaftsevents mit. Deine Großeltern sind immer mitten im Getümmel."

„Ich tanze nicht mehr so gut wie früher", erklärte Floyd,

der sich zu Brooke beugte und auf seinen Rollstuhl klopfte. Seine Augen glitzerten. „Bin nicht mehr so flink auf den Beinen."

In den nächsten paar Minuten redeten sie über alles vom Tanzen bis zum erwarteten Wintereinbruch mit heftigem Wetter und einer begeisterten Spekulationen, was es in der Residenz zum Abendessen geben würde.

Mack schloss sich hin und wieder an, aber zum Großteil beobachtete er, wie die beiden Frauen mit dem älteren Paar plauderten. Alle arbeiteten zusammen, wenn Floyd vergaß, worüber sie gerade sprachen. Niemand machte viel Aufhebens darum, es ging einfach weiter zum nächsten Thema.

Dann holte Brooke das Fotoalbum heraus.

Geraldine legte die Hände aneinander, und ihre Augen leuchteten vor Freude, als sie begann, durch die Seiten zu blättern. „Ich kenne nicht all diese Leute, aber meine Güte, Sharon hat ja gut ausgesehen."

Brooke fing Macks Blick auf und sagte lautlos *meine Großmutter*.

Mack war dabei, zustimmend zu nicken, als ein seltsames Gefühl über ihn hinwegströmte, und er lehnte sich in seinem Sessel zurück und versuchte herauszufinden, was es war.

Das konnte doch kein Unbehagen sein, dass er in der Residenz vorbeischaute. Teufel, er hatte schon genau mit diesem Paar öfter geredet, aber irgendetwas an diesem Augenblick wirkte, als hätte er ein Fenster geöffnet und würde zum ersten Mal hinausschauen.

Yvette war ernst und interessiert, beugte sich vor, um genau hinzuhorchen, wenn ihre Großeltern sprachen. Brooke lachte als Reaktion auf etwas, ihre Hand lag auf seinem Oberschenkel, als wäre ihr Zusammensein eine normale, alltägliche Sache.

Das war es.

Und auch wieder nicht.

Ein unbehagliches Gefühl ballte sich in seinen Eingeweiden, aber er schob es weg und konzentrierte sich auf das, was jetzt vor sich ging, denn *das* war wichtig. „Hattest du eine Gelegenheit, sie alles über deine Weihnachtspläne zu fragen?", ermutigte er Brooke.

Sie richtete sich auf, wandte sich einem anderen Teil des Fotoalbums zu und zwinkerte Geraldine zu. „Wie ist euer Schwedisch?"

Die ältere Frau lachte lauter, als angemessen schien, wenn man die Frage betrachtete. Dann kam ein Strom aus Worten, die ganz offensichtlich kein Englisch waren, von ihren Lippen, melodisch und scharf.

Brooke lächelte. „Na, das beantwortet die Frage. Kannst du es noch lesen?"

Geraldine schniefte. „Meine Güte. Natürlich kann ich es noch lesen." Sie tippte sich auf die Brust, dann ihren Schoß und dann oben an den Kopf, bevor sie sich verlegen Yvette zuwandte. „Vielleicht könnte ich es besser lesen, wenn ich meine Brille hätte. Ich glaube, die habe ich in unserem Zimmer gelassen."

Yvette stand auf. „Ich hole sie für dich, Mormor."

Sie ging rasch durch einen der langen Gänge.

Geraldine wartete, bis Yvette außer Hörweite war, dann drehte sie sich um und nahm Brooke an der Hand. „Ich mag dieses Mädchen, aber ich glaube, sie ist einsam. Sie ist letzte Woche hier in Heart Falls angekommen. Ich glaube, sie hat mehr Zeit mit uns Alten verbracht als mit sonst irgendwem."

Der Blick der alten Frau verlegte sich auf Mack, und sie beäugte ihn mit zusammengekniffenen Augen. Er regte sich nicht, nicht sicher, was die Frau vorhatte.

Sie schniefte. „Da du ja schon vergeben bist, kennst du

vielleicht andere nette Männer, der wie sie vorstellen könnten?"

Er unterdrückte ein Lachen. Die großmütterlichen Kuppeldienste waren angesprungen. „Ich halte mich daran, mich aus den Beziehungskisten von Frauen herauszuhalten. Deren Organisation auf jeden Fall. Das ist gesünder für mich."

Brooke versuchte sehr, nicht zu kichern, und versagte auf ganzer Linie. „Mrs. Wright. Ich habe vor, Yvette meinen Freundinnen vorzustellen, aber man sollte sie vermutlich selbst rausfinden lassen, wie sie sich einen Typen angelt. Ich meine, falls sie daran interessiert ist."

„Oh, ich weiß, dass sie Jungs mag", erwiderte Geraldine begeistert. „Ich habe ihr gesagt, als wir darüber gesprochen haben, dass Sie uns besuchen kommt, dass es okay ist, wenn sie jemand Besonderen mitbringt, ob es nun ein Junge ist oder ein Mädchen. Wir sind da ziemlich progressiv. Oder zumindest ich, Floyd meistens auch. Wenn er daran denkt."

Yvette war im Gang wieder aufgetaucht und platzte in eine ziemlich unbehagliche Unterhaltung.

„Vielleicht können wir diesen Gedanken vorerst mal fallen lassen, und du kannst dir das Rezept anschauen und sehen, ob du uns das übersetzen kannst", schlug Brooke vor.

Mit dem Notizbuch in der Hand und einigen bestimmten Hinweisen an Geraldine, um sie beim Thema zu halten, hatten sie am Ende drei verschiedene Plätzchenrezepte, einen Eintopf und etwas, das nach einem Porridge mit Obst klang.

Bis dahin war Floyd eingenickt.

Mack bot an, ihn zurück zu seinem Zimmer zu bringen. „Falls das für euch in Ordnung ist", versicherte er sich bei Geraldine.

Sie räusperte sich ein paarmal fest, offensichtlich versucht, die Gelegenheit zu nutzen, noch mehr zu plaudern. Aber sie schüttelte den Kopf. „Nicht, dass ich dir nicht vertrauen würde, aber ich sollte mich auch etwas ausruhen. Und Floyd wird nervös, wenn ich nicht bei ihm bin, wenn er aufwacht." Sie warf einen Blick zu Yvette. „Wenn du uns zurück in unser Zimmer bringen könntest, wüsste ich es zu schätzen."

„Ich helfe gerne." Yvette deutete auf Brookes Notizbuch. „Lass mich dir schnell meine Nummer geben, damit du mir schreiben kannst, wo deine Werkstatt ist."

Es dauerte ein paar Minuten, das Seniorenheim zu verlassen. Mack blieb stehen, um mit Bewohnern zu sprechen, die ihn erkannten. Brooke blieb an seiner Seite, die Finger in seinen verschränkt, und dieses seltsame Gefühl, das er vorhin gehabt hatte, kehrte zurück.

Sie waren beide still, während sie den Bürgersteig zu ihren Fahrzeugen entlanggingen, verloren in eigenen Gedanken. Trotzdem war er noch nicht bereit, den Tag enden zu lassen. Er zog an ihrer Hand, um ihre Aufmerksamkeit auf sich zu ziehen. „Abendessen?"

Eine weitere nicht zu deutende Miene ging über ihr Gesicht, aber sie nickte langsam. „Willst du zu mir kommen?"

Und so gingen sie letztlich die Stufen zu ihrer Wohnung hinauf.

Auf dem Tisch wartete eine Nachricht von ihrem Vater.

Bin auf einen Burger und ein Billardspiel mit den Jungs ins Rough Cut. Warte nicht auf mich.

Brooke holte Zeug für Spaghetti raus. Mack wühlte im Kühlschrank, bis er fand, was er brauchte, um einen Salat zu machen.

Sie arbeiteten zusammen, plauderten über das, was in letzter Zeit in der Arbeit bei ihnen vorgefallen war. Aber als sie sich am Tisch niederließen, mit vollen Tellern vor sich, dachte er sich, dass es Zeit war, die restlichen Informationen zu bekommen, die er brauchte.

„Erzähl mir noch mal von deinen Großeltern", lud Mack sie ein. Sie schaute auf, ihr Blick verwirrt, und er drängte weiter. „Du hast mir schon mal Teile erzählt, und du hast über deine Weihnachtserinnerungen gesprochen, aber das waren nur Einzelheiten. Setz mir doch die ganze Geschichte zusammen, damit ich sie im Kopf habe, während wir das Ganze auf die Beine stellen."

Sie lachte leise. „Du willst dich von mir für die Mission aufklären lassen, oder was?" Aber sie nickte langsam, ihr Blick wurde verträumt, während sie ansetzte. „Meine leibliche Mutter war nicht begeistert davon, ein Kind zu haben. Sie ging, als ich etwa zwei war, und deshalb hat mich mein Dad am Ende allein aufgezogen. Opa war auch ein Automechaniker, und Oma hat in einem Buchhaltungsbüro gearbeitet. Dad zog nach Hause, damit die Ausgaben nicht so groß waren, und um zusätzliche Hilfe zu kriegen, aber er hat mich nicht einfach bei ihnen abgeladen. Er hat die harte Arbeit erledigt, und sie waren als Unterstützung da. Nur dass ich es geliebt habe, sie beide um mich zu haben – daran erinnere ich mich ziemlich genau. Aber sie waren Oma und Opa. Wenn es um die echten Entscheidungen ging, was in meinem Leben ablief, hat Dad sie getroffen."

„Das klingt schon sinnvoll, dass sie alle drei den großen Platz in deinen Erinnerungen einnehmen."

Brooke nickte. „Opa und Oma haben mich ein bisschen verwöhnt, und sie hatten wilde Erwartungen davon, was sie dachten, dass ich mit meinem Leben anfangen sollte, aber nicht einmal haben sie Dad gesagt, dass er etwas anders machen musste, dabei, wie er mich aufgezogen hat."

„In deinem Leben war niemals eine andere Frau beteiligt? Etwa Frauen, mit denen dein Dad zusammen war?" Mack beobachtete, wie sie den Kopf schüttelte. „Oder wusstest du einfach nichts davon, dass er mit jemandem zusammen war?"

„Vielleicht hat er das getan, aber ich bezweifle es. Ich weiß, in den letzten zehn Jahren, als mir das sehr viel bewusster gewesen wäre, hat er es nicht getan. Es scheint, als wären wir immer genug gewesen. Ich, Dad, Oma und Opa. Wir haben sonst niemanden gebraucht."

Was nicht gerade das war, was Mack zu hören gehofft hatte.

Brookes Unabhängigkeit war etwas, das er äußerst attraktiv fand, aber das machte es schwer, sich vorzustellen, dass sie darauf wartete, dass er kam und sie in eine neuere, tiefere Beziehung holte.

Sie räumten den Tisch ab, und obwohl Mack den ganzen Abend frei hatte, sorgte irgendetwas an diesem Gefühl, dass etwas in der Luft lag, dafür, dass er sie nicht einfach in ihr Schlafzimmer drängte.

Er wollte sie – auf jeden Fall. Immer, und unbedingt. Aber heute Abend schien es nicht richtig, sich auf die körperlichen Vergnügungen zu konzentrieren. Oder zumindest nicht auf diese Art.

„Komm her", befahl er, bevor er sie zum Sofa zog und sie zwischen seine Knie setzte, damit er ihr den Rücken streicheln konnte.

Das Stöhnen, das ihr entschlüpfte, während sie den Nacken auf eine Seite beugte, war in vielerlei Hinsicht gefährlich. „Du hast magische Finger."

„Die Magie kannst du komplett haben, aber nur, wenn du versprichst, nicht wieder dieses Geräusch von dir zu geben", warnte Mack. „Es ist nicht fair, uns anzustacheln, wenn wir nirgends hinkönnen."

Sie legte den Kopf noch etwas weiter schief, ihr Blick war schelmisch. „Ich kann aber auch direkt hier kommen."

„Nicht, wenn ich nur die Hände an deinem Hals habe. Außer, du hast da irgendeinen Fetisch, den du bisher vor mir verborgen gehalten hast."

Brooke wand sich auf dem Boden, stemmt die Hände auf seine Oberschenkel. „Wir könnten in mein Zimmer gehen. Deine Hände sind eingeladen, auch andere Orte zu erkunden."

Versuchung. Glühend heiße Versuchung.

Begleitet von einem Anklopfen der Realität. Sie hatte gesagt, dass sie es immer eilig hatten, und er kannte den Grund. Sie hatten sich schon seit langer Zeit gemeinsame Augenblicke gestohlen, und es fühlte sich immer an, als müssten sie sich beeilen, bevor sie gestört wurden.

Das musste sich ändern.

Er beugte sich vor und küsste sie auf die Nase, dann ging er zurück, als sie kicherte. „Du hast doch da so ein Ding, dass meine Kollegen uns erwischen, wenn wir herumknutschen. Ich hab da so ein Ding, das ich deinem Dad nicht in die Augen schauen möchte, nachdem ich mich an dir ausgetobt habe."

Sie nickte, während sie sich auf den Knien höher aufrichtete, mit den Händen über seine Schultern strich und ihn an sich zog, um ihn fest zu drücken. „Verflixt seien doch diese unerklärlichen Reste von Teenager-Schuldgefühlen, die so anhaltend sind, dass sie uns den ganzen Spaß verderben."

Mack ging eine Reihe von Ideen durch. Er könnte einen Kurzurlaub planen. Ein schickes Zimmer in einem großen Ressort buchen, und irgendwann auf ein Knie gehen und den Ring herausholen.

Ob das vor oder nach ihrer ersten Runde Sex stattfinden sollte, nach der sie befriedigt zurückblieb, stand noch zur Debatte. Er tendierte zu danach – sie würde glücklich und entspannt sein, nachdem er sie von oben bis unten bearbeitet und ihren sexy Lippen eine ganze Menge dieser spannenden Geräusche entlockt hatte.

Ein leises Lachen holte ihn zurück ins Hier und Jetzt, und er schaute in ihre strahlenden Augen.

„Du denkst an Sex", beschuldigte sie ihn. „Es ist nicht fair, das Ganze von der Agenda zu streichen und mir dann hier sexy Augen zu machen, die voller Gedanken an Sex sind."

„Was genau machen denn meine sexy Augen?", scherzte er.

Sie senkte die Stimme. „Sie machen mich heiß. Überall."

Mack erschauerte, das Sehnen in ihm war steinhart und pulsierte vor Verlangen. „Ich muss mal in die Zufahrt zum Schneeräumen. Oder vielleicht auch auf dem ganzen Parkplatz. Ohne Jacke."

Nun war es am Brooke, zu lachen, während sie seine Wange sanft umfasste, dann aufstand und ihn mit sich zog. „Kein Sex, keine sexy Augen. Keine Pläne mehr für den Wahnsinn über die Feiertage. Komm und lass dich von mir im Kartenspielen schlagen."

Ein paar Stunden später waren sie dazu übergegangen, zusammen eine Serie zu sehen, ganz unschuldig auf der Couch aneinander gekuschelt. Brookes Kopf lag an seiner Brust, und sie fühlte sich so verdammt perfekt in seinen Armen an, dass er kurz davor stand, mit seinem Antrag herauszuplatzen, bevor er sich am Riemen riss.

Wie langweilig wäre denn das? Wenn man *Bares für Rares* schaute und dann einen Antrag machte?

Es war ziemlich viel Arbeit, erinnerungswürdige Momente zu schaffen.

Kurz vor elf warf sie ihn schließlich raus. „Ich habe einen Termin, bei dem morgen früh vor halbsieben ein Fahrzeug abgegeben wird."

Nach einem letzten sehnsüchtigen Kuss ging Mack die Stufen hinab, als sich die Tür draußen öffnete und Gary hereinkam. Sie starrten einander einen Augenblick lang unbehaglich an, die Stufen zu schmal, als dass sie einfach so aneinander vorüberkommen konnten.

Dann seufzte Brookes Vater schwer und drehte sich zur Seite, um Mack durchzulassen.

Mack war so dicht davor, einfach die Frage zu stellen, was zum Teufel nicht stimmte, aber er konnte sich nicht dazu überwinden, so unhöflich zu sein. Nicht jetzt. Nicht, nachdem er immer wieder an diesem Abend gehört hatte, wie viel dieser Mann geopfert und für Brooke gegeben hatte. Wie sehr er sie liebte.

Stattdessen zwang sich Mack zu einem Lächeln in der Stimme. „Guter Abend mit den Jungs?"

„Hab zehn Mäuse gewonnen."

„Besser als die Alternative." Mack richtete seine Jacke, bevor er entschlossen nickte. „Man sieht sich."

Er ging durch die Tür hinaus und ganz bis zu seinem Truck, ohne sich einmal umzuschauen, aber er konnte es spüren: Garys Blick war fest zwischen seine Schulterblätter gerichtet.

Mack startete den Motor und fuhr von der Werkstatt los, schaute hinüber, um zu sehen, wie sich die Jalousie an einem Fenster schloss und die Lichter ausgingen, als wäre Brookes Vater gerade erst weggetreten.

Vorfreude. Zögern. Etwas Unbekanntes wehte im Wind. Was immer auf ihn wartete, Mack wurde langsam kribbelig, dass es sich mal beeilen und eintreffen sollte.

4

Das Haus auf der Lone Pine Ranch war von der Eingangstür bis zur Dachspitze mit bunten Lichtern und ausladenden Tannenzweigen verziert.

Im Inneren duftete es so stark nach Zimt und Zucker, dass jeder in Weihnachtslaune kam. Dazu kam noch das erfreute Gelächter zweier kleiner Mädchen, und es war klar, dass in dem warmen Familienheim, das ihre Freundin Hanna sich mit Brad Ford geschaffen hatte, die Weihnachtsfreude im vollen Gange war.

Hannas kleines Mädchen Crissy huschte herum, und Brooke blieb stehen, damit sie nicht auf sie oder die andere kleine Teilnehmerin trat, die half, die erste Aufgabe für das altmodische Weihnachtsfest zu erfüllen. Talia Zhao war nur ein wenig größer als Hanna, aber sie plauderte gern, und das Geräusch der Mädchenstimmen füllte die warme Landküche.

„Okay, Mädchen. Zeit, ans Backen zu gehen, wenn wir fertig werden wollen, bevor Talias Daddy kommt, um sie abzuholen." Hanna zog sich eine Schürze über den Kopf und deutete auf den Stapel auf dem Tisch. „Zieht euch eine an, und ich zeige euch, wo man sich Zutaten holen kann."

Mit dem Loslegen dauerte es noch etwas länger, als nur die Schürzen zu binden, denn Crissy und Talia mussten entscheiden, welche Plätzchen sie backen würden. Brooke hatte sich bereits das Rezept ihrer Großmutter vorgenommen, aber erst einmal war es Zeit für die spannende Frage, ob die Wahl auf Zuckerplätzchen und Lebkuchen fallen würde.

Schließlich zog Hanna Brooke zur Seite, sodass die Mädchen zu Brookes Entsetzen alleine mit den Zutaten zurückblieben.

„Sie werden gleich überall Mehl verteilen", warnte Brooke.

Hannas Augen glänzten, und sie nickte. „Das glaube ich auch, aber sie werden dabei eine wunderbare Zeit haben."

Brooke zuckte mit den Schultern. „Dein Haus, dein Katastrophengebiet."

„Vertraue mir, ich habe vor, dicht an derjenigen zu bleiben, die den größten Schaden verursachen könnte." Hanna grinste, in ihren Augen stand der Schalk. „Keines der Mädchen hat den Ruf, Dinge anbrennen zu lassen."

„Ich bin am Boden zerstört." Brooke drückte sich eine Hand auf die Brust, bevor sie im Gegenzug selbst lächelte. „Stell dich den Tatsachen. Ich mache schon viel länger in der Küche rum als die beiden. Darum ist mein Ruf so beeindruckend."

„Es ist echt gut, dass du mit einem Feuerwehrmann zusammen bist, mehr sage ich nicht."

Eine Stunde später waren auf jeder freien Fläche der Küche Plätzchen. Die Mädchen hatten Mehl im Gesicht und Kekskrümel in den Mundwinkeln, aber ihre Augen waren groß vor Glück, während sie das letzte Blech ausrollten.

Hanna und Brooke hatten die Plätzchen ihrer Oma fertig zusammengesetzt. Es war nicht so leicht gewesen, wie Brooke es in Erinnerung hatte, aber unter Hannas geduldiger Führung kam ein Blech Plätzchen im Ofen, das himmlisch roch.

Hanna hielt inne, um zu helfen, als Crissy Milchgläser für sich und Talia einschenkte. Als sie zurückkehrte, beugte sie sich vor und senkte die Stimme. „Wie läuft es denn zwischen dir und Mack?"

„Toll", sagte Brooke begeistert. „Er hilft mir bei einigen weihnachtlichen Plänen."

„Ach, wirklich?", fragte Hanna.

„Nicht mal annähernd was so Leuchtendes, wie ihr hier auf die Beine gestellt habt", entgegnete Brooke mit einem Zwinkern. „Wir müssen diese Plätzchen hier noch hinkriegen, und ein bisschen Musik und Weihnachtsschmuck, aber ansonsten wird es ein ganz normales Weihnachten mit Dad. Mack wird dabei sein. Ziemlich ruhig eigentlich."

Hanna wirkte, als müsse sie sich zurückhalten, damit sie nichts sagte.

„Was?"

Erst mal wurde ein bisschen der Kopf geschüttelt, dann musste sie kurz weg, um zu helfen, etwas aufzuwischen, was die Mädchen ausgeschüttet hatten, bevor Hanna zurückkehrte und Brooke direkt in die Augen schaute. „Magst du ihn?"

„Mack?"

Hanna nickte.

Da ging es wieder los. Die unmöglich zu beantwortenden Fragen, die immer auf dieselbe Sache verwies. Wie sollte sie denn diesmal damit umgehen?

„Ja", sagte Brooke gedehnt. „Gibt es einen Grund, weshalb ich das nicht tun sollte?"

Hanna wirkte entsetzt. „Nein, natürlich nicht. Er ist wunderbar. Ich meine, er wirkt wunderbar, und er wirkt, als wäre er wunderbar für dich. Und Brad hält eine Menge von ihm."

Da wollte sich jemand rausreden. Auf jeden Fall. Brooke hob eine Augenbraue und schaute ihre Freundin an.

Hanna verdrehte die Augen und ahmte dabei bestens ihre Tochter nach. „Ich kann nicht glauben, dass du meine subtilen Hinweise überhaupt nicht wahrnimmst", beschwerte sie sich.

„Ich kann nicht glauben, dass du es subtil versuchst, wo ich doch gerade mein eigenes Gewicht in Zucker zu mir genommen habe."

Ihre Freundin lachte. „Okay, tu einfach so, als hätte ich nie gefragt, denn mir ist klar, dass du willst, dass ich mich um meine Angelegenheiten kümmere."

„Vielleicht. Oder vielleicht weiß ich wirklich nicht, wovon du da redest. Ich habe nicht vor, mich von ihm zu trennen. Er ist ein guter Kerl, Hanna. Er macht mich glücklich. Hilft mir, ein bisschen Spaß zu planen, damit dieses Weihnachten für meinen Dad toll wird, und das ist ziemlich süß."

„Das ist toll, und ich freue mich über das alles, aber willst du nicht ..."

Da musste Hanna los, um die Mädchen zu retten, bevor das Spritzgebäck überall auf die Arbeitsfläche gespritzt wurde, anstatt nur auf das Backblech.

Brooke eilte hinüber, um auch zu helfen, und einen Augenblick lang kämpften sie alle darum, süße Leckerbissen in den Ofen zu bringen, und das reichte als Ablenkung, damit sie nichts mehr zu ihrer Freundin sagen musste.

Denn sie wollte mehr. Mack war in ihr Leben getreten und so ein solider Teil davon geworden, zumindest, wann immer sie sich treffen konnten, sodass es sich falsch angefühlt hätte, ihn nicht da zu haben.

Als sie zusammengekommen waren, hatte sie sich gefragt, ob er nur vorübergehend in der Stadt war, aber in letzter Zeit war nicht mehr die Rede davon gewesen, dass er gehen würde. Eigentlich konnte sie sich gar nicht an das letzte Mal erinnern, dass er davon gesprochen hatte, womöglich umziehen zu müssen.

Er war einfach nur ... der Ihre.

„Hallo, ihr alle!"

Lärm erklang an der Eingangstür. Männliche Stimmen, gefolgt von Talias und Crissys Jubelrufen, die losliefen, um ihre Väter zu begrüßen.

„Sieh mal, was für hübsche Köchinnen wir gefunden haben", verkündete Brad, der eine Hand um Crissy legte und vorkam, bis er Hanna auch in die Arme nehmen konnte. „Hier duftet es wunderbar."

„Wir haben ganz viele Plätzchen gebacken, Daddy", setzte Talia ihren Vater in Kenntnis, während Ryan ins Zimmer kam, Mack direkt hinter ihm.

„Es sieht aus, als würden wir auch eine Menge Plätzchen brauchen", scherzte Brooke. „Schön, dich wiederzusehen, Ryan. Wie läuft es denn unten im Pub?"

„Nicht schlecht. Ich verkaufe derzeit schneller Heißgetränke als Bier." Er hob Talia hoch und zog sie fest an sich, rieb ihre Nase an seiner. „Warst du für Hanna eine tolle kleine Chefköchin?"

Sie bejahte das, dann wies sie auf den Ofen. „Die sind fast fertig. Wir können bald warme Plätzchen essen."

Mack kam durch den Raum und stellte sich neben Brooke. „Kriege ich von dir auch warme Plätzchen?" Er wackelte mit den Augenbrauen und verwandelte seine Frage in etwas völlig anderes.

Brooke war nicht die Einzige, die ein erheitertes Schnauben von sich gab.

„Halt es bloß kindertauglich", warnte Brad ihn leise.

„Ich freue mich doch einfach nur drauf, bald an Brookes süßen Teilchen knabbern zu können", sagte Mack unschuldig, seine Hand glitt über ihre Hüfte und zog sie an sich. „Hey, Kleine. Wie läuft Operation Altmodisches Fest?"

„Der erste Versuch ist im Ofen, Captain", erklärte sie ihm, zog seine Hand von dort weg, wo sie sich unter ihr Shirt geschlichen hatte, denn seine Finger auf ihrem bloßen Bauch stellten gefährliche Dinge mit ihrem Inneren an. Falls sie irgendwie hoffen wollten, die Dinge kindertauglich zu halten, durfte sie nicht zulassen, dass Mack sie bis zum Flammpunkt trieb.

Er gab grollend eine Beschwerde von sich, ließ aber von ihr ab, und ihr Puls verlangsamte sich bis auf ein fast normales Niveau. Sie bewegten sich alle in der Küche, machten die Ofenhandschuhe bereit. Ryan half Brad, weitere Milchgläser zu holen, damit sie gleich die Verkostung durchführen konnten.

Brooke merkte sich einen neuen Punkt für ihre To-do-Liste vor. Sie arbeitete daran, dieses Weihnachten zu etwas Besonderem für ihren Vater zu machen, aber es fühlte sich sehr wichtig an, dabei auch Mack einzubinden, über den Teil hinaus, wo sie sich seine Hilfe holte und er am eigentlichen Festtag dabei war.

Was würde er wirklich wollen? Wagte sie es, irgendwas wie einen Kurzurlaub auf die Beine zu stellen, ohne erst bei ihm nachzufragen?

Sie konnten nicht annähernd genug Zeit miteinander verbringen, besonders keine Zeit unter sich. Und obwohl es ganz oben auf ihrer Liste stand, sich mit dem Mann nackig zu machen, wollte sie auch zusammensitzen und reden, ohne dass der eine oder andere von ihnen schon wieder woanders sein musste. Ohne Störungen.

Aber da die Feiertage so voll waren, wie sie waren, schien es unmöglich, insgeheim zu planen, sich mit ihm davonzustehlen. Das Beste, worauf sie hoffen konnte, war, Brad dazu zu bringen, seinem Freund hinterrücks eine Tasche zu packen, die sie dann verstecken konnte, für den Fall, dass sich die Gelegenheit ergab.

Abgesehen davon würde sie warten müssen, bis das neue Jahr kam, wie sie es sich schon vorher gedacht hatte.

Manchmal war langsam eben der einzige Weg.

Der Summer am Ofen ertönte, holte ihre Gedanken zurück ins Hier und Jetzt. Zu dem Mann, der sie mit einem Lächeln auf den Lippen beobachtete, das so süchtig machte wie das Gebäck auf dem Tisch.

Die letzten Minuten waren für Mack eine fantastische Erinnerung daran gewesen, was für ein Glück sein bester Freund hatte. Macks Beobachtungen hatten keinen bitteren Beigeschmack von Eifersucht, vielmehr war da eine tiefe, starke Anziehungskraft, um so etwas Gutes auch einmal selbst genießen zu können.

Brad hatte eine wunderschöne Frau gefunden, die liebenswert und fürsorglich war und ihn sichtlich liebte. Er hatte eine Tochter, die bedingungslos in seine Welt gekommen war, und neues Leben war unterwegs. Er hatte seinen Vater, einen Bruder und eine ganze Schar Freunde, wie Mack wusste, da er ständig mitten in ihre Aktivitäten gezogen wurde.

Es war ein Stück Paradies auf Erden. Ein Film, den Mack wollte – nur, dass er und Brooke die Hauptrollen spielen sollten. Er wollte nicht nur, dass sie zusammen waren, sondern auch den Teil mit der Familie, und diese Erkenntnis reichte aus, ihm den Atem zu rauben.

„Ihr seid etwas früher dran, als wir erwartet haben." Hanna legte Backpapier auf ein Kühlgitter, dann bot sie Brooke die

Ofenhandschuhe an. „Wir dachten, ihr würdet gerade rechtzeitig zum Abendessen kommen."

„Der Geruch nach Plätzchen ist magisch ganz bis zu uns getrieben und hat uns mit unserem Meeting einen Zahn zulegen lassen", scherzte Ryan. „Tatsächlich müssen Talia und ich heute Abend ihre Großeltern besuchen, und da es schneien soll, dachte ich, wir würden etwas früher aufbrechen."

Zwei kleine Mädchen seufzten schwer vor Enttäuschung, aber er deutete auf den Teller mit Plätzchen und hob eine Augenbraue. „Es scheint, als hättet ihr mit den Feiertagen schon mal gut angefangen."

Talia nickte langsam, ihr Blick huschte immer wieder zwischen Crissy und Hanna hin und her.

„Ich freue mich, dass du so eine schöne Zeit mit deiner Freundin hattest." Ryan schob seine Finger unter das Kinn seiner Tochter und sprach leise. „Nainai und Yeye freuen sich darauf, dich zu sehen, aber wir müssen erst in einer halben Stunde aufbrechen. Und du und Crissy könnt an einem anderen Tag wieder zusammen spielen."

Während Ryan sich um seine Tochter kümmerte, trat Hanna neben Mack, beugte sich dichter heran und sprach leise genug, dass Talia es nicht hören konnte. „Wollt ihr zum Abendessen bleiben?", fragte sie. „Es gibt reichlich. Patrick ist draußen in der Scheune, aber er kommt bald zurück. Wir würden uns freuen, wenn du und Brooke euch anschließt."

Er schaute zu Brooke, die zustimmend nickte, und da das abgemacht war, ließen sich alle um den großen Küchentisch nieder, um die Verkostung zu machen, auf der die Mädchen bestanden.

„Glaubst du wirklich, wir sollten das tun?", fragte Brad mit gespielter Ernsthaftigkeit. „Plätzchen essen kurz vor dem Abendessen?"

An Macks Seite stieß Brooke ein ersticktes Geräusch aus,

das klang wie ein Versuch, ihr Lachen zurückzuhalten. „Ihr solltet euch das nicht vorstellen, als würdet ihr Plätzchen vor dem Abendessen essen, sondern dass man noch übrige *Nachtisch*plätzchen vom Mittagessen hat, da wir ja schon seit mindestens zwei Stunden dran sind."

Brad lachte. „Na ja, ich schätze, das macht es schon besser."

Crissy und Talia wollten die Zuckerplätzchen als Erstes testen. Obwohl sie ein wenig unförmig waren, konnte Mack, als die zuckrige Süße auf der Zunge schmolz, nicht anders, als ein zustimmendes Geräusch von sich zu geben.

Die Mädchen hatten vor Freude leuchtende Gesichter.

„Santa wird die lieben", erklärte er ihnen ernst.

Crissy neigte wissend das Kinn. „Tut er. Seine ganzen Helfer lieben sie auch, besonders ..."

Sie warf einen Blick auf Hanna, dann presste sie die Lippen zusammen. Sie hielt sich erzwungen still, obwohl sie sich wand, weil es so schwer war, unter Verschluss zu halten, was immer da herausplatzen wollte.

Neben ihm lachte Brooke leise, sie kannte das Geheimnis offensichtlich. Ihr Oberschenkel rieb an seinem, und etwas Süßeres als der Zucker, den er gerade verspeist hatte, stürmte auf ihn ein, und er war nur eine Sekunde davon entfernt, sie zu packen und besinnungslos zu küssen.

Stattdessen griff er nach einem weiteren Teller auf dem Tisch. Ein würziger Geruch stieg von den quadratischen Formen auf, die oben mit wunderschönen Bildern verziert waren, und ihm wurde der Mund wässrig. „Das ist das Rezept deiner Oma?"

Brooke nickte. „Dank Hanna und der Mädchen habe ich sie nicht anbrennen lassen."

Jeder am Tisch nahm eins, hob sie feierlich an den Mund, alle gleichzeitig für den ersten Bissen.

Den ersten *problematischen* Bissen. Die Quadrate waren eher Steine als Plätzchen. Und der Geschmack ...

Mack schaffte es, nicht zu würgen oder es auszuspucken.

Crissy und Talia waren nicht ganz so höflich, griffen nach ihren Milchgläsern und tranken sie ganz leer, bevor sie mit vor Sorge aufgerissenen Augen zu Hanna schauten.

Hanna legte ihr kaum angeknabbertes Plätzchen zurück auf den Teller und wandte sich besorgt an Brooke. „Nicht, dass ich deine Kochfähigkeiten noch weiter in Zweifel ziehen möchte, aber hast du das Rezept richtig abgeschrieben?"

Brooke machte ein unwilliges Geräusch. „Das passt ja. Ich hab sie nicht anbrennen lassen, und sie schmecken trotzdem furchtbar."

„Also sollen sie so *nicht* schmecken? Gut zu wissen", sagte Brad.

Brooke streckte ihm die Zunge raus, sodass Talia und Crissy beide lachten, dadurch wich die Anspannung aus dem Raum.

„Ich schlage vor, dass wir alle einen Lebkuchen essen, um uns zu erholen von ... was immer das war", sagte Brooke geschmeidig. „Immerhin habt ihr alle versprochen, mich nicht anzuzeigen, weil ich versucht habe, euch zu vergiften."

„Und dann ist es Zeit zum Aufräumen." Hanna reichte einen weiteren Teller herum, bevor sie zur Arbeitsfläche ging, um Plätzchen in eine Tüte zu kippen. „Die sind für dich und deine Großeltern, Talia."

Es wurden Kekse gemampft und Krümel weggewischt, und in dem Durcheinander nahm sich Mack Brookes Hand und zog sie mit sich zu einer Seite des Hauses.

Je weiter sie sich von der Küche und dem Holzofen im Wohnzimmer entfernten, desto kühler wurde die Luft, aber er hatte Pläne, die sie beide schon aufwärmen würden.

„Ich weiß nicht, was da schiefgegangen ist", beschwerte

sich Brooke. „Ich schwöre, ich hatte das Rezept ganz richtig – *oh!*"

Er wirbelte sie zu sich herum und trat näher. Einen Augenblick später sank ihr Rücken in die dicken Jacken, die an der Wand im Windfang hingen, während er sie mit seinem Körper dort festnagelte.

Weiche Brüste an seinem Oberkörper, kurvige Hüften dicht an seinen. Mack nahm ihr Kinn mit den Fingern und starrte einen langen, intensiven Augenblick ihren Mund hungrig an, bevor er den Abstand zwischen ihnen verringerte.

Er wollte ihr zeigen, dass er auch langsam konnte – dass sie es verdiente, angebetet zu werden –, aber das schmerzhafte Verlangen machte es ihm unmöglich, ihr zu widerstehen.

Die Süße ihres Kusses hatte nichts mit den Plätzchen zu tun, die sie gegessen hatten, und alles mit seiner Sucht nach ihr. Er verlangte danach. Musste ihren Geschmack im Mund haben, ihren Geruch in seinem Körper, ihre Nägel, die sich in seine Schultern bohrten. Ihren Zungen neckten einander, dann zogen sie sich zurück, während er langsam ihre Hüften zusammen wiegte.

Er war härter als diese verdammten Plätzchen vorhin, und das sagte etwas aus.

Mack richtete sich leicht neu aus, zog sie fester auf seinen Oberschenkel, und sie keuchte. Das Geräusch fing er mit dem Mund auf, hob ein Bein und rieb fester an ihrem Schoß.

Ein leises Grollen entwich ihm, als sie ihm mit den Nägeln über den Rücken fuhr. Heiße Linien, die ihn brandmarkten und ihn die Schichten aus Stoff zwischen ihnen verfluchen ließen. Er wollte Haut. Nackt und wild unter seinem Körper. Offen für seine Berührung und seinen Mund und seine Zähne.

Da er das im Augenblick nicht haben konnte, würde er sich damit begnügen, die Leidenschaft in ihren Augen blitzen zu sehen und zu beobachten, wie sie die Bodenhaftung verlor. Sich durch seine Berührung und Anwesenheit völlig auflöste.

Er beugte sich fester vor, nahm sich ihre Lippen und zog sie weit genug nach oben, dass sie auf den Zehenspitzen stand. Sie hatte gar keine Kontrolle, nur er. Er war auf sie fixiert, während das Verlangen ihre Haut erröten ließ.

Von tiefer im Haus kamen Stimmen, aber hier in dem kleinen Raum waren es nur seine schweren Atemzüge und ihr leises Keuchen. Das Geräusch wurde zu einem bebenden Japsen, bevor sie sich auf die Unterlippe biss und versuchte, ihre Lust zu unterdrücken.

„Das bringt dich in Fahrt, oder? Du willst nicht, dass jemand hört, wie wir auf der Feuerwache rummachen, aber die Gelegenheit, dass wir versehentlich in der Öffentlichkeit erwischt werden, macht dich total wahnsinnig, oder?"

„Dich auch", erwiderte sie mit einem leisen Stöhnen. „Vielen Dank, Geister der Weihnacht, und Halleluja."

Er lachte leise, denn sie hatte recht. „Ich verspreche, dass keine Minderjährigen durch unsere verruchten Spielchen traumatisiert werden."

Aber er war auf jeden Fall dabei, diese Runde abzuschließen, bevor er zum Aufhören gezwungen wurde. Das bedeutete jedoch nicht, dass er nicht etwas beweisen konnte. Mack verlangsamte die Aufwärtsbewegung, als er sie auf seinen Oberschenkel hochzog.

Sie hämmerte ihm protestierend mit der Faust auf den Rücken.

„Nein. Hör nicht auf", flüsterte sie, ihr Tonfall war verzweifelt.

„Du willst mehr? Du brauchst mehr?" Er presste ihr die Lippen neben das Ohr und ließ die nächsten Worte an ihrer Haut grollen. „Du willst *mich*?"

„*Ja.*"

Er ließ sie wieder zurück nach unten sinken und bewegte sein Bein, rieb den Oberschenkelmuskel an ihrem Geschlecht, als wäre er ein Pfadfinder, der an einem windigen Tag zwei Stücke trockenes Holz aneinander rieb.

Brooke drehte das Gesicht zur Seite, ihre Lippen wollten unbedingt auf seine treffen, während sie bebte, erschauerte und dann keuchte sie. Ihr Herz hämmerte so fest, dass das Echo ihres Pulses bis an seine Lippen durchkam, als er seitlich an ihrem Hals hinabstreifte, sie aufrecht hielt, während sie darum kämpfte, wieder zu Atem zu kommen.

Er war immer noch steif, immer noch voller Sehnsucht und geil, aber verdammt glücklich.

Die Tür nach draußen schwang mit einem leisen Quietschen auf.

Mack drehte sich sofort, und Brooke trat einen Schritt zur Seite.

Als Brads Vater durch die Tür kam, hängte sie rasch die Jacken auf, die sie ein wenig fester an den Haken gedrückt hatten, als wäre das alles, was Mack und sie vorgehabt hatten. Ein wenig Aufräumen im Windfang.

Die Tatsache, dass sie den Rücken dem anderen Mann zugewandt hielt, um ihr gerötetes Gesicht und das äußerst zufriedene Grinsen darauf zu verstecken, amüsierte Mack und bewies, wie klug sie war.

Jetzt war Ablenkung vonnöten.

„Patrick. Schön, dich wiederzusehen. Kann ich mit deiner Jacke helfen?", bot Mack an.

Patrick Ford stützte sich einen Augenblick auf seine zwei Krücken, beäugte Brooke, die fleißig versuchte, aufzuräumen, bevor er zu Mack hin nickte und sich die Jacke abnehmen ließ. „Fühlt es sich für dich auch ein bisschen warm hier drin an?"

Brooke hustete, dann bückte sie sich, um ein Paar Stiefel aufzustellen.

Mack löste den Blick von ihrem perfekten Hintern und lächelte Mr. Ford an. „Das ist einfach nur der Kontrast zu draußen, denke ich. Ist echt kalt heute."

„Kalt, und Schnee ist unterwegs. Die Stürme in der Gegend haben so eine Art, sich anzuschleichen, aber falls die Vorhersage stimmt, könnte das das schneereichste Weihnachten in zehn Jahren werden", erklärte ihm Patrick. „Man wird echt hart arbeiten müssen, damit einem warm bleibt."

Ihr Problem war es nicht, sich warmzuhalten, dachte sich Mack. Spontane Entzündung war schon eher das, worum er und Brooke sich Sorgen machen mussten.

Sie schaute ihm in die Augen, während Patrick wegging, ihre Wangen rosig, und ihre Augen strahlten.

Hitze? Die hatten sie haufenweise. Sie mussten sich zu dem Teil bewegen, wo er das Privileg bekam, ihr Feuer jederzeit anzuschüren, wenn er wollte.

Das war alles, was er wirklich zu Weihnachten wollte.

5

———

„Noch mal."

Auf seine Ankündigung hin wurde im Chor gestöhnt, aber Mack hatte bereits auf die Stoppuhr gedrückt, bevor er sein Springseil wieder wirbeln ließ.

Vor ihm bewegte sich ein halbes Dutzend freiwillige Feuerwehrleute mit etwa so großer Begeisterung, wie sie aufbringen konnten, durch das Training. Die Luft roch nach Schweiß und dem stets anhaltenden Rauch, dazu noch dem üppigen Aroma von Tomatensoße, da das zweite Team, das an einem Erste-Hilfe-Auffrischungskurs oben teilnahm, an dem gemeinschaftlichen Mal arbeitete, das sie später alle zusammen einnehmen würden.

Hier bei der Feuerwehrausrüstung hämmerte die Musik um sie herum, der dumpfe Beat wurde von Geräuschen der Füße betont, die auf den Betonboden stampften.

„Weitermachen", ermutigte sie Mack. „Nur noch ein bisschen."

„Das. Hast. Du. Schon mal gesagt." Die neunmalkluge Anmerkung kam zwischen keuchenden Atemzügen von einem

60

aus der Gruppe, während alle anderen weitermachten, bis die Stoppuhr piepte.

Sofort sank die ganze Mannschaft in sich zusammen, die Hände auf die Knie gestützt, während sie schwer atmeten, abwartend beobachteten und sich davon abhielten, erschöpft auf den Boden zu sinken. Mack klatschte anerkennend in die Hände und sagte ihnen die Worte, auf die sie gewartet hatten.

„Das war's. Jetzt nur noch Cooldown und Stretching, bevor es unter die Dusche geht."

Ein kollektives erleichtertes Seufzen wurde laut.

Mack war nicht der Einzige, der leise lachte. Neben ihm hatte auch Alex etwas anzukündigen. „In einer Dreiviertelstunde steht das Essen auf dem Tisch. Ihr habt Zeit, bevor ihr euch in die Schlange stellt."

Mack gab noch letzte Anweisungen. „Fünfmal um die Halle, wie schnell ihr auch immer mögt, aber die letzten beiden Runden solltet ihr nur noch gehen. Und vergesst nicht, dass ihr auch den Deltamuskel stretcht, nicht nur die Achillessehne – sonst bringt euch das Armtraining, das wir vorhin gemacht haben, morgen um."

Die erschöpfte Mannschaft erhob sich von dort, wo sie zusammengebrochen war, und formte sich wohlwollend zu einem Haufen, der sich langsam am Rand der Halle entlang bewegte.

Alex wies mit dem Kopf auf sie. „Geh mal mit gutem Beispiel voran und mach auch einen Cooldown."

Mack nickte und joggte langsam, während Alex sich ihm anschloss. „Wie ist dein Kurs gelaufen?"

Alex teilte ihm mit, worum sie sich in Sachen Notfallbehandlung der medizinischen Art gekümmert hatten. Mack nickte, zufrieden damit, wie der Abend insgesamt gelaufen war.

Sie hatten in der letzten Zeit das Training etwas

durchmischt – eine tolle Idee, die eine ihrer befristeten Rettungssanitäterinnen eingeführt hatte. Mit einer starken Mannschaft aus Freiwilligen ging es genauso sehr um die Kameradschaft wie um die Fähigkeiten, aber wenn man das körperliche Training mit technischen Auffrischungskursen abwechselte, bedeutete das, wenn an einem Tag ein Notfall war, wäre nicht die ganze Mannschaft zu erschöpft dafür.

Sie waren genug Runden gelaufen, also verlangsamte sich Mack zum Gehen, nickte zustimmend, als einige Freiwillige von oben dazu kamen, um sich einer großen, spontanen Stretching-Einheit anzuschließen. „Ich bin beeindruckt, wie gut die Teams sich zu vertragen scheinen."

„Das ist toll", stimmte Alex zu. „Ich frag mich aber, ob wir nicht noch einen weiteren Koordinator brauchen."

Mack warf einen Blick auf den Mann. „Glaubst du nicht, dass wir vier reichen?"

„Ich glaube, einen Ersatz zu haben, der ausgebildet ist und das System kennt, wäre sogar noch besser. Außerdem dachte ich, man sollte Brad nicht als einen unserer Koordinatoren betrachten, zumindest nicht mehr Vollzeit. Wo er doch jetzt Verantwortlichkeiten außerhalb der Gegend hat, und die neuen, die dieses Jahr noch dazu kommen."

Beeindruckend. Mack nickte, während er Alex nachdenklich betrachtete. „Du hast recht. An die Sache mit dem Baby habe ich gar nicht gedacht. Hast du irgendeine Idee? Irgendjemanden in unseren Teams, von dem du glaubst, er oder sie wäre bereit für mehr Verantwortung?"

„Ich habe ein paar Ideen, aber ich dachte, ich setze dir erst mal den Floh ins Ohr. Du solltest vermutlich derjenige sein, der Brad sagt, dass er in eine eher beaufsichtigende Rolle versetzt wird." Alex grinste breit. „Viel Spaß damit."

Mack ließ seine Erheiterung durchscheinen. „Vertraue mir. Brad ist niemand, der sich an eine Aufgabe klammert, nur um sie zu haben. Er weiß, wie viel Zeit es braucht, hier zu sein und aufmerksam zu bleiben. Ein Neugeborenes Zuhause zu haben, wird nicht viel dazu beitragen, dass unser Brandmeister in Höchstform ist."

Sie schlossen sich der Gruppe an, die sich in dem freien Raum neben dem glänzenden Feuerwehrauto versammelt hatte, unterhielten und stretchten sich, und verschwanden in kleinen Grüppchen hinaus in die Gemeinschaftsduschen, um sich den Schweiß abzuwaschen.

Mack war sich gerade erst mit dem Kamm durch die Haare gefahren, als das Geräusch der Glocke zum Abendessen durch das Gebäude hallte.

Der Geruch nach Schokolade hing in der Luft, obwohl der Tisch mit dem Nachtisch immer noch leer war.

Das Essen war allerdings fertig, und er schloss sich der Schlange an, um sich den Teller mit Spaghetti und einer dicken Fleischsoße vollzuladen, bei der ihm der Mund wässrig wurde.

Dann nahm er das Salatbesteck der Freiwilligen vor ihm ab, die abgelenkt auf ihr Handy schaute.

„Hey", beschwerte sich Charity. „Damit war ich noch nicht fertig."

Er gab eine Portion auf ihren Teller, bevor er sich selbst doppelt so viel nahm. „Wenn du pennst, gehst du eben leer aus", rief er ihr in Erinnerung. „Nur weil Handys nach dem Training nicht verboten sind, heißt das nicht, dass das der richtige Zeitpunkt ist, um sie gleich rauszuholen. Du wirst vielleicht abgelenkt und verpasst was Gutes."

Charity, eine ihrer jüngeren Freiwilligen, verdrehte die Augen lcicht, während sie sich das Handy in die hintere Hosentasche schob. „Ja, Sir."

Manchmal war es verdammt schwer, sich gegen das Grinsen auf seinem Gesicht zu wehren. Mack ging zu einem anderen Tisch mit Freiwilligen, mit denen er eine Weile nicht geredet hatte, hörte sich ihre Geschichten an und beantwortete ihre Fragen.

Sein Teller war leer, und er war bereit, die Bleche mit Brownies anzugehen, die nun auf dem Tisch mit Nachtisch warteten, als sein Handy in der hinteren Hosentasche vibrierte.

Nur eine begrenzte Anzahl von Leuten in seinen Kontakten hatte einen Warnton bei einer Nachricht, und eine davon war Brooke.

Mack holte das Handy verstohlen heraus und hielt es unter dem Rand des Tisches, um diskret seine Nachrichten zu lesen.

Brooke: Ich habe Schachteln gefunden!

Zehn von zehn Punkten für Begeisterung. Jetzt musste er nur noch rausfinden, worüber zum Teufel sie da redete.

Mack: Sind es gute Schachteln?

Brooke: Sehr gute Schachteln. Die mit dem Weihnachtsschmuck.

Mack: Das ist toll. Irgendwas Nützliches dabei?

Brooke: Bin mir nicht sicher. Nur weil ich sie gefunden habe, heißt das nicht, dass ich sie schon öffnen konnte. Ist eine lange Geschichte, hast du Zeit, später vorbeizukommen?

Mack: Ich bin bald fertig, und ich habe keine Bereitschaft bis morgen. Ich würde gerne vorbeikommen und mir mal deine Deko ansehen.

Brooke: Ich weiß nicht, was für ein Emoji ich dir für diesen Kommentar schicken soll.

Mack: lassen wir doch dieses ganze Gemüse-Obst-Debakel. Ich habe mich noch immer nicht von dem einen Mal erholt, als du mir das Auberginen-Emoji neben einem Lagerfeuer geschickt hast. Ich schwöre, danach habe ich eine Therapie gebraucht.

Brooke: LOL. Schwing deine Aubergine und den ganzen Rest hier rüber, wann immer du kannst.

Die Erkenntnis, dass es im Raum völlig still geworden war, während er abgelenkt gewesen war, kam bei ihm einen Sekundenbruchteil an, bevor er sich das Handy in die Hosentasche schob und aufschaute.

Sein Teller war weg. Sein Glas war weg. Jedes Gesicht am Tisch war in seine Richtung gewandt, erheiterte Mienen und gehobene Augenbrauen.

Gegenüber am Tisch spießte Charity ihren letzten Bissen Brownie mit der Gabel auf, hob ihn zum Mund und summte glücklich. „Du weißt ja, für Handys gibt es den richtigen Zeitpunkt und den richtigen Ort. Wenn man sich ablenken lässt, verpasst man vielleicht was Gutes."

Alex neigte das leere Brownie-Blech zu ihm hin. „Tut mir leid, Bro."

„Wenn man pennt, geht man eben leer aus", erwiderte Charity süß, während überall im Raum Gelächter aufkam.

Mack wackelte mit dem Finger in ihre Richtung, nickte aber gut gelaunt. Das hatte er sicher selbst zuzuschreiben.

Er lächelte immer noch, als er rüber zu Brooke kam. Die bittere Kälte wirbelte auf dem kurzen Weg zwischen seinem Truck und der Werkstatt um ihn herum. Er glitt in die Wärme hinein, klopfte sich auf die Arme, um die Kühle von seiner Jacke zu bekommen, bevor er sich zu ihr beugte.

„Du weißt schon, dass ich deinetwegen Ärger bekommen habe", beschwerte er sich.

„Echt?"

„Okay, deine Schuld war es nicht, aber ich denke trotzdem, du solltest es wieder gutmachen. Ich habe Brownies verpasst." Er zog gespielt eine Schnute vor ihr.

„Dann hättest du wohl nicht unter dem Tisch Nachrichten schreiben sollen", scherzte Brooke, die zurücktrat, während er schockiert hochfuhr. „Ach, ich habe meine Quellen unten auf der Feuerwache. Ich weiß alles ...“

Ohne auf die Tatsache zu achten, dass seine Jacke immer noch eiskalt war, jagte Mack ihr nach, fing sie in den Armen und küsste sie fest auf die lachenden Lippen. Brooke schlug ihm mit gespieltem Zorn einen Augenblick lang auf die Schultern, bevor sie die Finger in seine Haare vergrub und den Kuss vertiefte.

Bis sie aufhörten, lag keine Kälte mehr in der Luft.

Sie legte ihm eine Hand an die Wange. „Mal alle Scherze beiseite, danke, dass du vorbeikommst. Ich habe den Jackpot des Weihnachtsschmucks gefunden. Glaube ich."

„Das ist äußerst entschieden. Nicht."

Brooke führte ihn durch die Werkstatt, schlängelte sich zwischen geparkten Trucks und Hebebühnen durch. Sie zog ihn dicht an sich, während sie an Reifen und Druckventilen vorbeikamen, und blieb in der gegenüberliegenden Ecke stehen, wo eine alte Leiter an der Wand lehnte, die gerade hinauf zu einer Plattform gute fünf bis sieben Meter über ihren Köpfen reichte.

Mack schaut hinauf, während gleichzeitig Entsetzen und Bewunderung in ihn hineinströmten. „Willst du mir sagen, dass du da schon hochgestiegen bist?"

Die Leiter war recht robust – schätzte er – aber es war nichts, wo er ohne Hilfe und vielleicht ein Sicherungsseil hochgeklettert wäre.

„Ich bin doch nicht dumm", sagte Brooke trocken. Sie rümpfte liebenswert die Nase. „Okay, ich war schon ein Grenzfall der Dummheit, bis mir klar geworden ist, dass du mich vermutlich umbringen würdest, wenn ich mich nicht zuerst selbst umbringen würde. Ich bin die Leiter nicht weiter als die ersten paar Stufen hochgestiegen. Nur weit genug, dass ich das Handy heben und ein Foto vom Speicher machen konnte. Ich glaube, nicht, dass ich schon jemals oben war."

„Weil es keinen Zugang gibt, bei dem man keine Flügel oder Spinnenfähigkeiten braucht?"

„Weil ich es nicht interessant genug fand, um mich zu fragen, was da ist", gab sie zu. „Ich habe es gern ordentlich, wenn ich also einen neuen Bereich zum Organisieren finde, muss ich mich darum kümmern. Wüsste ich nicht, dass es das gibt, wäre es weniger Arbeit."

Mack rückte von ihr ab, war unterwegs zurück zu seinem Truck. „Du bist der seltsamste Ordnungsfanatiker, den ich kenne, aber in diesem Fall bin ich dankbar darum. Bleib da. Beide Füße auf dem Boden."

„Ja, Cap."

Bis er mit dem Seil von seinem Truck zurück war, hatte Brooke bereits die Werkstattausrüstung in dem Bereich weggeschafft, sodass er freie Bahn hatte, um einen sicheren Zugang zu schaffen.

Er warf ein Ende seines Sicherungsseils über einen Metallbalken, schlang einen Achterknoten in seine Kletterausrüstung und befestigte das andere Ende an Brooke. „Weißt du noch, wie man das macht?"

Sie nickte, stellte sich breitbeinig hin und hielt das Seil um den Rücken gelegt und unter einem Arm, damit sie, falls er abstürzte oder die Leiter versagte, nur ihr Körpergewicht nutzen musste, um dagegen zu halten.

„Obwohl ich mir einbilde, dass ich beim letzten Mal, als wir das gemacht haben, nicht schwer genug war, um dich in der Luft zu halten."

„Du musst nur verhindern, dass ich auf den Boden klatsche", rief er ihr in Erinnerung. Er gab ihr einen raschen Kuss auf die Lippen. „Danke, dass dich um dich kümmerst."

„Danke, dass du auf eine Schatzjagd nach Weihnachtsschmuck mit mir gehst", erwiderte sie, während er die Leiter hinaufstieg.

Der Ausflug war zum Glück unspektakulär. Der Platz oben auf dem Absatz war groß genug, dass er die Hüfte aufstützen konnte, und die metallene Plattform war sicher.

„Ich sehe deine Kisten", verkündete er. „Und auch etwas, das aussieht, wie Ausrüstung zum Bogenschießen, und genug Spinnweben, dass Kankra stolz wäre."

„Igitt."

Brooke hielt sein Rettungsseil ganz fest, starrte hinauf in die Balken. Und obwohl sie keine furchtbare Angst vor Spinnen hatte, war sie doppelt dankbar, dass sie auf Macks Hilfe gewartet hatte.

„Keine Ahnung, was das Zeug zum Bogenschießen soll", sagte sie zu ihm. „Willst du einen Seilzug bauen, um die Kisten runterzulassen?"

„Ich habe das schon vorbereitet." Er zog ein zweites Seil unter seiner Jacke hervor und hielt es ihr hin. „Gib mir mal kurz, um mein Sicherungsseil wieder festzumachen, und dann ziehen wir da ein System auf."

Es dauerte gute zwanzig Minuten, um alles einzurichten,

aber schließlich war die ganze Sammlung von Kisten und Holzschnitten unten und lehnte an der Werkstattwand. Die Erinnerungen strömten sehr viel deutlicher zurück.

„Die Zuckerstangen hatten blinkende weiße und rote Lichter – das weiß ich noch – und die Rehe sahen aus, als würden sie gleich springen. Eine Lichterkette nach der anderen ging aus und wieder an. Das ist fantastisch." Sie schaute hinauf dorthin, wo er das Seil einräumte, das er benutzt hatte, um alles herunterzulassen. „Ich kann es nicht erwarten, das alles durchzugehen."

„Bringen wir erst mal mich runter, dann können wir das Zeug wegpacken, bevor dein Dad zurückkommt."

Sie warf einen Blick auf ihre Uhr. „Er sollte erst in ein paar Stunden zu Hause sein. Es läuft ein Hockeyspiel, und wir haben diesen Kanal nicht."

Mack wies sie wieder an, wie sie ihn sichern sollte, und sorgte dafür, dass alles gut fest saß, bevor er sich von der Plattform schob und die Füße auf die zugegebenermaßen zerbrechliche Leiter setzte.

Natürlich hatte er erst ein paar Schritte hinab geschafft, als die Eingangstür sich öffnete und knisterndes Winterwetter zusammen mit ihrem Vater hereinwirbelte.

Brooke hatte nur einen kurzen Blick für ihn übrig, bevor sie ihre volle Aufmerksamkeit wieder auf Mack richtete. Sie würden sich durch alles durchwinden müssen und so tun, als hätten sie gar nichts vor, obwohl der Weihnachtsschmuck deutlich sichtbar war. „Hey, Dad. Ich bin gleich bei dir."

Leise Flüche wurden hörbar, gefolgt vom Geräusch der Füße ihres Vaters, die auf den Betonboden klatschen. Seine Atmung kam abgehackt, aber er sagte nichts. Stand nur still neben ihr, während Mack von der Leiter herabkam.

Aber sobald die Füße ihres Freundes auf dem Boden auftrafen, explodierte ihr Dad. „Habt ihr euren gottverdammten Verstand verloren? Was zum Teufel habt ihr euch dabei gedacht?"

Mack runzelte die Stirn über den Ausbruch ihres Vaters, kam näher zu ihr, als wolle er sie beschützen.

Brooke dachte sich, dass sie wohl wirkte wie ein Reh im Scheinwerferlicht. „Wir haben nach Weihnachtsschmuck gesucht. Was ist denn los?"

Gary hob die Hände hoch, der Mund stand ihm offen, ein nicht zu deutender Ausdruck in seinen Augen. „Ihr habt einfach – ich kann nicht ..."

Er schloss mit einem unverständlichen Brüllen, als wäre er frustriert und wütend gleichzeitig.

„Schon okay.", sagte Mack ganz entspannt, sein Tonfall war beruhigend und gemäßigt. „Ich war gesichert, und wir werden diesen Schlamassel wegräumen ..."

„Ihr schafft ihn verdammt noch mal hier raus. Ich will es nicht sehen. Nichts davon." Garys Hände schossen nach vorne, als würde er alles über den Rand einer Klippe schieben. „Ich kann nicht glauben, dass ihr so dumm seid. Bringt es ... einfach weg von hier."

Er wirbelte herum und stapfte weg, beinahe war der Dampf sichtbar, der von ihm aufstieg.

Brooke sah ihm völlig verwirrt nach. Okay. Das kam völlig unerwartet.

Sie drehte sich um, um festzustellen, dass Mack ein Gesicht auf hatte, das zu dem Gefühl in ihren Eingeweiden passte.

Er schaute ihr in die Augen. „Aha. Das ist gut gelaufen."

„Ich habe keine Ahnung, was da grade passiert ist", gab sie zu. „Ich schätze, der Weihnachtsschmuck war keine so gute Idee? Ist es möglich, dass ich mit der ganzen Sache falschlag?"

Mack starrte auf die Tür, hinter der ihr Vater verschwunden war. Er schüttelte nachdenklich den Kopf. „Das

Einzige, was für mich klar ist: Uns entgeht hier was. Spring nicht zu voreiligen Schlüssen. Sieh mal, ob er in nächster Zeit noch irgendwas zu dir sagt."

„Ja. Hoffen wir, die Eröffnung lautet: *Hey, lass mich mal erklären, weshalb es so mit mir durchgegangen ist.*"

Er lachte leise und kam neben sie, um ihr zu helfen, die Seile abzumachen, die sie immer noch verbanden. „Man weiß ja nie. In der Zwischenzeit, falls wir sie nutzen wollen, muss ich die Lichter an den größeren Dekos gegen billigere LEDs austauschen, wie Rose es vorgeschlagen hat. Laden wir doch alles vorerst in meinen Truck, und ich schaue es mir an. Falls es irgendwas gibt, womit ich mir nicht sicher bin, mache ich ein Foto und schicke es dir."

Sie nickte langsam, doch als sie zusammenarbeiteten, um die etwa ein Dutzend Kisten und anderen Gegenstände aus der Werkstatt zu tragen, war es nicht mit dem Gefühl der Zufriedenheit, das sie sich an diesem Punkt erhofft hatte.

Ihre großen Pläne für ein altmodisches Weihnachtsfest hatten ganz furchtbar angefangen, und sie hatte keine Ahnung, weshalb.

6

———————

Musik lief leise im Hintergrund, aber wichtiger noch war der Duft nach Butter-Popcorn und etwas Pikantem, der Brooke sofort entgegenschlug, als sie in Tansys und Roses Wohnung zu ihrem monatlichen Mädelsabend kam.

„Mein Gott, was rieche ich da?" Brooke schlüpfte aus ihrer Jacke und hängte sie an die Wand zu den anderen, die bereits da waren, bevor sie hinüberlief, um sich der Party anzuschließen.

Lächelnde Gesichter begrüßten sie aus dem Küchenbereich.

„Ach, das? Nur ein Käsefondue mit reifem Cheddar und extra viel Wein", erklärte Rose.

„Und frisch gebackenes Baguette. Komm hier rüber, bevor wir ohne dich anfangen", forderte Tansy sie auf.

Am Tisch waren noch zwei andere. Hanna zog einen Stuhl neben sich heraus und klopfte auf den Sitz. „Ich habe dir einen Platz reserviert."

„Schleim dich doch nicht so ein", scherzte Tansy. „Uns fehlen eine ganze Reihe Mädels, also gibt es genug Platz."

„Aber wir haben ja jemand Neuen, der sie ersetzt. Hi, Yvette. Schön, dich zu sehen." Brooke ließ sich auf dem Stuhl neben Hanna nieder. „Behandeln sie dich auch anständig?"

Yvettes scheues Lächeln schloss die anderen drei Frauen mit ein. „Sie haben mir die erste Wahl bei den Plätzchen gelassen. Kekse mit Mandelfüllung. Ich fühle mich sehr willkommen."

Jemand drückte Brooke ein volles Weinglas in die Hand. Rose zwinkerte ihr mit einem leeren Teller zu. „Sie weiß nicht, dass wir sie nur weichklopfen für das Verhör später."

Yvette richtete sich leicht auf, ein Hauch Sorge stand in ihrer Miene, während sie einen Blick auf Brooke warf. „Ich schätze, ein leichtes, freundliches Verhör ist schon okay. Es war ein ziemlich gutes Plätzchen."

Tansy stellte den Käsetopf oben auf die Flamme, dann reichte sie den Korb mit Brotstücken herum. „Auf Weihnachtsmahlzeiten, die absolut nicht zählen und keine Kalorien haben, denn das ist ja Weihnachtsmagie. Oder so was in der Art."

„Das wollen wir hören." Hanna hob ihr Wasserglas hoch. „Ich habe gern einen Grund, diese zusätzlichen Kalorien zu entschuldigen."

Brooke brach ein Stück Brot ab, das immer noch warm war, und brummte fröhlich, während sie es an die Nase hob und Tief einatmete. „Verdammt, das ist großartig. Tansy, willst du mich heiraten?"

„Stell keine Fragen, auf die du keine Antwort möchtest", warnte sie Rose. „Bei ihrem Pech mit Autos könnte es ganz in ihrem Sinne sein, mit einer Automechanikerin verheiratet zu sein."

Tansy wedelte mit der Hand in der Luft. „Ja, stimmt schon.

Aber ich mache doch niemanden abspenstig, und die köstliche Miss Silver scheint auf jeden Fall schon an einen gewissen gut aussehenden heißen Kerl vergeben." Sie beugte sich vor, ihre Augen strahlten, während sie Brooke genau beobachtete. „Wenn man gerade von gut aussehenden heißen Kerlen spricht, Yvette hat uns erzählt, dass man euch beide in der ganzen Stadt zusammen gesehen hat."

„Nicht in der ganzen Stadt", widersprach Yvette. Sie runzelte leicht die Stirn. „Ich meine, ich habe erwähnt, dass ich euch zusammen in der Residenz gesehen habe, und in der Werkstatt, als ich mein Auto zum Kundendienst da gelassen habe. Und an der Feuerwache, als ich angehalten habe, um mir die Info zu holen, die in der Tierarztklinik gebraucht wird."

„Außerdem im *Buns and Roses* und der Bar und im Sportladen", fügte Rose an.

„Wann habt ihr uns denn im Sportladen gesehen?", fragte Brooke verwirrt. „Da waren wir doch seit dem Sommer nicht mehr drin."

Die anderen Frauen lachten alle. Brooke lächelte verlegen.

„Gehen wir mal zu einem anderen Thema als endlosen Spekulationen über Brooke und ihren heißen Kerl. Yvette ..." Tansy wandte ihren Blick der Neuen zu, die ein Stück Brot in den Käse tauchte, um eine große Portion heraus zu löffeln. „Neu in der Stadt. Neuer Job, neue Aussichten aufs Leben."

Yvette wartete, bis sie ihren Bissen fertiggekaut hatte, dann hob sie eine Augenbraue. „War da drin irgendwo eine Frage versteckt?"

Brooke schnaubte. „Entschuldige bitte. Das war die perfekte Antwort. Willkommen im Umgang mit Tansy."

Auf der anderen Seite des Tisches hob ihre Freundin langsam die rechte Hand, bevor sie den Mittelfinger ausklappte. Das Lachen wurde lauter.

Tansy schüttelte den Kopf. „Ich werde so missverstanden.

Nein, Yvette, hier kommt die Frage. Was hältst du denn von Brooke und ihrem heißen Kerl?"

Hanna und Rose kicherten weiter. Yvette grinste erheitert, während Brooke mit sich rang, ob sie ein Stück Brot verschwenden wollte, indem sie es Tansy an den Kopf warf.

„Antworte darauf nicht, Yvette. Sag uns, wie die Dinge mit deinen Großeltern laufen. Und wie dir der Job in der Tierklinik gefällt?"

„Die Klinik ist toll. Es ist gut, für Josiah zu arbeiten, und er lässt mir eine Menge Freiraum. Ich gehe raus auf die Ranches vor Ort mit ihm und lerne alle kennen, was schon Spaß gemacht hat."

Es wurde weiter geplaudert, nur allgemeine Gespräche, bis Yvette das Thema darauf zurückführte, ihre Gedanken über Heart Falls zu teilen.

„Es ist kleiner, als ich erwartet habe", gab Yvette zu. „Ich bin mir nicht sicher, ob das ein Ort ist, an dem ich langfristig bleiben möchte, aber das ist irgendwie dumm, wenn man bedenkt, dass ich immer gedacht habe, dass ich mal unabhängig auf einer Ranch arbeiten will, und das ist so was wie die ultimative Kleinstadt. Alle wissen alles über alle anderen."

„In Heart Falls sind die Leute manchmal direkter, als es angenehm ist", sagte Hanna leise, „aber andererseits bedeutet diese Nähe auch wieder, dass man immer Leute um sich hat, die helfen, wenn man es braucht. Das ist was ziemlich Besonderes."

Brooke nickte. „Ich habe mein ganzes Leben in Heart Falls verbracht. Ich habe auch anderswo gewohnt, und ich habe in Calgary gelebt, als ich meine Ausbildung gemacht habe, aber hier will ich langfristig sein."

„Du willst hier alt werden?", fragte Tansy.

„Vermutlich." Brooke ließ die anderen Dinge vorerst

ungesagt. Die Teile, die hoffentlich kamen, bevor sie alt wurde. Die Teile, die mit Heim und Herd und Familie zu tun hatten.

Oder sie hatte vor, diesen Teil der Unterhaltung zu ignorieren, denn ihre Freundinnen waren wie Jagdhunde auf einer Mission. Der Angriff kam aus der Ecke, die sie am allerwenigsten erwartete.

„Klingt, als wärst du bereit, dich fest niederzulassen", bemerkte Yvette unschuldig. „Vielleicht sollten du und dieser heiße Kerl da irgendwas unternehmen."

Von Hanna, Tansy und Rose erhob sich ein Chor aus Kichergeräuschen.

„Ich sage es ja, sie passt perfekt rein", bemerkte Brooke trocken, bevor sie ihre Aufmerksamkeit Yvette zuwandte. „Gerade im Augenblick ist meine größte Sorge, dass ich rauskriege, wie ich dieses Weihnachtsfest so gestalte, dass es passt. Bisher fliegt mir alles um die Ohren, anstatt zusammenzukommen."

„Hast du mal dieses Rezept überprüft?", fragte Hanna. „Um zu sehen, ob es falsch abgeschrieben wurde?"

Brooke holte die Rezeptkarte aus der Tasche, wo sie sie bei sich getragen hatte, um sich in ihrer Freizeit Sorgen darum zu machen. „Die Details waren richtig, es funktioniert nur nicht. Offensichtlich – du warst ja betroffen vom Ergebnis. Ich habe es sogar noch mal zu Hause probiert, und es hat genauso schlimm geschmeckt."

Sie schüttelte den Kopf. Die Plätzchen waren ja eines, aber wenn dazu noch die seltsame völlig überzogene Reaktion ihres Dads auf den Weihnachtsschmuck von gestern Abend kam?

Das einzig Gute daran war, dass Mack nicht genervt gewirkt hatte. Er hatte weitergemacht, solide und verständnisvoll. Er ging darüber weg und versuchte es weiter, obwohl es zu dieser komischen Verwechslung gekommen war, oder was immer sonst ihren Vater so auf die Palme gebracht hatte.

Also ... *Mack.*

Sie hatte noch nicht raus, was sie ihm zu Weihnachten schenken würde, und nach ihrer Ansprache, dass es selbst gebastelt sein sollte, musste sie sich entscheiden, und zwar bald.

Ihre Gedanken auf Wanderschaft wurden von einem Zupfen am Ärmel unterbrochen. Rose und Tansy plauderten am Spülbecken über etwas, während sie Getränke nachfüllten, Yvette und Hanna beobachteten sie beide genau.

„Ich habe das nur im Scherz gemeint, aber es tut mir leid, wenn meine Anmerkung daneben war", sagte Yvette leise.

Brooke winkte bei ihrer Entschuldigung ab. „Alles in Ordnung. Ich bin diejenige, die daneben ist, und das ist nicht deine Schuld."

„Ich entschuldige mich ebenfalls", ließ Hanna sich vernehmen. „Du weißt, dass ich für dich das Beste will, aber es eilt absolut nicht. Wenn es etwas gibt, was ich tun kann, um dir zu helfen, dein Glück zu finden, dann machen wir das, aber das Timing liegt ganz bei dir."

Und doch war das Teil des Problems. Würde es nach Brooke gehen, wären sie und Mack bereits ein Vollzeitpaar. Aber bisher hatten sie das nicht tun können – das Timing war falsch. Und jetzt, da es noch zwei Wochen bis Weihnachten waren, schien es dumm, dass sie plötzlich diesen Plan vorantreiben wollte.

„Ich weiß immer noch, wie begeistert mein Opa war, als meine Oma ihn mit genau dem richtigen Geschenk überrascht hat. Nichts Großes oder Aufwendiges, einfach nur perfekt für ihn. Es war der Beweis, wie besonders die Verbindung zwischen ihnen war, weil sie genau gewusst hatte, was ihn am glücklichsten machen würde." Brooke war nicht sicher, weshalb sie das erzählte, aber die ernste Miene auf beiden Gesichtern zerrte die leise Beichte ans Licht. „Ich will einfach diesen Ausdruck auf Macks Gesicht sehen. Ich will beweisen, dass das, was zwischen uns läuft, mehr als nur behaglich ist."

In Hannas Augen waren Glücksgefühle sichtbar. „Dann übereile es nicht. Du kriegst das hin, Brooke. Das weiß ich. Und wenn er der Richtige ist, wird er dich festhalten und dich niemals gehen lassen."

Yvettes Miene war ernst, aber glücklich. „Ihr beiden passt gut zusammen. Das sieht man doch ganz eindeutig. Selbst, wenn man der Neuankömmling ist."

Doch Brooke wollte mehr als nur „gut zusammen". Sie wollte die Verbindung, die ihr ihr Leben lang von ihren Großeltern vorgelebt worden war.

Tansy und Rose kehrten an den Tisch zurück, und die Unterhaltung verklang, ein leises Geheimnis nur zwischen ihnen Dreien. Ein stilles Versprechen, dass Brooke, falls sie Hilfe brauchte, sie bekommen würde, und das war das bestmögliche Geschenk in einer Kleinstadt.

ÄRGER KNISTERTE WIE KNALLKÖRPER, die außer Kontrolle geraten waren. Mack fuhr sich mit der Hand durch die Haare und stapfte von seinem Schlafplatz bis zur Küche der Feuerwache.

Noch zwei verbliebene Freiwillige saßen am Esstisch, wo sie an etwas arbeiteten. Ryan saß ein paar Stühle weiter und blätterte durch einen Katalog mit Uniformen, während der Wasserkessel auf der Arbeitsfläche allmählich heiß lief. Mack steckte ihn ab, nahm sich eine Tasse und stellte sie dann etwas fester auf den Tresen, als dem Porzellan guttat. Sie zerbrach in mehrere Stücke, Scherben flogen in alle Richtungen.

Mack fluchte.

„Keine Bewegung", befahl Ryan. Einen Augenblick später hatte er den Besen in der Hand, die Hinterlassenschaften des Versehens waren schon nicht mehr zu sehen, bevor Mack vor Frust fertig geknurrt hatte.

Neben ihm erschien eine zweite Tasse, außerdem der Wasserkocher, dann drehte sich Ryan um, um sich an die Arbeitsfläche zu lehnen, die Arme vor der Brust verschränkt.

„Willst du das vielleicht noch mal etwas weniger enthusiastisch probieren?", fragte Ryan, ohne mit der Wimper zu zucken.

„Danke." Mack machte sich eine Tasse heiße Schokolade, lächelte seinen Freund müde an, als er ihm einen riesigen Schoko-Cookie aus der Packung anbot, die auf der Feuerwache aufgetaucht war. Ein Geschenk von irgendjemandem aus der Gemeinde. „Ich bin heute Abend ein bisschen mürrisch."

Ryan wandte sich ab und machte sich eine Tasse Tee. „Da du keinen Dienst hast und trotzdem hier rumhängst, hat Brooke wohl heute Abend was anderes zu tun."

„Mädelsabend."

„Davon bekommst du wohl ganz rote Ohren." Ryan grinste. „Ich schätze, das machen sie doch an diesen Abenden. Über ihre Typen reden."

Mack wollte da nichts vorwegnehmen. „Es besteht die hohe Wahrscheinlichkeit, dass sie über jeden in der Stadt herziehen, darunter auch dich."

„Mich? Was habe ich denn getan?" Ryan drückte sich eine Hand auf die Brust, als wäre er völlig unschuldig.

„Du bist ein Mann. Du bist Single. Irgendwas hast du in letzter Zeit bestimmt falsch gemacht." Mack zwinkerte. „Nö, ich denke, dass wir ganz unten auf der Liste stehen, was die Punkte angeht, über die zu dieser Jahreszeit gesprochen wird. Vermutlich sind sie eher mit Plänen für die Weihnachtstage beschäftigt. Wo ich gerade dabei bin, was ist das beste selbst gebastelte Geschenk, das du je bekommen hast?"

Ryan blinzelte über den Themenwechsel. „Talia."

„Ernsthaft? Ihr Geburtstag ist an Weihnachten?"

Sein Freund nickte. „Abgesehen davon gab es da ein Bild, das mir Justina geschenkt hat, im ersten Jahr, in dem wir verheiratet waren. Mir gefällt es besser als unsere Hochzeitsbilder. Nur ein ganz alltäglicher Augenblick, aber wir haben zusammen so verdammt glücklich ausgesehen ..."

Seine Stimme verklang, und Mack drängte nicht. Er wusste, dass Ryans Frau vor ein paar Jahren gestorben war, aber das tat bestimmt immer noch weh.

„Versuchst du dir was Gutes für Brooke einfallen zu lassen?", fragte Ryan.

„Was Selbstgebasteltes", gab er zu. „Ein Foto könnte funktionieren."

Sein Freund setzte sich neben ihn an den langen Tisch, weit genug entfernt von den Freiwilligen, um etwas Privatsphäre zu haben. Ryan sprach leise genug, dass seine Stimme nicht bis zu ihnen trug. „Es ist zwischen euch beiden ernst?"

„Mein Gott, ich hoffe schon."

Ryan schnaubte. „Es wirkt nur, als würdet ..." Er hielt abrupt inne.

Mack wartete darauf, dass er fortfuhr, aber Ryan schien äußerst konzentriert auf den Boden seiner Teetasse zu sein.

Mack tippte ihm auf die Schulter. „Was?"

Ein sanftes Schulterzucken war die Antwort. „Ihr macht nicht sonderlich schnell."

Der Frust kam wieder auf, aber diesmal schaffte Mack es nicht, ihn zurückzuhalten. „Ich kann sie nicht bitten, irgendwas zu tun, bis ich mir eine Bleibe für uns beide leisten kann, und bis zu diesem Monat ging jeder zusätzliche Cent, den ich verdient habe, an meine Eltern, damit sie ihr Haus nicht verlieren.“

Ryan schaute ihn einen Augenblick lang nüchtern an. Dann nickte er, ein trockenes Lächeln trat auf sein Gesicht. „Für unsere Eltern da zu sein – das ist ein großes Privileg. Manchmal eine Bürde, aber ...“

„Nein, ich will das machen. Sie haben alle Hilfe verdient, die ich ihnen geben kann, und es wäre gar keine so große Sache gewesen, nur dass es bedeutet hat, dass ich den Mund gehalten habe, obwohl ich gern eher was gesagt hätte.“

„Das werde ich dir nicht vorhalten“, sagte Ryan zu ihm. „Ich weiß nicht, was ich ohne die Hilfe meiner Eltern getan hätte, als Justina gestorben ist. Alles, was ich in der Zukunft für sie tun kann – sie werden nicht mal bitten müssen.“

Endlich die Wahrheit rauszulassen, sorgte dafür, dass sich etwas in Mack entspannte. „Sag es bitte niemanden.“

„Natürlich nicht.“ Ryan beäugte ihn. „Weiß es Brooke?“

„Sie weiß, dass ich ihnen Geld geschickt habe, aber ich habe nie direkt offen gesagt, was der Grund dafür ist. Ich will nicht, dass ihr erster Eindruck von ihnen ist, dass sie in finanzielle Schwierigkeiten geraten sind.“

„Es wird gerade für alle etwas eng“, erklärte Ryan. „Ich glaube, das würde sie verstehen.“

Das würde sie – aber er wollte trotzdem den nächsten Schritt gehen können, bevor er etwas sagte.

Ryan rieb sich die Hände. „Also, weiter zu dem wichtigeren Thema, was du Brooke basteln wirst, damit es laut und deutlich kundtut, wie du zu ihr stehst.“

„Ich halte deine Idee mit dem Foto für gut. Ich glaube, ich habe eins, das sich perfekt eignen würde.“

Er öffnete die Foto-App auf seinem Handy, blieb am ersten Bild hängen, das aufploppte.

Er hatte ein paar Bilder von dem Fotoalbum gemacht, dass

Brooke gefunden hatte, damit er sie nutzen konnte, wenn er den Weihnachtsschmuck überholte. Alle Aufsteller für das Dach waren inzwischen mit LEDs ausgestattet und brauchten nur wenig Strom, und sie lagen hinten in seinem Truck, falls die Gelegenheit aufkam, sie dort aufzustellen, wo es letztlich am besten passte.

Aber in dem kompletten Mischmasch aus Seiten, die überhaupt nicht geordnet waren, gab es auch viele Bilder, die den jüngeren Gary Silver zeigten, wie er die Weihnachtstage mit Brookes Oma und Opa feierte. Sie saßen auf alten Sofas, auf denen kleine Kissen lagen, Weihnachtsplätzchen standen auf einem Teller auf dem Beistelltisch.

Da er die Beine übereinandergeschlagen hatte, sah man deutlich einen Fuß von Gary. In einem Pantoffel.

Mack schaute genau hin, blätterte weiter zu einem neuen Foto, und tatsächlich, da waren sie wieder, ein Paar nach dem anderen dieser berüchtigten Hausschuhe, die das Ganze überhaupt erst in Gang gebracht hatten, und er merkte, dass er nicht nur ein Geschenk für Brooke brauchte, er brauchte auch eins für Gary.

Er war aufgestanden, starrte immer noch die Fotos an, unterwegs zu seiner Jacke und den Schuhen, als ein leises Lachen ihn aus seinen Überlegungen zurückholte.

„Schön, wieder ein Lächeln auf deinem Gesicht zu sehen", sagte Ryan mit einem Grinsen.

Es war nicht nur ein Lächeln, es war das Wissen, dass er ein Weihnachtswunder bekommen hatte und jetzt genau wusste, was passieren musste. Mack war raus aus der Feuerwache und fuhr durch die winterliche Kälte, bevor ihm klar wurde, dass er sich vermutlich völlig daneben benahm, wenn er zu dieser Nachtzeit vorbeikam.

Aber in der Seniorenresidenz von Heart Falls brannte immer noch Licht, und als er hineinging, hing der warme

Geruch nach dem Abendessen in der Luft, zusammen mit dem Geräusch von Weihnachtsliedern, und die Enge in seiner Brust löste sich etwas.

Freude kam in ihm auf, als er feststellte, dass Geraldine immer noch im Gemeinschaftsbereich saß, wo auf dem Fernseher ein Bild eingestellt war, das einen flackernden Kamin zeigte.

Sie schaute zu ihm und blinzelte. „Na, das ist ja wohl eine Überraschung."

Er ließ sich auf den Sessel neben ihr fallen. „Ich brauche Ihre Hilfe."

7

———

Eine Woche vor Weihnachten machte sich allmählich Verzweiflung breit. Etwas musste doch früher oder später funktionieren, selbst wenn Brooke losziehen und ein paar Weihnachtselfen fangen und schütteln musste, bis der magische Weihnachtszauber ihnen aus den Taschen fiel.

„Weißt du, keine dieser Zutaten wird dich anspringen und überfallen." Mack trat hinter sie, sein starker Körper eine Mauer an ihrem Rücken, während seine Arme sich um sie legten und sie dicht heranzogen.

„Das weiß man doch nie. Ich habe gehört, Schokoraspel können ziemlich aggressiv sein", erwiderte sie, drehte sich, um ihn anzuschauen, und ließ ihren Ärger von sich abfallen. „Tut mir leid, wenn ich grummelig bin. Ich bin sehr dankbar, dass du mich die Küche der Feuerwache benutzen lässt, damit ich an meinen Katastrophenplätzchen arbeiten kann."

„Und den Katastrophenmuffins und dem Katastrophenkuchen." Er nahm ihr Kinn mit starken Fingern und küsste sie langsam und anhaltend, bis sie überhaupt nicht mehr an die vorherigen Bleche dachte, die gescheitert waren.

84

Sie dachte eigentlich an gar nichts mehr, bis auf seine Lippen, seine Hände, seine Berührung.

Als er sie wieder Luft holen ließ, klammerte sie sich an seine Schultern, um nicht zu schwanken. „Sag mir doch noch mal, was wir heute Abend hier machen."

Sein fieses Lachen hallte durch den Raum. „Wir kochen."

„Das dachte ich auch." Sie rieb sich langsam an ihm, biss sich auf die Unterlippe, während sie ihm auf den Mund schaute. „Die Temperatur hochzudrehen, klingt ja nach einer tollen Idee."

Traurigerweise machte er einen Schritt zurück und tippte ihr mit dem Finger auf die Nase. „Ich bin im Dienst, bis Ryan mich ablöst, und im Hinterzimmer arbeiten zwei Freiwillige derzeit an Hausaufgaben."

Brooke stieß ein langes, enttäuschtes Seufzen aus. „Also gut, ich schätze, ich muss die Küchenutensilien quälen, anstatt die Hitze hochzutreiben, wie ich es eigentlich wollte."

„Ach, zum Teufel mit den guten Absichten." Mack erwischte sie, bevor sie sich abwenden konnte, schob ihr eine Hand in den unteren Rücken und zog ihre Körper aneinander.

Die Kraft hinter seine Muskeln machte sie kribbelig auf eine Art, die wie eine Sucht war. Sie wollte mit den Händen über ihn streichen, ihn mit ihren Berührungen reizen. Ihm die Handflächen auf die Muskeln an seinem Bauch und nach oben auf seiner breiten Brust drücken.

Oder sie weiter nach unten wandern lassen, wo sie etwas Hartes spürte, während er sie wieder küsste. Fordernd und herausfordernd. Um ihr ohne Worte klarzumachen, wie sehr er sie wollte.

Sie erwischte ihn am Kragen und zog ihn weit genug zurück, um zu flüstern. „Ich weiß. Ich auch."

Mack holte tief Luft. „Brooke ..."

Die Tür hinter ihnen öffnete sich, und sie fuhren

auseinander. Brooke wandte sich zu den Rezepten, die auf dem Tisch aufgereiht lagen, versuchte, die abgelenkten Gedanken wegzuschieben, wie sie und Mack sich in einem sinnlichen Nebel verloren.

Mack beantwortete die Frage des Freiwilligen fertig, und dann waren sie wieder allein.

Er grinste verlegen. „Also. Willst du den Kuchen machen, oder erst die Muffins?"

Sie machten sich beide an die Arbeit, maßen sorgfältig alles in den Mixschüsseln ab. „Was versuchen wir denn dieses Mal, anders zu machen?", fragte Mack.

„Feines Mehl statt des normalen. Und ich habe im Supermarkt zweimal nach unterschiedlichen Varianten von Backpulver und Natron gesucht, um zu sehen, ob irgendwas vielleicht dafür sorgen könnte, dass sie besser aufgehen. Irgendwas stimmt nicht, aber ich weiß, dass das Rezept funktioniert. Ich erinnere mich daran, wie sie geschmeckt haben."

So wollte sie den Abend nicht verbringen, doch während sie dazu übergingen, etwas in den Ofen zu schieben, das aussah wie köstliche Leckerbissen, musste Brooke zugeben, dass es nicht so schlimm war.

Sie verbrachte gerne Zeit mit Mack, Punkt. Dieses Gefühl der Leichtigkeit war zurückgekehrt, während sie sich durch die Küche bewegten, als wäre es eigentlich ein Tanz.

Es entwickelte sich zu einem tatsächlichen Tanz. Während sie die Ofentür schloss und sie sich aufrichtete, nahm Mack sie an den Fingern und zog sie in seine Arme. Er hatte auf dem Handy Musik laufen lassen, und er hielt sie fest bei sich, dicht und vertraut, während sie sich wiegten. Seine starken Arme hielten sie mit völliger Kontrolle.

Brooke legte ihm den Kopf an die Brust und schloss die Augen. „Das ist schön", murmelte sie.

„Hmmmm."

Er hörte nicht auf, selbst als die Freiwilligen zurück ins Zimmer kamen und eine Runde Applaus spendierten. Mack wirbelte sie sogar von sich weg und wieder zurück, sodass ihr Publikum noch etwas lauter jubelte.

„Wir gehen mal raus", sagte Charity. „Sollen wir irgendwas für euch tun, bevor wir gehen?"

„Genau. Wir könnten andere Musik auflegen, oder euch zu einem Tangokurs anmelden", warf der andere ein.

Mack wirbelte Brooke meisterhaft herum, legte sie über den Arm zurück und schaute ihr in die Augen. „Ich glaube, wir kommen klar."

Die Freiwilligen kicherten, verabschiedeten sich aber fröhlich.

„Das war nicht sonderlich höflich", scherzte Brooke, als Mack weiter mit ihr durch die Küche tanzte.

„Du bist in meinen Armen. Das brauche ich nicht zu unterbrechen, um mich zu verabschieden."

Etwas stand in seinem Blick. Es war sinnlich, aber tief und erfüllend. Besitzgier, aber auch Zugehörigkeit. Als wollte er sie nicht gehen lassen, und das war perfekt, weil er sie nicht nur bei sich haben wollte, sondern falls sie hätte wählen dürfen, wäre er in ihren Armen auch das gewesen, wonach es sie am meisten verlangt hätte.

Er verlangsamte ihren Tanz, bewegte sich jetzt kaum noch. So eng zusammen, dass das Ganze, wären sie Haut an Haut gewesen, ein Tanz der ganz anderen Art gewesen wäre.

„Gott, ich will dich." Die Worte kamen geflüstert. Seine Stimme war tief und heiser, als würde sie über eine Barrikade kommen, die er nicht überwinden wollte. „Ich *brauche* dich."

Ihr Herz kam ins Stottern. „Mack."

„Lass mich dafür sorgen, dass du dich gut fühlst." Es war

keine Forderung. Es war die Bitte eines Mannes, der vor Verlangen starb.

„Aber ...“

„*Brooke.*“ Ein Schritt vor einem Knurren. Er wirbelte sie in den Armen, ragte abermals über ihr auf. Eine Hand lag an ihren Rippen, die andere glitt über ihren Bauch, um ihre Hüfte nach hinten an seine zu pressen.

Seine Lippen flüsterten über ihren Nacken. Zähne knabberten an ihrem Ohrläppchen, bevor er an der sensiblen Haut darunter saugte.

Sie schmolz dahin. Es spielte keine Rolle, dass der Wintersturm, der das Gebäude durchrüttelte, fest genug wehte, um die Fenster zum Klappern zu bringen. Eiskristalle und frostig kalte Luft stahlen sich durch die pfeifenden Ritzen herein.

Seine Arme waren ein feuriger Hochofen. Seine Hand hob sich, um ihre Kehle zu umfassen. Beherrschend, aber sanft. Sodass sie sich nicht bewegen konnte, als er eine Hand unter den Bund ihrer Hose schob, und sie nirgendwo hinkonnte.

„Öffne die Beine für mich“, flüsterte er. „Lass dich von mir berühren. Lass mich nehmen, was ich brauche.“

Sie schnitt dabei besser ab, und als seine Finger zwischen ihre Schamlippen glitten, konnte Brooke das lustvolle Keuchen nicht aufhalten, das ihr entschlüpfte.

Darauf folgte rasch ein weiteres, seine Finger spannten sich langsam an, als würde er sie spielen wie ein Musikinstrument. Neckend, höher jetzt, um ihre Klitoris zu umkreisen, und dann wieder weiter unten, bevor etwas Spektakuläres passieren konnte.

Sie hatte die Füße weit auseinander gestellt, aber er machte mit seinem Bein ihren Stand noch breitbeiniger. Damit war sie etwas aus dem Gleichgewicht, als sie weit offen dastand, bebend voller Vorfreude auf seine Berührung.

„Siehst du?" Er schob die Finger tiefer hinein, glitt in sie, sodass sich seine Handfläche noch an ihre empfindlichste Stelle presste. „Jetzt wird doch gekocht."

Brooke schloss die Augen, während sie die Hände auf seine starken Unterarme legte, ihre Verbindung genoss. Unter ihren Fingern spannten sich Muskeln an, während die Hand zwischen ihren Beinen spielte. Die andere blieb ruhig und beherrscht, sein Daumen strich sanft über ihrer Halsschlagader vor und zurück.

Lust stieg in Spiralen auf, und sie wiegte sich an ihm. Die Bewegung war nutzlos, doch unaufhaltsam, denn sie konnte mit ihrem Zappeln gar nichts beitragen. Sie hatte nicht die Kontrolle, die hatte er. Er kontrollierte sie innerlich, kontrollierte den Druck. Gab ihr genau das, was sie brauchte, dass es dazu kam.

Als sie sich näherte, waren seine Lippen an ihrem Ohr. Ein festes Beißen, und ein Funke glühte auf, baute sich in ihrem Innersten auf und drang nach außen, während er genau im richtigen Tempo seine Bewegungen beschleunigte. Passend zu ihrem scharfen Keuchen hauchte die warme Luft seiner Atemzüge über ihre Wange.

„Ich kann es nicht erwarten, dich ganz für mich zu haben. Irgendwo unter uns. Irgendwo, wo es warm ist, damit ich dich ausziehen kann, und dann sind nicht meine Finger zwischen deinen Beinen. Das wird meine Zunge sein, und wenn du gekommen bist, mein Schwanz. Der sich in dich schiebt und dich ausfüllt."

„Mack ..."

„Ich ficke dich vielleicht sogar so. Beuge dich vor, damit ich tief in dir sein kann, und dann ziehe ich dich hoch und nehme beide Brüste und nagle dich fest, während ich meinen Schwanz in dich stoße."

„Mack."

„Oder ich nehme dich auf dem Boden. Nicht auf dem Rücken, sondern auf mir. Auf deinen Knien, so weit, dass du dich nicht bewegen musst, und ich dir den Ritt deines Lebens verschaffe."

Er ließ die Finger herausgleiten, um ihre Klitoris zu nehmen, die er in einer engen Umkreisung kniff, bevor er sie wieder hineinstieß und seinen Handballen fest darauf drückte.

Sie war auf und davon. Die Spirale der Hitze, die in ihrem Inneren hochgewirbelt war, war inzwischen ein Inferno, raste durch ihren Körper bis zu den äußersten Spitzen ihrer Glieder. Sie keuchte heftig, ihr Herz hämmerte, ihre Brust arbeitete schwer. Ihr Körper zog sich um seine Finger zusammen, als würde sie ihn nicht gehen lassen wollen.

Es dauerte eine Weile, wieder ganz zu Sinnen zu kommen. Erst da merkte sie, dass sie irgendwann während ihres Orgasmus ihre Fingernägel in seine Unterarme gebohrt hatte. Sie fluchte, als sie losließ, strich sanft über die Male. „Tut mir leid."

Sie bekam einen Kuss und ein leises Lachen für ihre Entschuldigung. „Ich mag deine Krallen."

Der Timer am Ofen summte, und sie lachten beide.

„Gut getimt", sagte Brooke mit unsteter Stimme, ihre Kraft war immer noch irgendwo unten in ihren Zehen zusammengelaufen.

Mack sorgte dafür, dass er ihre Hände fest auf den Küchentresen gelegt hatte, bevor er sie losließ. „Gib mir mal kurz. Versuche nicht, den Ofen zu öffnen, oder ich versohle dir den Hintern."

„Leere Versprechungen."

Er hatte die Hände im Spülbecken, um sich sauber zu machen, als Schritte auf der Metalltreppe erklangen. Brooke schaute hinüber, um Ryan zu sehen, der mit seinem üblichen Enthusiasmus durch die Tür kam.

„Hey Leute, hier drin riecht es wunderbar.“

Brooke nahm die Ofenhandschuhe vom Tresen, um das Gesicht abgewandt zu lassen. „Den Duft haben wir inzwischen echt drauf.“

Mack nahm ihr die Handschuhe ab und zwinkerte ihr zu, sodass ihre Wangen wieder rot wurden. „Lass mich das machen. Ich kann mit heißen Sachen umgehen.“

Und obwohl es ein paar Minuten später klar war, dass die Muffins und der Kuchen nicht wirklich ein Erfolg waren, da sie beide zu Haufen nicht essbaren Staubs zerbröselten, nachdem man sie aus den Backformen genommen hatte, stellte Brooke fest, dass es schwierig war, Frust zu empfinden.

Spektakuläre Orgasmen hatten so eine Art, andere Enttäuschungen in Luft aufzulösen.

Es war nicht die Nachricht, die Mack erwartet hatte. Doch da war sie, laut und deutlich, persönlich überbracht von Ashton Stewart, dem Vorarbeiter der Silver Stone Ranch, und, wie es sich erwies, einem von Gary Silvers Kumpels beim Kartenspielen und Trinken.

„Bist du sicher, dass die für mich ist?“ Es war eine dumme Frage, und das besagte der Ausdruck auf Ashtons Gesicht auch, aber es schien unfassbar.

„So einen Fehler würde ich ja wohl kaum machen, die Post für einen Mann einem anderen zuzustellen.“ Ashton deutete auf den Umschlag. „Gary hat mir das heute Vormittag gegeben, als ich vorbeigekommen bin. Er sagte, er könne nicht raus aus der Werkstatt, müsse aber mit dir in Kontakt treten. Anscheinend hat er deine Handynummer nicht.“

Mack las die Nachricht noch mal. Nichts Ausgefallenes, geschrieben mit einem dicken Filzstift auf ein altes Stück

Zeitungspapier. Vermutlich das Einzige, was Brookes Vater zu dem Zeitpunkt in der Werkstatt hatte auftreiben können.

Wir gehen um vier Uhr los zum Friedhof. Brooke wird wollen, dass du mitkommst.

„Okay." Mack schaute auf, um festzustellen, dass der ältere Mann ihn musterte. „Besuch auf dem Friedhof. Kannst du mir darüber irgendwas erzählen?"

„Fragst du nach dem allgemeinen Protokoll, oder irgendwas Konkretes?" Ashton rückte seinen Cowboyhut zurecht, bevor er sich die Hände in die Taschen schob.

„Beides." Brooke hatte nicht erwähnt, dass ein Besuch an den Gräbern ihrer Großeltern zu den Weihnachtstraditionen gehörte.

Der ältere Mann dachte einen Augenblick lang nach, bevor er fest nickte und Mack direkt in die Augen schaute. „Er weiß nicht so ganz, was er von dir halten soll. Gary, meine ich. Aber er hält eine Menge von seiner Tochter, und er hat sich mit einer tiefen und starken Liebe um seine Eltern gekümmert. Die Tatsache, dass er dich dazu eingeladen hat, hat was zu bedeuten."

Obwohl Gary die Einladung als etwas ausgedrückt hatte, das *Brooke* wollen würde, überlegte Mack einen Augenblick lang, ließ die Wahrheit einsinken. Eine unheimliche, doch wunderbare Wahrheit – ihr Vater wusste, dass er Brooke wichtig war. „Nehme ich da Blumen mit oder so was?"

Diesmal bekam er ein verlegenes Schulterzucken. „Bin nicht hundertprozentig sicher, aber normalerweise sind Blumen angemessen. Du solltest drüber nachdenken, was du glaubst, dass Brooke gefallen würde. Dann bist du auf der sicheren Seite."

„Danke dir. Dass du mir die Nachricht überbracht hast, und für den Rat."

„Kein Problem. Wird interessant zu sehen, wie das am Ende läuft." Ein träges Lächeln breitete sich auf Ashtons Gesicht aus, vertiefte sich zu Lachfältchen in den Augenwinkeln. „Ich komme in meinem Leben an einen Punkt, an dem es nett ist, ein paar Ablenkungen zu haben, und du erweist dich als eine ziemlich gute."

Was bedeutete, dass Gary offensichtlich mit seinen Kumpels über Mack gesprochen hatte. Dann war das eben so – Mack hatte ja auch nicht den Mund über Gary gehalten, zumindest vor ein paar Freunden, denen er echt vertraute.

Trotzdem konnte man einige Dinge nicht stehen lassen, ohne mal ein wenig nachzuhaken.

Mack beäugte den älteren Mann. „Ich glaube, du brauchst was, das dich beschäftigt hält. Geben sie dir nicht genug Arbeit auf Silver Stone?"

„In letzter Zeit? Nicht wirklich. Es laufen genug neue Leute rum, sodass ich Tag für Tag weniger zu tun habe. Außerdem ist es das Ziel jedes guten Aufsehers, sicherzustellen, dass er oder sie ersetzbar ist."

„Vielleicht sollte ich dir einen Job hier auf der Feuerwache anbieten."

Das hatte er als Witz gemeint, nur dass ihm in dem Augenblick, als die Worte seinen Mund verließen, wieder einfiel, dass Alex gesagt hatte, sie bräuchten neue Schichtführer. Ashton Stewart war schon älter, aber immer noch in einem Top-Zustand, und mehr als das wusste er, wie man Teams führte und Leute zu harter Arbeit antrieb.

„Lass mich wissen, falls du das ernst meinst, dass du eine richtige Ablenkung brauchst." Mack steckte sich den Brief in die Hosentasche und richtete sich auf, betrachtete Ashton einen Augenblick lang, bevor er fortfuhr. „Wir könnten dich hier auf der Feuerwache gebrauchen. Und damit meine ich nicht, dass du über das Liebesleben der Leute tratschst."

Ashton wirkte interessiert, ging aber, ohne noch etwas zu sagen.

Mack brachte alles in Ordnung, damit er jederzeit aufbrechen konnte, und ging am Blumenladen vorbei, um zwei kleine Sträuße zu kaufen. Er fuhr gerade auf den Parkplatz bei der Silver-Werkstatt, als das *Geöffnet*-Schild auf *Geschlossen* umgedreht wurde.

Er eilte hinüber zum Personaleingang, und selbst die kurze Zeit in der heftigen Kälte ließ seine Wangen prickeln, als er die Wärme der Werkstatt betrat.

Brooke schaute von dort auf, wo sie sich dicke Winterstiefel anzog, in ihren Augen stand Überraschung. „Hey. Du bist hier."

Er schaute sich um. Gary war am gegenüberliegenden Ende der Werkstatt, bewegte sich langsam, den Rücken ihnen zugewandt. „Du hast mir nicht gesagt, dass was auf dem Plan steht."

Sie kam zu ihm vor und gab ihm einen raschen Kuss, bevor sie nach ihrer Jacke griff und sie anzog. „Ich wusste nicht, dass wir einen Plan hatten, bis zum Frühstück, als Dad mir gesagt hat, dass wir die Werkstatt früh schließen, damit wir zu den Gräbern können."

Mack nickte. „Er hat mir eine Nachricht geschickt. Hat mich eingeladen, dass ich mitkomme."

Brooke stockte, als sie gerade dabei war, sich die Haare hinten aus dem Kragen zu ziehen. „Oh."

„Wusstest du das nicht?"

Sie schüttelte den Kopf, dann zog sie sich eine dicke Mütze über die Ohren. „Das ist was Gutes. Oder nicht?"

Er rückte näher, legte ihr eine Hand um die Taille und drückte sie fest. „Ich freue mich, dass ich da bin."

Gary kam zu ihnen, hatte bereits seine schweren Stiefel an, und die Winterjacke mit dem hohen Kragen, der gegen die Kälte hochgeklappt war. Er sah Mack einen Augenblick lang an, dann senkte er entschieden das Kinn. „Wir sollten ein Auto nehmen. Du fährst."

Bei diesem Befehl kam Mack beinahe ins Schlingern, aber er beeilte sich, die Tür für Brooke zu öffnen, dann überholte er sie, um seinen Truck aufzuschließen.

Gary winkte ab, als er ihm den Vordersitz anbot, und stieg hinten in die Kabine ein. Er hielt inne, als er die beiden Sträuße sah, die an der Mittelkonsole lehnten.

Es dauerte einen Augenblick, um den Truck zu starten und die Heizung auf volle Kraft zu stellen, dann wandte Mack sich an Brooke. „Die habe ich für euch mitgenommen. Anscheinend hat auf den meisten Fotos, die du mir gezeigt hast, deine Oma immer Margeriten und Schleierkraut um sich gehabt. Ich dachte, das würde passen." Mack begegnete Garys Blick im Rückspiegel. „Ich hoffe, dir macht das nichts."

Gary grummelte nur irgendwie vor sich hin, aber Brooke griff rüber und verschränkte die Finger in denen von Mack. „Die sind perfekt. Vielen Dank."

Es war eine leise Fahrt, die Sonne sank bereits hinter die Berge, bis sie es zum Friedhof am Rande der Stadt geschafft hatten. Das Haus neben dem Friedhof war beleuchtet, ein warmes, gemütliches Licht schien aus den Fenstern.

Auf dem Friedhof selbst glitzerten winzige Lichter, als würden Feen zwischen den Steinen herumschwirren und auf den kahlen Ästen der Bäume tanzen. Mack fuhr auf den Parkplatz und freute sich, zu sehen, dass ein Weg bis zur Mitte des Friedhofs freigeräumt worden war.

Heute war der am wenigsten windige Tag seit einer ganzen Weile, aber trotzdem wehte der Wind um sie herum wie eisige Finger, die an ihren Kleidern zerrten. Mack zog Brooke dichter an seine Seite, während sie Gary den rutschigen Weg in die entgegengesetzte Ecke folgten, wo das Land sich in sanften Wogen hob und senkte wie eine zerklüftete Decke, und so ging es weiter Richtung Westen, bis zu den Ausläufern der Rocky Mountains.

Gary blieb neben zwei kleinen Gedenksteinen stehen, die Seite an Seite standen. *Sharon und Emmanuel Silver.* Die tiefschwarzen Steine vor dem reinen Weiß wurden von einem kleinen Rosenbusch gesäumt, an dem keine Blätter mehr waren, doch sie waren hell erleuchtet, da drei Einmachgläser daran hingen, die wirkten, als wären sie mit Glühwürmchen gefüllt.

Rosafarbene Streifen zogen sich über den düster werdenden Himmel. Der Wind pfiff noch stärker, und Brooke schirmte das Gesicht an Macks Brust ab, während sie leicht zitterte.

Gary drehte sich um, sein Gesicht verzogen vor Kälte, aber Entschlossenheit stand in seinem Blick. Er schaute Mack in die Augen. „Ich habe mich total daneben benommen, als ich euch beide kürzlich angepöbelt habe. Mein Dad hätte mich da sofort zur Schnecke gemacht, und das weiß ich auch. Also, tut mir leid."

„Schon okay, Dad." Brooke griff mit einer behandschuhten Hand nach ihm, und er nahm sie und drückte sie fest, noch während er den Kopf schüttelte.

„Nein. Es ist nicht okay. Ich lag falsch. Du weißt das nicht mehr, aber dein Opa hat sich einmal verletzt, als er diesen Weihnachtsschmuck angebracht hat. Er ist vom verdammten Dach gefallen, weil er nicht drauf gewartet hat, dass ich ihm helfe. Am Ende ging es gut aus, aber das hat mich erschüttert. Als ich euch beide gesehen habe, mit den Seilen und Leitern und diesem verdammten ..." Er holte tief Luft, dann stieß er sie vorsichtig wieder aus. „Das ist keine Ausrede, aber mir ist auf einmal wieder eingefallen, wie er verletzt wurde, und die Vorstellung, dass das passiert ..."

Seine Ängste waren verständlich. Es war auch ein sehr viel größeres Geständnis, als Mack von dem Mann erwartet hätte.

Mack nickte. „Für mich klingt das nachvollziehbar. Der Gedanke, dass Brooke was passiert, erschreckt mich auch."

„Du bist keine Hilfe. Ich bestehe doch nicht aus Glas", sagte Brooke trocken, versuchte offensichtlich, die Anspannung aufzulösen. „Aber ich weiß zu schätzen, was du da sagst, Dad. Wir wollten dir keine Angst einjagen."

Gary nickte. „Ich habe irgendwie vergessen, dass dieser Schmuck noch da war. Ich will nur klarmachen, dass ich kein Interesse daran habe, euch auf dem Dach der Werkstatt zu sehen, wie ihr ihn aufstellt – das wäre wie ein Todesurteil, auf das man wartet. Aber wenn es irgendeinen anderen Ort gibt, an dem ihr ihn aufstellen wollt, dann nur zu."

Die Feuerwache war raus, weil es dort ebenso gefährlich gewesen wäre, aber der Hauch einer Idee schlich sich ein. „Vielleicht hätten sie Interesse unten an der Seniorenresidenz."

„Das ist eine tolle Idee", sagte Brooke. Sie rückte näher, während der Wind zunahm und ihr den Kragen ums Gesicht blies.

Gary holte tief Luft, dann wies er mit dem Kopf auf die Steine. „Warum legt ihr nicht die Blumen ab, und dann wärmen wir uns alle auf."

Brooke schob die Stiele in die Halterungen am Kopfende der Gräber. Einen Augenblick lang standen sie alle schweigend da, blickten hinab auf den leuchtend gelben Kontrast vor dem Weiß. Ein Moment der Freude inmitten des absoluten Nichts.

Dann waren sie zurück im Truck und unterwegs Werkstatt, aber diesmal war es Gary, der redete. Nicht, als wolle er unbedingt die Katze aus dem Sack lassen, sondern als würde er Erinnerungen mitteilen, die er nicht für sich behalten konnte.

„Dad und ich haben im Lauf von ein paar Jahren diesen Schmuck hergestellt. Den konnte man nicht aus neuen Materialien machen, nicht, solange die Regeln meines Dads galten. Nein, alles wurde in jenen Tagen recycelt und wiederverwertet, noch lange, bevor das zu einem stehenden Begriff wurde. Manchmal war das eine gute Lektion – der Stern war das erste Mal, dass ich was geschweißt habe. Den habe ich aus Stücken von einem alten Wagen zusammengesetzt, den ich früher hatte. Jetzt, wo ich daran denke, war das mein Lieblingsstück.“

Im Rückspiegel hatte Mack im Blick, wie nachdenklich Gary wirkte, während er hinaus in die zunehmende Düsternis schaute.

Der ältere Mann fuhr fort. „Was war ich stolz auf diesen Stern. Ich schätze, es wird schön sein, das ganze Zeug wieder in Betrieb zu sehen, wenn Leute sich an dem Anblick erfreuen. Das hätte Dad gefallen.“

Der ganze Nachmittag war ein unfassbarer, doch unerwarteter Augenblick nach dem anderen gewesen, aber jetzt ging es bergab mit dem Märchen. Das brachte Mack ins Stolpern.

Denn bei all dem Weihnachtsschmuck, den er und Brooke aus dem Speicher herabgeholt hatten, und allem, was er mit neuer Elektronik ausgestattet hatte, um Teil der Weihnachtsfeier dieses Jahres zu werden, fehlte offensichtlich etwas.

Es hatte Zuckerstangen gegeben, und Bäume und Santa Claus und eine ganze Herde Rentiere.

Es war nicht ein einziger Stern dabei.

8

---

uf den Holzböden hallte das Geräusch von Stiefeln, die sich an den Klapptischen vorbei bewegten, die zu improvisierten Arbeitsplätzen am Rande der Tanzfläche des *Rough Cut* geworden waren. Im Hintergrund lief Musik, aber nicht so laut wie an einem normalen Abend, an dem Einheimische und Besucher zusammen durch die Türen strömten in die Wärme und Feststimmung.

An diesem späten Nachmittag ging es trotzdem um Weihnachtsfreude und das Zusammensein mit Freunden. Brooke schaute sich mit einem strahlenden Glücksgefühl unter den Leuten um.

Und mit einem Hauch Verwirrung.

„Warum sehen die alle normal aus?", fragte sie Mack, der ihr aus der Jacke half.

Ein schnaubendes Lachen und ein rasches Grinsen blitzten in ihre Richtung auf. „Das ist eine schreckliche Vorlage, die du mir hier lieferst."

„Sag einfach Bescheid, wenn du es auch merkst, Einstein", scherzte sie zurück.

Denn obwohl offensichtlich war, dass das Packen der weihnachtlichen Lebensmittelkörbe gut lief, mit einem wachsenden Stapel Kisten, die sich an der Eingangstür reihten, schien der andere Teil des Events, den sie erwartet hatte, zu fehlen, bei allen außer ihr und Mack.

Ein fröhliches Hallo traf sie von zwei Seiten, als Rose und Yvette in Sicht kamen.

Yvette hatte die Arme um eine Kiste gelegt, aber sie blieb stehen, um Brooke eine gründliche Musterung zuteilwerden zu lassen, bevor sie fest blinzelte. „Du wirkst ziemlich ... strahlend und festlich."

„Eigentlich sieht sie aus wie die Werbetafel am Times Square", erwiderte Rose im Gegenzug.

Ein leiser Fluch kam Mack über die Lippen, bevor er abermals grinste. „Wisst ihr, wo Ryan ist?"

„Sagt es ihm nicht", warnte Brooke, bevor sie sich zu Mack wandte und den Kragen des unfassbar kitschigen Pullis richtete, der seinen muskulösen Körper zierte. „Denk daran, er ist ein guter Freund, und es ist Festtagsstimmung. Du willst doch sicher nicht losziehen und ihm die Haut abziehen oder irgendwas anderes Blutrünstiges anstellen."

„Ist Ryan der Grund, weshalb Mack heute aussieht wie Mr. Rogers auf LSD?", fragte Rose.

Yvette hatte ihre Kiste auf den Stapel an der Tür gestellt und kehrte in diesem Augenblick zurück, um bei Roses Anmerkung zu keuchen. Aber es war kein Schock, es war Erheiterung. „Erstens würde Mr. Rogers sich niemals dazu herablassen, Drogen zu nehmen. Und zweitens mag ich diesen Pulli irgendwie. Die haarigen blauen Früchte auf dem Baum wirken freundlich."

„Das sind Birnen, und irgendwo ist da drin auch ein Fasan", knurrte Mack, bevor er den Kopf schüttelte. „Okay, ich bringe ihn nicht gleich um, aber ich hebe mir diese

Möglichkeit vielleicht für später auf, falls mir langweilig wird."

„Worüber beschwerst du dich denn?", fragte Brooke ganz süß, während sie den Arm durch seinen schob und den Frauen dorthin folgte, wo die Produktionslinie begann. „Auf meinem hässlichen Weihnachtspulli sind Lichter, und ich habe immer noch nicht raus, wie man verhindert, dass sie SOS funken."

Der Mann der Stunde – Ryan – tauchte auf, seine Miene war freundlich, aber nicht anders als sonst. Nichts verriet, dass er es erfolgreich geschafft hatte, sie an der Nase herumzuführen. „Freut mich, dass ihr es geschafft habt. Schnappt euch eine Kiste und geht einmal an jeder Station vorbei. Fügt jeweils eine Dose oder ein Päckchen mit den haltbaren Waren dazu, und am Ende kommen dann die Sachen mit Verfallsdatum rein."

„Und wann darf ich meinen liebsten *Truthahn* in die Kiste packen?", fragte Mack, seine Stimme war ein Knurren.

Einen Sekundenbruchteil lang zuckten Ryans Lippen, bevor er wieder aalglatt und elegant wirkte. „Das wäre die letzte der verderblichen Waren."

„Du Hornochse", sagte Mack ausdruckslos zu ihm.

„Auf dem Tisch bei den abgepackten Lebensmitteln, in der Form von Trockenfleisch. Geschmacksrichtung Teriyaki und Pfeffer."

Ryan winkte zurück, während Mack sich nach ihm streckte, dann rauften sich die beiden letztlich auf freundschaftliche Art, während die Frauen dichter zusammentraten.

Rose beobachtete, wie sie miteinander rangen, und hob eine Augenbraue. „Für Erwachsene geben sie eine ziemlich gute Vorstellung als kleine Jungs ab."

„Ich nehme an, das mit den hässlichen Pullis war Ryans Idee?", fragte Yvette.

„Uns hat er gesagt, alle würden sie tragen. Ich habe Mack dazu überredet, dass er auf jeden Fall mitmacht." An dieser Stelle spürte Brooke nur noch Erheiterung, der leuchtend gelbe Pulli, den sie im Secondhandladen gefunden und dann rundum mit LED-Lichtern bestückt hatte, sorgte eher für Glücksgefühle, als dass sie sich töricht vorkam.

„Du bist süß." Yvette warf einen Blick auf Mack, der es aufgegeben hatte, Ryan zu Boden zu ringen, und nun zufrieden mit dem Mann plauderte, während sie an den Tischen entlang gingen. „Er allerdings sieht schon aus wie ein Mr. Rogers, der zu viel Koffein abbekommen hat."

Die drei Mädchen lachten leise, während sie sich zurück an die Tische und an die Arbeit begaben.

Es dauerte nicht lang, den Teil mit dem Essen für die Weihnachtskörbe fertig zu bekommen, und sie machten alle Pause. Sie ließen sich auf Stühlen nieder, die aus dem Lager geholt worden waren, Tassen mit warmem Cider und Schalen mit selbst gebackenen Zimtplätzchen und mit Vanillecreme gefüllten Doppelkeksen wurden um den Tisch gereicht.

„Wie legst du denn fest, was in die Körbe kommt?", fragte Yvette Rose, die dieses Jahr wieder alles koordinierte.

„Wie entscheidest du denn, was an Weihnachten auf den Tisch kommt?", entgegnete Rose. „Eine Menge ist Tradition. Manches einfach nur, weil es gerade passt. Zum Großteil allerdings ist es nicht so toll, Zutaten einzupacken, mit denen Leute vielleicht in einer Jahreszeit nichts anfangen können, in der es mehr Energie kostet, als sie übrig haben, neue Dinge auszuprobieren."

Brooke ging im Geiste die Liste mit allem durch, was für die Familien vom Ort in diese Körbe gekommen war. „Sagst du, zu einem traditionellen kanadischen Weihnachtsfest in Heart Falls gehören ein Truthahn, die Füllung und grüne Bohnen?"

„So ziemlich, obwohl ich mit der Gruppe der neu

Zugezogenen gearbeitet habe. Wir versuchen, verschiedene Zutaten einzuführen, wenn es passt. In ein paar Fällen konnten wir anstatt eines Korbs eine Geschenkkarte nehmen, damit die Familien sich das, was sie für ihre Traditionen brauchen, im Laden holen können. Die hinzugefügten Rezepte sind auch neu."

„Den Teil mit den Rezepten habe ich gesehen", sagte Yvette. „Als ich hergezogen bin, habe ich einen Korb vom Willkommenswagen erhalten, und darin waren Rezepte für Krautwickel und Paneer Makhani."

„Diese Soße ist auch ganz toll mit Kichererbsen", verkündete Rose.

Brooke applaudierte für diese Veränderungen, aber sie musste etwas beichten, ohne eine Miene zu verziehen. „Ich halte das für absolut grandios, dass ich jetzt lernen kann, Dinge aus vielen verschiedenen Kulturen anbrennen zu lassen."

Neben ihr versuchte Mack angestrengt, nicht zu lachen.

„Mein allerbestes Weihnachtsessen war, als ich vom College nach Hause gekommen bin, um selbst gemachte Makkaroni mit Käse im Kühlschrank zu entdecken. Meine Mom hatte einen großen Topf für alle gemacht, die vielleicht noch spät abends einen Snack wollten. Ich habe so großen Ärger gekriegt, als ich mich reingeschlichen und eine Schüssel davon etwa eine halbe Stunde vor dem offiziellen Familienessen verdrückt habe." Yvette brummte glücklich. „Hat sich auf jeden Fall gelohnt."

„Erinnerungen mit Essen sind die besten", sagte Mack mit einem Nicken.

„Sehe ich auch so, aber ich glaube, die besten Makkaroni mit Käse sind immer noch die aus der Tüte." Dafür bekam Alex eine Runde Jubel- und Schmährufe, nachdem sich der Cowboy ihrer kleinen Gruppe etwas verspätet angeschlossen hatte.

„Was ist deine liebste Erinnerung mit Essen?", fragte Rose Ryan.

„Als ich gesehen habe, wie Talia zum ersten Mal Obst mit Schlagsahne probiert hat." Sein Blick ging nach oben, und er starrte auf die schweren Holzbalken, die die Decke zierten. „Justina war nicht ganz sicher, ob das angemessen für ein kleines Mädchen war, aber ich habe darauf bestanden, und unsere Freunde haben mir den Rücken gestärkt."

Mack drückte sich eine Hand auf die Brust. „Ich verzeihe dir alle deine Fehler, denn du hast die göttliche Speise erwähnt. Obst mit Schlagsahne ist die einzige Art, um Weihnachten zu feiern."

Weitere Ideen machten die Runde, das Gelächter wurde häufig lauter, während sich die Gruppe aufgeregt unterhielt. Brooke hielt allerdings inne, um sich kurz etwas zu merken.

Sie hatte versucht, genau rauszukriegen, was bei ihrem Festtagsmahl auf den Tisch kommen sollte. Mack hatte zum Glück versprochen, ihr beim Kochen zu helfen, und er hatte bereits einen Truthahn gekauft. Er war derzeit irgendwo auf der Feuerwache, immer noch gefroren. Er hatte versprochen, ihn rechtzeitig herauszunehmen, damit er auftauen und an Weihnachten gebraten werden konnte.

Die restlichen Beilagen waren machbar. Kartoffeln, Salate, Eingelegtes. Sie würde sich so spät wie möglich Brötchen bei Tansy holen.

Aber Brooke hatte an Schlagsahne und Früchte nicht mal gedacht, und das war etwas, von dem sie wusste, dass sie es schaffen konnte – das konnte man unmöglich anbrennen lassen. Und falls es ein Lieblingsessen von Mack war, musste es zum Teil ihrer Tradition werden.

Er musste Teil ihrer Tradition werden.

Denn Mack hatte in den letzten Tagen richtig Verantwortung übernommen. Er war für sie und ihren Vater da gewesen, obwohl Gary das noch nicht zugeben wollte. Nein, Mack war absolut Teil ihrer Familie, und sie würde sicherstellen, dass er das auch wusste.

MACK HALF, die Kisten in den wartenden Truck draußen zu tragen. Mit ihm, Ryan, Alex und den anderen Typen, die noch da waren, dauerte es nicht lang. Dann entfernte sich Ryan, um seinen Angestellten zu helfen, das Pub bereit für die Öffnung zu machen, und Mack ging ihm nach.

Sein Freund schaute auf den bunten Stoff herab, der über Macks Brust lag, schaffte es aber, das Gesicht nicht zu verziehen. „Bleiben du und Brooke noch?"

„Ich glaube schon. Ich habe vor, sie ein bisschen auf die Tanzfläche zu holen."

Ryan ging rasch hinter den Tresen, überprüfte die Zapfhähne und den Alkoholvorrat. „Danke, dass du es mit Humor genommen hast, den hässlichen Pulli zu tragen. Ich konnte einfach nicht anders."

„Ich kann nicht glauben, dass ich drauf reingefallen bin, aber vertraue mir", sagte Mack als fröhlich-finsteres Versprechen, „irgendwann in der Zukunft, wenn du es am wenigsten erwartest, werden hässliche Pullis auch zu deiner Welt gehören."

Sie grinsten einander an. Mack trat vor, um Ryan zu helfen, die Tanks an einem der Limoautomaten auszutauschen.

„Kann ich dich damit belästigen, dass du das nach hinten ins Lager bringst?", fragte Ryan, als einer seiner Angestellten mit einer dringenden Frage vortrat.

Mack packte sich den Kanister auf die Schulter. „Kein Problem. Sag Brooke nur, wo ich hin bin, falls sie zurückkommt, damit sie nicht glaubt, ich hätte sie stehen gelassen."

„Ja, das möchtest du vermutlich vermeiden. Sonst tauscht sie dich noch gegen ein anderes Modell aus." Ryan war wieder auf Krawall gebürstet. „Eines, das ein bisschen schneller in Fahrt kommt."

Mack verdrehte die Augen. „Du Arsch."

Aber Ryan hörte ihn nicht, darum ging Mack weiter zur Rückseite der Bar. Er war nach einem Jahr in der Gemeinde mit dem Grundriss vertraut, weil er an vielen Abenden bei Ryan rumgehangen hatte.

Er winkte der Kellnerin zu, die gerade das Wechselgeld herrichtete und die Kasse fertigmachte, dann ging er durch den Gang zum hinteren Bereich des Gebäudes.

Das Lager war ordentlich und sauber, genau, wie er es erwartet hatte. Ryan war keiner, der es gestattete, dass die Dinge verlotterten. Mack trug seine Last bis zur gegenüberliegenden linken Ecke, wo eine Reihe weiterer Kanister standen. Es war unterhaltsam, sich die Massen an Vorräten auf den Regalen anzuschauen, und er drehte sich langsam ...

Im Raum wurde es dunkel.

„Verdammt." Er hatte nicht gewusst, dass das Licht einen Bewegungssensor hatte. Mack wedelte mit dem Armen in der Luft, aber es passierte nichts.

Er wollte gerade sein Handy herausholen, um mit der Taschenlampe zu leuchten, als ein leises Lachen an seine Ohren drang. Ein vertrautes Lachen, gefolgt von vertrauten Armen, die sich von hinten um seine Taille legten. Brookes Geruch füllte seine Sinne.

„Hab keine Angst", flüsterte sie. „Ich werde dir nicht wehtun."

„Hmm." Sein leises Brummen vertiefte sich, während ihre

Hände weiter hinab glitten. „Das ist gut – dass du mir nicht wehtun willst. Aber du scheinst schon irgendwas vorzuhaben."

Ihre Handfläche lag fest auf seinem Schwanz, als sein Interesse an dieser schrägen Darbietung offensichtlich wurde. „Ich gebe zu, ich wurde angezogen von deinem klassischen Outfit und deinem tollen Körper. Ich habe das Gefühl, ich muss dich ein bisschen ausnutzen", sagte sie.

„Mein Pulli turnt dich an?" Mack kämpfte gegen einen Lachanfall, denn es war zu gut, das Ganze halb ernstzunehmen. „Na, wer bin ich denn, dass ich einer Frau eine Absage erteilte, die von meinen lila Birnen ganz wild wird? Vergehe dich doch an mir."

Etwas traf auf seinen Rücken. Es dauerte kurz, bis er merkte, dass es Brookes Stirn war und dass sie unkontrolliert kicherte.

Er drehte sich um und nahm sie in die Arme, wo sie hingehörte. Es spielte keine Rolle, dass sie in einem dunklen Vorratsraum standen, der schwach nach Bier und Erdnüssen roch.

Sie waren zusammen, und dadurch wurde es perfekt.

„Du bist ein Scherzkeks", murmelte sie, ihre Finger glitten seine Brust hinauf, um sich um seinen Nacken zu legen. Brooke zog ihn zu sich, bis sich ihre Münder trafen. Ihr Kuss war süß, ihre Lippen zu einem Lächeln nach oben gewölbt, während sie einander langsam streiften. Sanft. So unschuldig, dass es ihr erster Kusse hätte sein können.

Erinnerungen blitzten auf. „Du hast ja keine Ahnung, welche Schmerzen ich an diesem Tag gelitten habe, als wir zum Bogenschießen gegangen sind."

Luft traf auf seine Wange, ein amüsiertes Schnauben. „Du unterbrichst mich dabei, mich an dir zu vergehen, um über ein missglücktes Zielschießen zu reden?"

„So habe ich dich noch nie zuvor gesehen." Er ignorierte

ihren klugscheißerischen Kommentar und konzentrierte sich auf das, was er sagen wollte. „Du warst diese tödliche Kriegerin, ganz konzentriert und stark, und als du beim zweiten Schuss schon ins Schwarze getroffen hast, habe ich einen Ständer bekommen."

Ihr Lachen erklang ganz klar und hell, bevor sie das Gesicht an seinem Hals vergrub. „Hör auf." Die Worte kamen ganz verwaschen heraus. „Ich will nicht, dass uns jemand findet."

„Ich dachte nur, das solltest du wissen. Ich war vom ersten Augenblick an hin und weg. Und als du dich von mir an diesen Heuballen hast zerren und küssen lassen, dachte ich, ich wäre im Himmel. Verführerische Lippen, ein Körper, der an den richtigen Stellen ganz weich ist, doch tödlich und wild zur gleichen Zeit." Er brummte, als hätte er einen Bissen von etwas Köstlichem genommen.

Brooke wiegte sich, rieb ihre Körper aneinander. „Mir gefällt diese Erinnerung. Mir gefällt, dass du gedacht hast, ich wäre stark."

„Das bist du immer noch." Sie könnte ihn auf die Knie bringen, wenn sie das wollte.

Während ihre Hand über seine Brust hinabstrich, stand sie schon dicht davor, ihn zum unverständlichen Brabbeln zu bringen. Sie küsste ihn aufs Kinn, biss ihn in die Unterlippe. Ihre Hand legte sich über seine Leiste und lag locker um seinen Ständer.

„Ich will was", warnte sie ihn vor.

„Okay." Die Antwort kam sofort, denn er war ja klug.

Brooke lachte leise. „Die letzten paar Mal, als wir rumgemacht haben, warst du sehr nett zu mir, aber ich habe den Gefallen noch nicht erwidert. Unternehmen wir da doch mal was."

„Vertraue mir, wenn ich dich zum Kommen bringe, habe

ich schon gewonnen. Aber ich habe nichts dagegen einzuwenden, wenn du was anderes vorhast." Er nahm ihr Kinn mit den Fingern, drehte sie zu sich, damit er sie küssen konnte. Es wurde ein wenig grob, als sein Verlangen hundertprozentig durchkam.

Er hatte ihre Anmerkung nicht vergessen, dass der Sex bei ihnen immer schnell ging, aber das schien weder der richtige Ort noch der richtige Zeitpunkt zu sein, um da eine Veränderung vorzunehmen.

Sie kam näher, ihre Finger machten sich an seiner Taille zu schaffen. Ihre Lippen waren immer noch aufeinander, und Mack fasste mit einer Hand um ihre Brust, drückte die Wölbung unter dem Stoff mit der Handfläche.

Das reichte noch nicht, um die Bestie sattzukriegen.

Bis sie den Knopf und den Reißverschluss geöffnet hatte, hatte er eine Hand unter ihren Pulli geschoben, ihren BH zur Seite gezerrt und die Hand auf ihre nackte Haut gelegt.

„Oh, du bist heute aber wild." Brooke hauchte die Worte, während sie die Finger um seinen Schwanz legte.

Sein Körper bäumte sich bei dem Kontakt auf, der Druck ihrer Hand ließ einen Puls durch ihn gehen, der drohte, seine Beherrschung zu zerbrechen. „Spiel mit mir, Engel. Was immer du willst."

„Dich. Nur dich."

Ihn, zerbrochen und zerrissen von treibender Lust. Oder darauf schien sie zumindest abzuzielen, als sie auf die Knie ging und ihn plötzlich eine feuchte Hitze umfing.

Empfindungen drohten, seine Sinne zu überwältigen. Die Dunkelheit blieb, machte ihre zarte Berührung sogar noch stärker. Allumfassend. Er konnte sich vorstellen, was sie tat, und das geistige Abbild der intimen Verbindung ließ ihn ins Wanken kommen.

Brooke neckte ihn mit der Zunge, fuhr damit über die

Spitze seines Schwanzes, konzentrierte sich auf die kleine Stelle, von der sie wusste, dass sie die besten Gefühle auslöste. Die stärkste Lust.

„Baby – ich bin kurz davor." Er flüsterte die Worte, fuhr ihr mit den Fingern durch die Haare. Wünschte, er könnte sie sehen. Nicht wegen der erotischen Bilder, sondern wegen des Ausdrucks in ihren Augen. Um die emotionale Verbindung zwischen ihnen zu genießen. Die körperliche Bindung war schon jenseits von Gut und Böse, und seine Erlösung strömte heftig genug aus ihm hervor, dass ihm weiße Punkte vor den Augen tanzten.

Er hielt einen Schrei zurück, aber etwas grollte aus seiner Brust heraus. Keine Worte. Nichts Verständliches, sondern ein Geräusch voller Zufriedenheit und unkontrollierter Lust.

Blitzende Lichter füllten den Lagerraum. Ein Blinken, ein Blitzen, ein Blinken.

Macks Beine waren wacklig, als sie vom Boden aufstand, ihr Pulli leuchtete immer wieder mit komischem Timing auf. Das Lächeln auf Brookes Gesicht war eindeutig in dem glühenden Licht zu sehen.

Sie nahm sein Gesicht und ließ ihn kurz an sich anlehnen.

„SOS. Habe ich um Hilfe gerufen?", scherzte er atemlos.

„Du hast irgendwas gerufen", sagte sie.

Mack zog sie an sich und umarmte sie fest. „Vielen Dank."

„Jederzeit."

In seinem Kopf hallte immer noch das Echo seines Orgasmus nach. Mack war dankbar, dass Brooke ihre Finger in seine gelegt hatte und ihn zurück in den öffentlichen Teil der Bar führte, und auf die Tanzfläche.

„Ich weiß nicht, ob das eine gute Idee ist", warnte er.

„Du hast kein Taktgefühl?" Sie sah aus wie die Grinsekatze. Jeder, der genau hinsah, würde erfahren, dass sie sich gerade etwas Großes genehmigt hatte. Diesen Ausdruck hatte sie auf. Eine zufriedene Frau, stolz auf ihre Fähigkeit, den durchschnittlichen Mann zu ihrem willigen Diener zu machen.

Es stimmte. Hätte sie um etwas gebeten, hätte er es getan. Alles für sie.

Mein Gott, er liebte sie.

Mack kämpfte den Drang nieder, es herauszuplatzen zu lassen, indem er sie dichter an sich zog. Er legte die Arme um sie und brachte sie eng zusammen. Das Tanzen war eher schon ein Wiegen, ohne zu versuchen, irgendwelche schicken Bewegungen zu machen.

Brooke schien damit zufrieden, seiner Führung zu folgen, wie schon so viele Male zuvor. Sie legte den Kopf an seine Schulter, während sie sich zusammen bewegten wie eine gut geölte Maschine.

Mack war nicht sicher, ob Ryan hilfsbereit war, indem er sicherstellte, dass ganz lange langsame Musik lief, zu der man sich leicht wiegen konnte, aber er war dankbar, dass es dauerte, bis die Geschwindigkeit zunahm und er und Brooke sich wieder etwas voneinander lösen mussten.

Mit ineinander verschränkten Fingern, ein perfektes Zusammensein. So, wie auch ihr Leben sein würde, wenn er endlich den richtigen Augenblick fand.

Verflixt, er würde diesen Augenblick erzeugen. Er würde es noch mal überprüfen müssen, aber vielleicht war es noch möglich, in letzter Minute eine Auszeit zu organisieren. Er hielt den Mund, bis er ein wenig googeln konnte, aber als ihr Name gerufen wurde und sie sich umdrehte, um zu Alex zu schauen, waberte schon ein Plan durch sein Gehirn.

„Hast du mal kurz?" Alex zwinkerte Brooke zu, bevor er sich vorbeugte, um über die Musik hinweg zu reden. „Ich glaube, ich hab was für dich gefunden."

Sie runzelte die Stirn. „Was habe ich denn verloren?"

„Den Namen deines Liedes." Er hob das Handy und reichte es dann rüber. Brooke drückte auf Play, dann hielt sie es sich ans Ohr, hielt sich das andere zu, um die Tanzmusik auszublenden, die von den Wänden hallte.

Einen Augenblick später wurden ihre Augen groß, und ihr Lächeln blitzte strahlend auf. „Das ist es! O mein Gott, du hast es gefunden." Sie packte Alex impulsiv und drückte ihn fest.

Alex hielt seine Hände gut sichtbar, aber sein Grinsen, als er Mack über Brookes Schulter hinweg anschaute, sagte ganz klar, wie sehr er dieses Dankeschön genoss.

Mack widerstand einem Auftritt als Höhlenmensch, aber er war zufrieden, als Brooke seinen Freund losließ und sich sofort in Macks Arme warf. „Wir haben das Lied!"

„Das ist toll. Jetzt musst du nur noch lernen, wie man es singt."

„Uff." Brooke verzog das Gesicht, aber sie kuschelte sich unter seinen Arm, während sie sich zu Alex drehte. „Ein toller Fund, und ich weiß das echt zu schätzen. Willst du kommen und meinem Dad am ersten Weihnachtsfeiertag ein Ständchen halten?"

Alex' Ablehnung kam sofort und heftig. „Karaoke ist okay für mich, aber sonst nicht viel. Der einzige echte Sänger, den ich kenne, ist Walker Stone. Du könntest rausschauen zur Silver Stone Ranch und ihn fragen."

„Das ist eine gute Idee." Brooke nickte entschieden. „Danke noch mal, Alex."

Er zwinkerte ihr zu, dann salutierte er vor Mack, bevor er zu einer Gruppe Frauen weiterging und eine um einen Tanz bat.

Brooke war wieder in Macks Armen, schob ihn zur Tanzfläche, und er ging bereitwillig mit. Ideen wirbelten durch ihn hindurch, aber zum Großteil war es ein Gefühl der Zufriedenheit, weil er die Entscheidung getroffen hatte, den

Augenblick in die Wege zu leiten, an dem er ihr einen Antrag stellen konnte.

Die Zeit wurde knapp, um das perfekte altmodische Weihnachtsfest auf die Beine zu stellen. Verzweifelt knapp, aber irgendwie schien es auch, als wäre noch alle Zeit der Welt.

Denn wenn er in Brookes Augen schaute, sah er die Ewigkeit.

9

———————

*J*m *Buns and Roses* war an diesem Samstagvormittag weniger los als üblich, aber Brooke hatte unbedingt einen heißen Weckruf gebraucht, bevor sie ihren Tag in der Werkstatt begann. Sie hatte fünfundvierzig Minuten, bis ihr Dad erwarten würde, dass sie bereit war und loslegen wollte, da sie eine ganze Ladung Fahrzeuge auf dem Plan hatten, die vor Werkstattschluss fertig werden mussten.

Tansy stellte einen Teller mit drei zarten halbmondförmigen Keksen und ein dampfendes heißes Getränk vor Brooke. „Heute ist es was besonders. Ich nenne es Wintersonnenwende. Es ist kurz und dunkel, doch die Helligkeit ist gleich um die Ecke."

Brooke hob die Tasse hoch. „Du hast echt Glück, dass ich dir vertraue."

„Du hast Glück, dass ich dich mag", erwiderte Tansy. „Versuch's."

Ein tiefes Einatmen über der Tasse sagte Brooke zwei Dinge. „Kaffee. Auf jeden Fall Schokolade, und ... Orange? Das ist die Helligkeit, oder?"

„Ganz genau! Und kurz ist es, denn das ist Ghirardelli-Schokolade, und würde es größer werden als eine Minitasse, hätte man auf einen Schluck alle Kalorien für einen Tag konsumiert." Tansy zwinkerte. „Siehst du, wie ich Probleme vermeide, damit wir im Januar keine Diät machen müssen?"

„Du bist eine Göttin." Brooke nahm einen Schluck, und samtiger Sex glitt über ihre Zunge. Sie stöhnte ihre Freundin mehr oder weniger an. „Oder eine Dämonin. Das ist ja sündhaft gut."

Der Stuhl ihr gegenüber wurde zurückgezogen, und sie sah auf, um Mack in die tiefgründigen, braunen Augen zu schauen. Er hielt den Stuhl für Sonora Fallen.

„Hey, Oma." Tansy machte einen Abstecher, um ihre Großmutter zu umarmen. „Für dich auch eine Wintersonnenwende?"

„Vielen Dank, meine Liebe. Und ich nehme einen Teller mit den Buttermonden dazu." Die ältere Frau setzte sich und seufzte glücklich.

„Sonora." Brooke atmete noch einmal tief über dem Schokoladengenuss ein, während Mack sich auch an den Tisch setzte. „Bitte entschuldige, dass ich unhöflich bin und allein trinke, aber ich lasse das auf keinen Fall kalt werden."

„Ich mache dir keinen Vorwurf." Sonora nahm ihre Mütze und ihre Handschuhe ab und steckte sie in die Jackentaschen, ehe sie sich aus dem dicken Kleidungsstück schälte. Ihre silberweißen Haare waren ordentlich zu einem Zopf zurückgenommen, der ihr über den Rücken fiel. Die Lachfältchen in ihren Augenwinkeln vertieften sich, während sie am anderen Tisch jemanden anlächelte, bevor sie ihre grauen Augen Brooke zuwandte. „Mach schon. Trink, solange es noch heiß ist."

Brooke nahm einen Schluck von dem herrlichen Elixier.

Mack hob eine Hand und rieb sich am Nacken. „Ich will ja

nicht übergriffig klingen, Sonora, aber laut den Nachrichten braut sich ein großer Sturm zusammen. Glaubst du echt, dass es klug war, zu Fuß in die Stadt zu gehen?"

„Ich bin nicht den ganzen Weg gelaufen", sagte die alte Frau geziert. „Ich konnte bis zum Laden mitfahren, und dann habe ich beschlossen, dass ich ein heißes Getränk möchte."

Der Laden war fast zwei Kilometer entfernt. Die Chancen, dass die Bürgersteige zwischen den Gebäuden so früh schon geräumt waren, waren sehr klein. Brooke und Mack wechselten einen Blick, ehe Tansy sie unterbrach, um zwei weitere Heißgetränke und die bestellten Plätzchen zu bringen.

„Da stimme ich Mack zu", sagte Brooke zurückhaltend. „Warum bist du nicht selbst gefahren? Hast du Probleme mit dem Auto?"

Sonora versteifte sich und schaute über die Schulter, um zu sehen, wo Tansy war, bevor sie leise sprach, als wolle sie nicht, dass jemand mithörte. „Ich schätze, da kann ich nicht lügen, denn du bist diejenige, die es reparieren wird. Ja, ich hatte kürzlich ein leichtes Problem beim Rückwärtsfahren. Ich glaube, du und Gary werdet kommen und meinen Truck mit eurem Anhänger abholen müssen. Die hintere Stoßstange ist ziemlich ramponiert."

Die entschlossen unabhängige Sonora hatte mehr als genug Familie in der Stadt, die ihr helfen konnte, wenn sie darum bat.

Falls sie *bat* – das war das Problem.

„Ich frage bei Dad nach und lasse dich wissen, wann wir kommen können, um den Truck abzuholen."

Brooke drehte sich zu Mack um, und der beugte sich dichter heran, um sie zu küssen. Ohne nachzudenken, fasste sie ihn am Nacken und verwandelte etwas, das er vermutlich nur als rasches Küsschen geplant hatte, in etwas sehr viel Hitzigeres.

Ups?

Seine Augen blitzten erheitert, als er sich von ihr löste. „Da sucht aber jemand nach Ärger."

„Mit dir? Immer."

Ein leises Lachen drang zu ihnen heran. Sonora nippte unschuldig an ihrem Kaffee, während sie intensiv an die Decke schaute. „Hier drin ist es ganz wunderbar dekoriert. Man kann sich so gut unterhalten lassen, ohne irgendetwas anstarren zu müssen."

Brooke rückte von Mack ab. Oder versuchte es, nur um festzustellen, dass sich seine Hand um ihre Taille gelegt hatte und nicht losließ. „Das tut mir leid", sagte sie zu der älteren Frau.

Sonora warf ihr einen scharfen Blick zu. „Entschuldige dich nie dafür, verliebt zu sein."

Ein Blitz raste durch Brooke hindurch, zusammen mit dem sofortigen Ansturm von Hitze. Sie wagte es nicht, einen Blick zur Seite zu werfen, um zu sehen, wie Mack Sonoras Bemerkung aufnahm.

Brooke wollte es vor sich nicht leugnen. Sie hatte sich hundertprozentig in ihren kleinen Soldaten verliebt, und sie kam an den Punkt, an dem es ihr egal war, wer das erfuhr. Der Drang danach, „wer, wir?" zu spielen, war auch nicht da. Das wollte sie Mack nicht antun, während er anwesend war.

Um ehrlich zu sein, die Tatsache, dass er es nicht sofort geleugnet oder einen Witz gemacht hatte, um etwaige Verlegenheiten zu überspielen, ließ ihr Herz nur noch heller leuchten. Seine Finger hatten sich angespannt, aber ansonsten tat er nichts anderes, außer das Thema zu wechseln.

Mack konzentrierte sich auf Sonora. „Ich habe mich umgehört, und wie es sich erweist, bist du diejenige, mit der ich reden muss. Ich versuche, Weihnachtsschmuck aufzuspüren, den sich die Einigkeitskirche vor ein paar Jahren ausgeborgt hat. Dein Name kam dabei zur Sprache, da du vielleicht jemand bist, der wissen könnte, wo er gelandet ist. Oder mit wem wir sonst noch reden können."

Sonora wirkte neugierig. „Ein bestimmter Weihnachtsschmuck?"

Mack nickte. „Ein großer Metallstern, etwa eineinhalb Meter im Durchmesser. Da sollten auch Lichter drauf sein, und vielleicht ein Stab, damit man ihn am Dach anbringen kann."

Er hatte Gesten dazu gemacht, aufgeregt und hoffnungsfroh, und Brooke schaute ihn fasziniert an. Sie liebte die Art, wie er so ernst sprach und wie seine Augen leuchteten, als Sonora sofort nickte.

„Daran erinnere ich mich." Sie runzelte die Stirn. „Ich hätte gedacht, der wäre mit dem Rest des Schmucks zurückgegangen. Ist er nicht im Lagerschuppen vor der Kirche?"

„Nein, Ma'am. Ich habe nachgesehen."

Hatte er das? Brooke betrachtete ihn genauer, ihren Mann, der sie mit seiner ernsten Entschlossenheit überraschte.

Sonora lehnte sich in ihrem Stuhl zurück und wirkte nachdenklich. „Na, das schlägt ja wohl alles. Allerdings ... ich muss mich schon fragen." Sie zog ihr Handy heraus, aber bevor sie es einschaltete, entschuldigte sie sich. „Bitte verzeiht, dass ich kurz mal unhöflich bin. Ich glaube, ich weiß, wer vielleicht eine Ahnung hat, wo der Stern ist."

Ein fester Druck an ihrem Oberschenkel, und Brooke schaute zu Mack auf, der versuchte, sein Grinsen zu verbergen.

„Sie ist liebenswert", flüsterte Brooke ihm ins Ohr, während sie verdeckt Sonora beobachtete, die eine Nachricht tippte.

„*Du* bist toll", erwiderte Mack. „Ich habe nicht mehr viel Zeit, bis ich zur Feuerwache muss, aber ich habe eine Frage."

„Leg los."

„Kannst du heute Abend von zu Hause wegbleiben? Ich weiß, es ist in letzter Minute, und ich weiß ...“

Brookes Herz machte einen Satz. „Ja.“

„... es ist vielleicht schwer, sich raus...“ Er hielt inne. Ein Grinsen trat auf sein Gesicht, er beugte sich dichter heran und legte seine Stirn an ihre. „Du arbeitest bis fünf. Kannst du um halb sechs fertig sein? Tasche zum Übernachten, Badeanzug, gemütliche Klamotten. Wir werfen unsere Stiefel und Notfallausrüstung hinten rein, nur für den Fall.“

„Klingt fantastisch.“

Sie hätten noch dort gesessen und einander angegrinst, bis Mack zu spät zu seiner Schicht kam und sie ihren Arbeitsbeginn verpasste, und ihren Dad damit gleich auf dem falschen Fuß erwischte, nur dass Sonora eine genervte Ankündigung machte. „Na, das war reine Zeitverwendung. Er antwortet nicht. Ich muss es später noch mal probieren, aber ich werde mich bei dir melden, Mack.“

„Danke, Sonora. Ich weiß das zu schätzen.“ Er küsste Brooke rasch, dann schoss er hoch, legte Geld auf den Tisch, um für das Essen zu bezahlen. „Geht auf mich, Sonora. Und wir sehen uns später.“

„Tschüss.“ Brooke sah ihm nach, träge Zufriedenheit tropfte durch ihre Adern, während sie beobachtete, wie er langsam aus der Tür marschierte.

„Das ist ein hervorragender Mann“, sagte Sonora leise.

„Das ist er“, stimmte Brooke zu.

Nicht mal eine Minute später öffnete sich die Eingangstür des Ladens wieder, und ein weiterer Schwung kalte Luft trieb herein, zusammen mit einem weiteren hervorragenden Mann, Ashton Stewart.

Brooke genoss seinen scharfen Geist und seine freundlichen Gesten schon seit Jahren, da der Freund ihres Vaters ziemlich oft bei ihnen zu Hause vorbeischaute. Er war auf gewisse Art fast schon Familie, was der Grund war, weshalb sie es teils erheiternd und teils schrecklich fand, festzustellen, dass ihre Freundinnen Ashton für ein ziemlich attraktives, wenn auch schon älteren Exemplar der Spezies männlicher Cowboy hielten.

Die Teilnehmerinnen am Mädelsabend betrachteten ihn als ein leuchtendes Beispiel eines Mannes, der gut gealtert war. Tansy hatte ihn ein saftiges abgehangenes Ribeye-Steak genannt, bis Rose klargestellt hatte, dass das nicht sonderlich politisch korrekt war.

Erstklassiges Angusbeef hatte es auch nicht ganz auf den Punkt gebracht.

Aber an diesem Vormittag zeigten sein eckiges Kinn und seine stahlgrauen Augen nicht seine übliche bodenständige gute Laune. Jetzt war er schon eher wie ein Bär, den man aus seinem Bau getrieben hatte, und er war darüber nicht allzu erfreut.

Er stapfte durch den Laden neben ihren Tisch, warf einen Blick auf Brooke und nickte ihr kurz zu, bevor er Sonora anfunkelte. „Hast du den Verstand verloren, Frau?"

Sonora erwiderte seinen starren Blick, bevor sie betont wegschaute und an ihrem Kaffee nippte. „Als ich letztes Mal nachgesehen habe, nein."

Ashton ließ sich auf den Stuhl fallen, den Mack verlassen hatte. „Als ich angeboten habe, dich in die Stadt zu fahren, habe ich erwartet, dass du an Ort und Stelle bleibst und dich von mir überall hinfahren lässt, wo du hin willst."

„Ich bin doch kein Hund, dem du Platz und Bleib sagen kannst. Falls du das Gefühl hast, du musst die Hundeausbildung üben, komm doch bei meiner Tierrettung vorbei." Sie kniff die strahlenden Augen zusammen. „Oder vielleicht auch nicht. Du würdest ja nur alle auf die Palme bringen und dann gehen."

Ashton versteifte sich noch mehr.

Brooke nahm ihren letzten Schluck Kaffee und die Schokolade, beobachtete die Unterhaltung mit großer Erheiterung. Sie hatte schon immer vermutet, dass zwischen den beiden irgendetwas am Brodeln war, aber es schien, als hätte ihre Beziehung eine stürmische Passage erreicht.

Der Wind blies heftig genug ans vordere Fenster, dass das doppelwandige Glas ratterte, und scheinbar aus dem Nichts hämmerte der Schnee an das Gebäude.

In der kurzen Zeit, in der sie im Café gewesen war, war der kalte, aber klare Tag verschwunden. Das Wetter hatte umgeschlagen. Ein weiterer Sturm, und diesmal unvorhersehbar und heftig.

„Wow. Das sieht aber nicht sehr freundlich aus." Brooke schob sich vom Tisch zurück, um nach draußen zu schauen. Das Weiß ließ die Gebäude auf der anderen Straßenseite unscharf werden.

„Deshalb wollte ich nicht, dass du dich davonmachst." Ashton knurrte die Worte, aber dann sprach er sanfter, sein Blick auf Sonora ein Laserstrahl, durch den Sorge durchschien. „Du weißt, dass sich in dieser Gegend die Stürme ganz schnell ranschleichen. Was, wenn du immer noch zu Fuß unterwegs gewesen wärst, als der hier gekommen ist?"

„Dann wäre ich schneller gegangen." Aber Sonora schaute an Ashton vorbei aus dem Fenster, und ihre geröteten Wangen wurden blass.

Ashton atmete scharf ein und hielt die Luft kurz an, als würde er um Beherrschung kämpfen. Die fand er auch schnell, als er sich an Brooke wandte und sein Kopfschütteln und leicht frustriertes Augenrollen fast verbarg. „Ich schätze, du bist diejenige, die sich nach dem Stern erkundigt?"

„Mack und ich, ja. Weißt du, wo er ist?"

Ashton rieb sich das Kinn. „Vielleicht. Ich muss ein paar

Anrufe tätigen, aber falls ich ihn finde, lasse ich es euch wissen."

„Erwähne das nicht vor Dad", bat sie ihn. „Wir wollen es als Überraschung machen."

Ashton nickte, dann schaute er zwischen ihnen hin und her. „Ihr Damen macht mal weiter und lasst euch Zeit. Ich fahre euch beide dorthin, wohin ihr müsst, wenn ihr fertig seid."

Sonora presste die Lippen aufeinander, doch sie beschwerte sich nicht.

Brooke auch nicht – das verschneite Wetter würde kein Spaß sein, wenn man zu Fuß unterwegs war, und je schneller sie in die Werkstatt kam, desto schneller konnte sie eine Tasche packen und bereit sein, wenn Mack auftauchte.

DIE ARBEIT ZOG SICH. Es gab nur ein paar Einsätze, die ihn ablenkten, obwohl Mack mit den Rettungssanitätern zu ihrem häufigsten Kleinstadt-Notfall aufbrach – gesundheitliche Probleme zu Hause.

Als sie zum dritten Mal einem älteren Mitglied der Gemeinde von der zugeschneiten Zufahrt halfen, ging Mack dazu über, das Wetter nicht mehr nur zu verfluchen, sondern sich zu fragen, was Männer dazu trieb, die Natur auf dumme Art herauszufordern.

„Sie warten, bis der Sturm vorbei ist", warnte Mack den älteren Mann, der versucht hatte, mit dem fallenden Schnee mitzuhalten und sich bis zur Erschöpfung getrieben hatte. Zum Glück hatte er keinen Herzinfarkt bekommen. „Wenn es für Sie zu tief ist, um sich zu bewegen, haben Sie doch Nachbarn mit Teenagern. Das ist für die eine gute Gelegenheit, ein paar Muskeln auszubilden."

„Ich versuche, meine Muskeln auszubilden“, beschwerte sich der Mann gut gelaunt, doch er versprach es.

Der Sturm heute war wie ein wildes Tier. Nur die Leute, die keine Wetterwarnungen gehört hatten, waren töricht genug, um in die Arbeit zu fahren. Bis Mittag gaben die meisten auf. Mitte des Nachmittags waren die Leute, die sich noch raus wagten, Einzelkämpfer, die ihre leeren Läden schlossen, denn ob es nur noch vier Tage bis Weihnachten waren oder nicht, Heart Falls hatte sich in eine Geisterstadt verwandelt.

Der Schnee war inzwischen an manchen Stellen zwei Meter tief, und der Wind ließ nach, sodass sich die Verwehungen in Frieden ansammeln konnten. Mack wagte es nicht, an die Auszeit im Hotel zu denken, die er mit Brooke vorhatte. Da war er abergläubisch, und er konnte den Gedanken nicht ertragen, dass er noch länger warten musste.

Er würde ihr vor Weihnachten den Antrag machen, ganz gleich, was geschah. Es musste dazu kommen. Er musste wissen, dass sie die Seine war.

Endlich wurde es fünf Uhr. Mack hatte seine Tasche bereits gepackt, und er ging durch die Küche zu seinem Truck, und in einen freien Abend, der sein Leben für immer verändern könnte.

„Du wirkst glücklich“, scherzte Alex. „Ich schätze nicht, dass du die Schicht tauschen möchtest. Ich habe zwei hintereinander. Du kannst mich gerne um sechs Uhr ablösen.“

„Du brauchst den Schönheitsschlaf mehr als ich“, erwiderte Mack trocken.

Alex wurde ernst. „Himmel, hoffen wir, es wird eine ruhige Nacht. Der Schnee wird es verflixt schwer machen, sich um irgendwelche Notfälle zu kümmern.“

„Hoffentlich hat es früh genug angefangen, dass die meisten Leute einfach zu Hause geblieben sind.“ Mack verabschiedete sich, dann trat er auf die Stufen. Mit der Tasche im Truck schaute er nach, dass er nur für den Fall Notausrüstung hatte, dann fuhr er zu Brooke.

Der Schneepflug ratterte vorbei, der Mann hinter dem Lenkrad winkte Mack abgelenkt zu, während er vorbeifuhr. Dass ein Weg zwischen der Hauptstraße, dem Highway und dem Krankenhaus offenblieb, war lebenswichtig. Mack war nicht neidisch auf die endlose Aufgabe, die das unter diesen Umständen sein würde.

Es machte es allerdings möglich, zur Autowerkstatt zu fahren. Mack dachte vermutlich nicht ganz richtig – okay, er dachte auf keinen Fall ganz richtig – denn er hätte eigentlich anrufen und absagen sollen, aber verdammt sollte er sein, wenn er das fertig brachte.

Er hatte Winterreifen, ein Fahrzeug, das für schlimmste Konditionen zugelassen war, und er kannte die Straßen der Gegend wie seinen Handrücken. Dass er über ein Jahr lang in jeden letzten Winkel gefahren war, bedeutete auch, dass es ihm geheuer war, überall hinzufahren.

Als er auf einen Parkplatz vor dem Laden fuhr, stöhnten die Reifen, knirschten auf dem dicht gepackten, schweren Schnee. Er ließ das Fahrzeug laufen, trat in die Werkstatt und stellte fest, dass es absolut still dort war.

Gary und Brooke führten den Laden selbst, mit nur ein paar Angestellten, wenn gerade eine geschäftige Zeit war, also kam das nicht ganz unerwartet. Es war allerdings unheimlich. Die absolute Stille bedeutete, dass jeder Schritt von Mack laut dröhnte, während er zur Innentür ging, die nach oben führte.

Brooke platzte durch die Tür, eine Reisetasche in der Hand. Ihre Wangen waren rosig, ihr braunes Haar war von einer leuchtend roten Mütze bedeckt. „Ich bin bereit."

Er fing sie auf, während sie sich begeistert auf ihn warf. „Du wirkst bereit."

Sie rümpfte die Nase. „Draußen ist es nicht schön. Ich will nicht absagen, aber du musst entscheiden, ob es dir recht ist, zu fahren.“

„Wir kommen klar. Es ist nicht weit.“ Und um ehrlich zu sein, das war der einzige Grund, weshalb er damit weitermachte. Ganz gleich, wie wichtig das war, Brookes Sicherheit würde er nicht aufs Spiel setzen.

Ihr Lächeln wurde doppelt so groß. „Dann gehen wir.“

Mack warf ihre Reisetasche hinten in die Kabine, dann half er ihr auf den Beifahrersitz. „Schnall dich auf dieser Seite an, nur der Sicherheit halber.“

„Ja, Cap.“

Bis er herumgelaufen war und sich gesetzt hatte, war Brookes Sicherheitsgurt schon festgezurrt, und sie hatte Musik aufgelegt. Er fuhr langsam rückwärts los, es kam immer noch mehr runter, doch es schneite etwas leichter.

„Der Sturm zieht vielleicht weiter“, sagte Brooke, während er die Vorderseite des Trucks zur Hauptstraße ausrichtete. „Vielleicht haben sich die Wetterfrösche geirrt, und es wird nichts Großes draus. Ich meine, es kam eine Menge in kurzer Zeit runter, aber weniger als zwei Stunden Schnee ist nicht der Sturm des Jahrzehnts.“

„Vielleicht haben sie sich geirrt.“ Mack drehte das Lenkrad nach rechts, um aus dem Parkplatz zu fahren. „Wer weiß das denn schon, mit dem ...“

Ein heftiger Blitz wurde in der Ferne sichtbar. Weiß, dann rot und gelb, mit einer wogenden Wolke aus Schwarz, die von dort nach oben stieg, wohin sie unterwegs waren. Ein lauter Knall traf den Truck einen Augenblick später, als das Geräusch der Explosion sie einholte, und Entsetzen schoss durch ihn hindurch.

„O mein Gott, ist das die Exxon auf dem Highway?“ Brooke beugte sich auf ihrem Sitz vor.

Mack wollte antworten, als sein Handy losging. Gleichzeitig erklang der Alarm in seinem Truck, der mit der Zentrale in der Feuerwache verbunden war.

Er warf einen Blick auf Brooke, deren Gesicht vor Entsetzen weiß war. „Da muss ich ran."

Mack stellte den Truck auf Parken und zog sein Handy raus. Er hörte sich den Bericht von der Rettungszentrale entsetzt an.

Es war schlimm. „Jemand hat die Abbiegung verpasst und ist vor ein paar Minuten durch das Vorderfenster der Tankstelle geflogen. Das hat wohl eine Kettenreaktion ausgelöst. Das Auto ist nicht explodiert, aber sie vermuten, dass eine Gasleitung gerissen ist."

„Ich hoffe, da waren nicht viele Leute." Brooke riss die Augen auf. „Das Restaurant ..."

Der vertraute Adrenalinrausch, den Mack unter diesen Umständen empfand, baute sich auf. Er mochte ja den Abend frei haben, aber das war nicht die richtige Zeit, seine Teamkameraden im Stich zu lassen. „Tut mir leid, ich muss gehen."

Er wollte Brooke beruhigen, aber sie hatte bereits ihren Sicherheitsgurt gelöst und beugte sich heran, damit sie ihn küssen konnte. Einen Augenblick später war sie aus dem Truck ausgestiegen.

„Pass auf dich auf." Es war ein Befehl, ihr Blick direkt und intensiv, während sie die Tür noch aufhielt. „Ich weiß, dass sie dich brauchen."

Er wartete, bis sie sicher drinnen verschwunden war, bevor er den Gang einlegte und aufs Gas stieg. Er eilte zur Feuerwache, wo er am meisten ausrichten konnte. Den meisten Leuten helfen.

Sein Herz war allerdings noch in der Werkstatt, stieg die Stufen hinauf und warf wahrscheinlich bereits Google an, um zu sehen, was passiert war. Ihre Gedanken würden bei ihm und seiner Sicherheit bleiben.

Mack konzentrierte sich. Es war nicht das, was er sich erhofft hatte, aber wenn er beim nächsten Mal, wenn er Brooke sah, seine Pläne in die Tat umsetzen wollte, musste er mit dem Kopf ganz bei der Sache sein.

Noch während er stetig auf die Gefahr zu fuhr, wollte er sicherstellen, dass er nach Hause kam. Verletzt zu werden, war das Letzte, was er wollte.

Brooke für alle Ewigkeit war es wert, dass man für sie vorsichtig war.

10

———————

Der Morgen dämmerte ganz anders, als Brooke es sich erhofft hatte. Anstatt im Bett mit Mack zusammengekuschelt zu sein, nach einem bis tief in die Seele zufriedenstellenden Abend, war sie zu Hause und lauschte, wie ihr Dad in der Küche herum klapperte.

Sie starrte an die Decke und versuchte, ihren Tag neu auszurichten, indem sie zählte, was bei ihr alles gut war.

Erst einmal hatte Mack um fünf Uhr morgens eine E-Mail geschickt, um sie wissen zu lassen, dass er sicher zurück in der Feuerwache war, und sie zu warnen, dass er vermutlich einen Großteil des Tages mit Schlafen verbringen würde, er sich aber melden würde, sobald er wach war. Im großen Ganzen stand das ziemlich weit oben auf ihrer Liste.

Sie machte ihm keinen Vorwurf, dass ihr Abend abgeblasen worden war. Dass er im Notfall zur Verfügung stand, gehörte zu seinem Job, und nach allem, was sie bei ihrer Suche herausgefunden hatte, war das Feuer schlimm gewesen. Zum Glück waren wegen des Sturms nicht viele Leute im Gebäude gewesen, aber es hatte Verletzte gegeben.

128

Was für eine schreckliche Wendung der vorweihnachtlichen Vorbereitungen. Doch es waren keine Todesfälle gemeldet worden, und es war eine gute Alternative, am Leben zu sein.

Auch auf der guten Seite – der Sturm hatte ein Ende gefunden. Das schlechte Wetter hatte sie alle reingelegt, in dem es intensiv, aber kurz gewesen war, und obwohl riesige Schneehaufen überall lagen, schien die Sonne mit einer beinahe heftigen Intensität, und die Temperatur war knapp über dem Gefrierpunkt, anstatt der eisigen Kälte, die sie vor ein paar Tagen gehabt hatten.

Sie ging in die Küche und schlich sich an ihren Vater an. „Hey, Paps. Machst du genug Kaffee für mich?"

„Niemals", scherzte er. „Außerdem kommt der aus der Kaffeemaschine, nicht das schicke Zeug, das deine Freundin Tansy macht. Ich glaube nicht, dass du überhaupt eine Tasse probieren solltest."

Sie stieß ihn in die Rippen. Er schnaubte, ging ihr aber aus dem Weg, damit sie an die Tassen kam.

Dass ihr Dad sichtlich zufrieden war, machte auch etwas in ihr glücklich. „Du bist heute Morgen gut gelaunt", sagte sie träge. „Wie viele Tassen von diesem schrecklichen Gebräu hast du denn schon getrunken?"

„Nur zwei." Er füllte seine Tasse wieder auf und hielt dann den Milchkarton hoch, der der Quell seiner guten Laune war. „Ich liebe die Eierpunsch-Saison."

„Genieße sie, solange du kannst", sagte sie, setzte sich an den Tisch und dachte selber nach, was sie tun könnte, um sich die Zeit zu vertreiben. Sonntag hieß, dass sie den Tag frei hatte, aber es gab keine Garantie, dass Mack bereit sein würde, etwas mit ihr zu unternehmen.

Ihr Dad blätterte durch die Seiten seines Terminkalenders. „Ich hab mich vielleicht zu früh gefreut, als ich gesagt habe, dass die Arbeit langsamer wird. Wir haben Freizeit über die Feiertage geplant, aber morgen sind wir voll ausgebucht."

„Das ist gut", sagte Brooke. „Das heißt, ich kann zurück in den Laden und eine Schachtel Kekse kaufen, die ich bei Santas Milch stehen lassen kann."

Ihr Dad lachte leise. „Hol dir die, die in der Mitte Erdbeerfüllung haben. Ich höre, die mag er gern."

Sie lachte mit ihm, aber ein Hauch Traurigkeit mischte sich in ihre Erheiterung. Sich Plätzchen aus dem Laden zu holen, stand auf ihrer „gib schon auf, wir sind verzweifelt"-Liste, und das Datum dafür rückte schnell näher. Sie hatte es noch nicht geschafft, erfolgreich ein Blech Plätzchen nach Omas Rezept zu backen, die irgendwie auch nur annähernd nach dem Original schmeckten.

Korrektur. Sie hatte noch kein Plätzchen nach dem Rezept gebacken, das essbar war, und dass es zu dem altmodischen Geschmack passte, konnte man vergessen. Ihre Weihnachtsbäckerei würde sich auf Fruchtcremes und Kekse aus der Packung beschränken.

Sie zwang sich zu einem Lächeln und machte ihnen Frühstück.

Als Mack ihre Nachricht nicht beantwortete – er schlief vermutlich noch – traf Brooke die Entscheidung, ein paar Dinge von ihrer To-do-Liste zu streichen.

„Glaubst du, die Straßen sind sicher genug, dass man fahren kann?", fragte sie, nachdem sie ihren Teller abgespült hatte.

Dad nickte. „Ich schätze, der Sturm wollte nicht in die Rekordbücher eingehen. Der Schneepflug hat bereits überall in der Stadt geräumt, und Ashton hat angerufen, um zu sagen, dass sie auf Silver Stone nicht zu schlimm eingeschneit sind."

„Gut, denn ich denke darüber nach, da raus zu fahren, und

noch an ein paar andere Orte." Glück strömte in sie hinein. „Ich muss Geschenke für meine Freundinnen abgeben, denn ich hatte sie bei unserem letzten Treffen noch nicht fertig."

„Du kommst klar." Ihr Dad zögerte. „Hast du von deinem Typen da schon was gehört?"

„Bis auf eine Nachricht ganz früh heute Morgen, in der er sagte, dass er in Sicherheit ist, noch nichts." Sie hatte gerade nicht den Nerv dafür, ihren Vater zu necken, weil er Macks Namen nicht nannte.

Dad schnaubte, dann ging er weg, murmelte vor sich hin. „Der Boden ist kalt. Ich brauche dickere Socken. Wir sehen uns später."

Sie drehte sich bereits um, um sich fertigzumachen, als er sie völlig auf dem falschen Fuß erwischte und noch mal etwas sagte.

„Vielleicht solltest du vorbeischauen und nach ihm sehen."

„Wem denn?"

„Deinem Typen." Ihr Dad hatte im Eingang zu seiner Seite der Wohnung angehalten, seine Miene war nachdenklich, als er ihr ins Gesicht schaute. „Das war sicher eine heftige Nacht. Er würde dich vielleicht gern sehen."

Wow. Brooke war sprachlos.

Gut, dass ihr Vater nicht auf eine Antwort zu warten schien. Er hatte gesagt, was er sagen wollte, sich dann umgedreht und war weggegangen, sodass sie verblüfft dastand.

Na ja, das war ...

Wow.

Etwas Warmes und Hoffnungsfrohes ließ sich hinter ihrem Brustbein nieder. Wie eine Herdplatte, die zurückgedreht und wieder angeschaltet worden war, und im Inneren fing ein Glühen an.

Das glückliche Gefühl wurde nur noch größer, als sie

durch die Stadt fuhr, Geschenke für Tansy und Rose abgab, dann rüber zu Silver Stone, denn dort konnte sie vier Geschenke lassen und wusste, dass sie ihre Ziele finden würden.

Sie hatte Kelli Stone schon gekannt, als sich noch Kelli James gewesen war, und es hätte am meisten Sinn gemacht, rüber zu ihrem Haus auf der anderen Seite des Big Sky Lake zu fahren, aber die Ansammlung von Fahrzeugen vor dem Haupthaus der Ranch von Silver Stone erzählte an sich schon eine Geschichte.

Brooke lachte, identifizierte das Meer aus Trucks von den vielen Malen, bei denen sie daran gearbeitet hatte. Sie parkte auf einem freien Platz und zog ihr Handy heraus, um ihrer Freundin zu schreiben.

> Brooke: Habt ihr ein paar Tage früher eine Familienversammlung?

> Kelli: Bist du einer von Santas Elfen, der alles weiß?

> Brooke: Nein, ich bin einer dieser grusligen Elfen, die alles sehen. Ich bin draußen und wollte gerade vorschlagen, dass ihr alle mal in Asphalt investiert. Euer Parkplatz wird noch mit Walmart gleichziehen, wenn ihr nicht aufpasst.

> Kelli: Lol. Komm rein. Wir machen gerade nichts offiziell Familienmäßiges, wir passen nur auf die Kinder auf. Und als Bonus ist noch Speck vom Frühstück übrig.

> Brooke: Nur ganz kurz. Ich habe Geschenke dabei.

> Kelli: Du hast auf jeden Fall Speck verdient.

Brooke schnappte sich ihre extra-große Tasche vom Beifahrersitz und ging den geräumten Weg hinauf zur Hintertür.

Silver Stone war in einem wunderschönen Teil der Gebirgsausläufer, und mit der dichten Schneedecke, die herabgefallen war, war alles rein und wunderschön wie auf einer Weihnachtskarte.

Das Innere des Hauses war ein warmes Chaos. Kindergelächter erklang, und der Geruch nach Ahornsirup und Speck hing schwer in der Luft. Brooke schaute sich im Wohnzimmer um und sah den Großteil der Familie Stone auf Sofas und Sesseln vor dem Feuer herumhängen. Bis auf ein paar Weihnachtskarten auf dem Kaminsims gab es noch kein Anzeichen für einen Weihnachtsbaum oder anderen Schmuck.

„Hey." Ihre Freundin Kelli nahm sie fest in die Arme, bevor sie sich zurückzog und ernst wurde. „Ist Mack in Ordnung? Wir haben vom Feuer gehört."

„Bei ihm ist alles klar", sagte Brooke.

Kelli atmete schwer aus. „Gut. Ich habe mir schon Sorgen gemacht, als Ashton sagte, im Café ginge das Gerücht, dass ein paar Feuerwehrleute verletzt worden sind."

Brooke kämpfte dagegen an, sich zu versteifen. Ging es Mack wirklich gut? Er hätte es ihr gesagt, wenn das nicht der Fall wäre.

Oder?

Sie setzte sich ein Lächeln auf und preschte weiter vor. „Ich bleibe nicht lang. Ich habe Geschenke ..." Sie wurde langsamer und bedachte ihre Worte genau, da Emma Stone, ganze neun Jahre alt, in Hörweite kam. „Einige von mir, und einige, die Santa zur sicheren Verwahrung da gelassen hat."

In Kellis Augen blitzte Erheiterung. „Um die können wir uns kümmern."

Tamara Stone kam dazu, den acht Monate alten Tyler auf der Hüfte. „Dich habe ich schon eine Weile nicht gesehen", sagte sie und beugte sich heran, um ihr eine Umarmung zu geben. „Ich habe heute einen Körperschmuck. Der Kleine hat ein wenig Fieber, also ist der besonders anschmiegsam."

„Der Arme." Brooke strich durch die Haare auf seinen Kopf, bevor sie sich zum größten Geschenk in der Tasche wühlte, es auf den Tisch legte und es Tamara anbot. „Für dich. Habe ich nach unserer Mädelsabmachung ausgesucht."

„Schrottwichteln? Nützlich, aber nicht mehr in Gebrauch?"

„Öffne es und sieh selbst", befahl Brooke.

Tyler wählte diesen Augenblick, um die Arme zu Brooke zu recken. Und so endete sie mit einem leicht verschwitzten Kind, das sich in ihre Arme schmiegte, während Tamara sich rasch um den mit Zeitungspapier eingepackten Gegenstand kümmerte.

„Hör doch auf." Freude erklang in Tamaras Stimme. Sie wandte sich an Brooke und schob sich betont die Brille hoch. Blassgrün heute, passend zur Farbe ihres Pullis. „Das ist ein Ausstellungsregal für Brillen."

„Beim Optiker haben sie die alten weggegeben, und ich war gerade zur rechten Zeit am rechten Ort." Brooke richtete Tyler neu aus. „Ich hoffe, da ist Platz für deine ganze Sammlung."

„Ich liebe es. Vielen Dank." Tamara umarmte sie fest, und in dem Wirbel aus Aktivität, der darauf folgte, stellte Brooke fest, dass sie einfach mitschwamm, immer noch hatte sie den kleinen Tyler.

Ihm schien es nichts auszumachen. Seine großen Augen musterten sie vorsichtig, aber dann legte er ihr den Kopf an die Brust und entspannte sich, beobachtete die Aktivität im Raum mit trägem Interesse.

Brooke fand einen Platz auf einer Seite des Sofas, zufrieden, sich das ganze Treiben selbst anzuschauen, während Tyler einschlief. Unterhaltungen fanden statt, und in einer Ecke des Raums arbeitete man an einem Puzzle. Kelli und Tamara waren in die Küche zurückgegangen, um sich Lisa Coleman anzuschließen, die wie wild etwas in einer Schüssel mixte, ihr kleiner Terrier lief beschützerisch um ihre Füße.

Ein paar Erwachsene spielten Karten, und andere spielten Jenga mit dem ältesten der Kinder, Sasha.

Ein paar Kinder liefen vorbei, und dann noch welche, gefolgt von ihrem jüngsten Onkel, der brüllte wie ein Bär. Musik spielte, Stimmen kamen aus kleinen Nischen, und sie wirkten alle glücklich, sie dabei zu haben, aber niemand machte sich Sorgen, dass sie Unterhaltung brauchte.

Es war ... Familie. Nicht wie damals, als sie aufgewachsen war, aber sie fühlte sich darin trotzdem behaglich. Doch als Tyler ein leises, zartes Geräusch von sich gab und sich dichter an sie schmiegte, sehnte sich etwas in Brookes Herzen.

Letztlich blieb sie den ganzen Vormittag da, sonnte sich in der Freude, noch während ein Hauch Sorge weiterhin an ihr nagte. Vor dem Mittagessen verabschiedete sie sich und lehnte ab, sich ihnen zur Mahlzeit anzuschließen.

Brooke wollte gerade in ihren Truck steigen, als eine winkende Hand ihre Aufmerksamkeit auf sich zog. „Yvette?"

Ihre neue Freundin kam zum Stillstand, atmete schwer, nachdem sie aus der Scheune herangelaufen war. „Bist du zur Stadt unterwegs, sodass ich gleich mitfahren kann?"

„Kein Problem."

Auf dem Highway erklärte Yvette: „Ich bin mit Josiah rausgefahren, um mich um eine Aufgabe zu kümmern. So kann er da bleiben, anstatt mich nach Hause zu fahren und dann wieder umkehren und den ganzen Weg zurückkommen zu müssen."

„Das klingt schon sinnvoll. Willst du zu deiner Wohnung?"

„Nein, zur Seniorenresidenz, bitte. Ich habe Mormor und Morfar versprochen, dass ich vorbeischaue."

Das war keine schlechte Idee.

„Kann ich mit dir kommen?", fragte Brooke. Mack hatte ihr noch immer nicht geschrieben, und sie brauchte eine Ablenkung, bevor sie am Ende rübereilte und forderte, ihn von Kopf bis Fuß zu inspizieren. „Wie wäre es erst mit einem Mittagessen, geht auf mich?"

Yvette stimmte zu, und sie waren unterwegs zu *Buns and Roses*, um schnell was zu essen. Es war gleichzeitig entspannend und unterhaltsam, denn Yvette war begierig darauf, alles zu erfahren, was sie über Heart Falls herausbringen konnte. Die Unterhaltung floss geschmeidig und behaglich dahin.

Das erinnerte Brooke sehr an die frühen Tage, an denen sie mit Mack zusammen gewesen war. Das war auch geschmeidig gelaufen. Als ob sie zusammen gehörten und in eine behagliche Routine glitten, ohne es auch nur zu versuchen.

Gute Freundschaften wie diese waren nichts, auf das es eine Garantie gab.

Die Residenz war innen voll geschmückt, aber Brooke lächelte beim Gedanken an Macks Mission für den Folgetag. Sie hatten den überholten Dachschmuck der Residenz angeboten, mit der Arbeitskraft, sie aufzustellen und sie nach den Feiertagen wieder abzubauen, und die Geschäftsführerin hatte sich gefreut. Mack und Ryan hatten versprochen, sie am Montag aufzustellen.

Falls er dafür zu haben war. Wenn er nicht verletzt worden war und jetzt im Augenblick im Bett lag und litt ...

Brooke erwischte sich dabei, wie sie die Stirn runzelte. Sie bemühte sich, ihre Sorgen zu verbergen, als sie und Yvette zum Zimmer von Geraldine und Floyd gingen.

Sie mussten gar nicht mal so weit gehen. Floyd war nicht da, aber Geraldine saß mitten im Gemeinschaftsraum, ihre Stricknadeln bewegten sich langsam, aber stetig.

Sie schaute auf, als sie sich hinsetzen. „Na, das ist eine schöne Überraschung."

„Ich bin für heute mit der Arbeit fertig", sagte Yvette, die ihrer Großmutter einen Kuss auf die Wange gab. „Wo ist Morfar?"

„Der nervt wieder die Köche. Er sucht schon wieder nach Plätzchen." Geraldine legte ihre Hände zum Ausruhen oben auf ihre Strickarbeit. „Wenn er was vergisst, vergisst er es ziemlich komplett, aber aus irgendeinem Grund frisst er sich an dieser Bitte fest."

„Toffee-Mandel-Sandplätzchen sind wichtig", sagte Yvette ernsthaft.

Geraldine nickte zustimmend, als wären sie von äußerster Wichtigkeit. Dann wandte sie sich an Brooke. „Wie geht es deinem jungen Mann mit der Arbeit an seinen ..." Ihre Augen wurden groß und sie hustete ein paar Mal, nahm ihre Stricknadeln wieder auf und versuchte abgelenkt, das Thema zu wechseln. „Ich höre, dass es am Weihnachtsfeiertag Schinken und Truthahn geben soll."

Brooke beäugte sie argwöhnisch, ließ aber, was immer sie geheim hielt, unangetastet. „Das klingt, als wäre es eine Menge, auf das man sich freuen kann."

„Das Essen ist sonst auch gut, aber sie arbeiten besonders hart während der Feiertage", erklärte Geraldine. „Und es wird eine Messe für die geben, die das mögen, und Geschenke für alle. Ich mag am liebsten das Singen, obwohl ich nicht annähernd so gut bin wie Floyd. Er ist derjenige mit der Stimme wie ein Engel."

„Gesungen haben wir eine Menge, als ich aufgewachsen bin", sagte Yvette.

Brooke beugte sich dichter heran. „Das gehört auf jeden Fall nicht zu meinen Talenten, obwohl ich meine Lieblingslieder habe, die meine Oma uns beigebracht hat."

Die Inspiration traf sie, und sie holte ihr Handy raus und ging zu dem Lied, das sie auf YouTube gebookmarkt hatte. Sie schaltete es ein, und es geschah etwas absolut Erstaunliches.

Yvettes Augen leuchteten, und sie begann mitzusummen.

Geraldine? Die begann zu singen, ihre Stimme etwas wacklig, aber ein rosiges Lächeln auf dem Gesicht, während sie die Solistin begleitete.

Als das Lied aus war, fühlte sich Brooke, als sollte sie aufstehen und applaudieren. „Das war wunderschön, Mrs. Wright."

Die ältere Frau legte anerkennend den Kopf schief. „Das ist ein Teil von Weihnachten, den ich mag. Das musst du mal Floyd vorspielen, da würde er sich riesig freuen."

Ideen kamen auf, doch Brooke hielt den Mund, bis sie eine Chance gehabt hatte, es mit Mack zu besprechen. Aber so viel konnte sie versprechen: „Ich werde dafür sorgen, dass er die Gelegenheit bekommt, das zu hören."

Sie blieben noch eine Weile auf Besuch. Brooke schaute öfter auf ihr Handy, aber es gab immer noch keine Nachrichten von Mack. Dann wurde es drei Uhr, und sie konnte nicht mehr warten. Sie verabschiedete sich und schlüpfte dann weg, auf dem Weg zur Feuerwache.

Der Geruch nach Rauch war stärker als sonst, und ihre Beine bewegten sich schneller, ohne es zu versuchen, eilten die Stufen hinauf zum Speiseraum.

Brad war da, sprach ernst mit zwei Mitgliedern seines Teams. Er stand nicht vom Tisch auf, seine Worte waren leise, seine Konzentration angespannt. Sie wollte ihn nicht unterbrechen, aber sie musste wissen …

Als hätte er ihre Gedanken gelesen, hielt Brad inne und stellte Blickkontakt her. Er lächelte, dann wies er mit dem Kopf in Richtung des Schlafbereichs. „Er sagte, er wäre nach hinten unterwegs, um sich noch etwas auszuruhen."

Brooke hielt sich nur kurz vor einem Sprint zurück, schaffte es aber richtig schnell zu Macks Zimmer.

Er war nicht da.

Die Laken waren zerwühlt und das Licht abgeschaltet, und sie wollte gerade auf eine Suchmission aufbrechen, als sich ein warmer Körper von hinten an sie drückte, sie in den Raum drängte, damit er die Tür schließen und sie fest in die Arme nehmen konnte.

Sie erwiderte die Umarmung auch, bevor sie ihn weit genug losließ, um nach oben zu schauen – „*Mack.*"

Er wölbte die Lippen. „Nur eine Fleischwunde."

„Du hast gesagt, du wärst nicht verletzt." Brooke hob eine Hand zu seinem Kopf, wo eine weiße Bandage sich von seiner gebräunten Haut abhob. Und sie zögerte, bevor sie sie berührte, in ihrem Bauch ballte sich Sorge.

„Hey." Er erwischte ihre Finger in seinen und küsste sie auf die Knöchel. „Schon gut, Baby. Echt. Ich hab mich dumm angestellt – ich hatte den Helm abgenommen, während ich mal kurz Luft geschnappt habe, und bin zu nahe an eine offenliegende Wand gegangen. Ich bin eher peinlich berührt als verletzt. Hab nur etwas Haut gelassen, aber am Kopf blutet man einfach eindrucksvoller als sonst wo. Das ist der einzige Grund dafür."

Er tippte auf die Baumwollbandage.

Brookes Herz raste noch immer. Sie schaute ihn sich rasch an, suchte nach irgendeinem äußerlichen Zeichen, dass er ihr etwas vorenthielt. „Das hättest du mir sagen sollen."

„Das wollte ich. Sobald ich dich persönlich sehe, damit du

dir nicht alle möglichen schlimmen Szenarien ausmalst." Er schlang die Arme um sie und küsste sie rasch. „Und das ist jetzt. Hey, Baby, ich habe mich nicht schnell genug geduckt, aber mein Verstand ist immer noch am richtigen Fleck. Es ist alles in Ordnung."

Es war schwer, sich aufrecht zu halten, wenn er sie so dicht an sich heranzog, aber immer noch ballte sich in ihr etwas zusammen, was vorher nicht da gewesen war. „Da gibt's etwas, das nennt man Handy ..."

„Tolle Erfindung. Man muss nur einfach eins bauen, dass Mack-sicher ist." Er legte ihren Kopf zurück, damit er ihr in die Augen schauen konnte. „Wenn dein Kryptonit das Kochen ist, ist meins Handys. Das wurde zermalmt, als ich mich gestern beeilt habe, zum Feuerwehrauto zu kommen."

Darum hatte er eine E-Mail geschrieben. Vermutlich am Computer in der Feuerwache.

„Und ich habe angerufen, aber es ging auf deine Mailbox. Ehrlich gesagt habe ich bis vor einer Stunde ziemlich fest geschlafen." Er führte sie zu der Matratze, da das der einzige Ort war, wo man sitzen konnte, bis auf den einzelnen Stuhl in der Ecke. „Ich freue mich, dass du jetzt hier bist."

Mack ließ sich auf dem Bett nieder und zog sie auf seinen Schoß. Er weigerte sich, sie loszulassen, irgendwo anders hin außer näher zu ihm.

Brooke lehnte sich genauso an ihn, wie Tyler es vorhin bei ihr gemacht hatte. Sie strich mit der Hand langsam über Macks Wange, dann unten über sein sündhaft weiches T-Shirt. Seine Atmung kam geschmeidig und stetig, aber an seinem Oberkörper war eine Anspannung, die besagte, dass er nicht ganz im Hier und Jetzt war.

„Willst du drüber reden?"

Er zögerte, dann nickte er. „Es war schlimm. Die Dinge sind so richtig schiefgegangen, und zwar richtig schnell. Der

Kleine im Auto war grade mal neunzehn. Er lebt, und durch irgendwelche krassen Umstände hat er zwar Brüche, ist aber nicht verbrannt. Er hat nur die Kontrolle verloren und konnte die Kurve nicht mehr halten."

„Die haben doch Betonbarrieren vor den Fenstern", flüsterte Brooke. „Die sollen verhindern, dass die Autos vom Parkplatz fahren."

„Die funktionieren, wenn der Schnee nicht doppelt so hoch wie sie ist und eine schicke Rampe erzeugt. Das war ein Sonderfall. Alles war zum falschen Zeitpunkt am falschen Ort. Jemand hat gerade eine Gasflasche zum Schweißen rumgefahren, und ist verständlich ausgeflippt, als das Auto auf ihn zugeflogen kam. Leitungen sind gerissen und die Komprimierung war weg." Mack lehnte sich an das Bett und zog sie der Länge nach an sich. Weit genug weg, dass er ihr ins Gesicht schauen konnte.

Er strich ihr die Haare hinter die Ohren, sein Blick wurde weich.

„Wir haben alle da rausgebracht. Das Team hat sich toll angestellt, und Fort MacLeod hat einen Krankenwagen geschickt, darum ging das so schnell wie möglich zu Ende. Wegen des Schnees war es aber trotzdem noch furchtbar langsam. Aber das Feuer? Das war zu heiß zum Löschen."

Brooke presste ihm die Hände auf die Brust und streichelte ihn. Strich darüber und wollte, dass er herausließ, was er sagen musste. Wünschte sich, dass sie es besser machen könnte.

Seine Miene wurde fröhlicher. „Eigentlich, bis auf die Kälte und den Schnee und das Feuer und den Verkaufstisch mit Knallkörpern, der um drei Uhr losging, war es ziemliche Routine."

„*Mack.*"

Er küsste sie, beugte sich vor und nahm sich, was er wollte. Sein harter Körper legte sich ganz kurz über sie. Brooke schloss die Augen und atmete ihn ein. Nahm seine Dringlichkeit und sein Verlangen an.

Dann war er weg, rollte sich vom Bett und schaute mit einem verlegenen Grinsen zurück. „Wechselst du meinen Verband? Ich habe gerade geduscht, und er ist nass."

Er holte die Sachen zur Matratze, und sie arbeitete vorsichtig. Bestrich die Ränder der zornigen roten Wunde mit Creme und murmelte mitfühlend, als sie den größer werdenden blauen Fleck sah. „Du hast keine Gehirnerschütterung?"

„Dafür ist mein Schädel zu hart." Sie stieß ihn abwehrend sanft in die Schulter, und er grinste. „Hey, das hat der Sanitäter gesagt, nicht ich. Aber es stimmt. Es ist echt nur ein Kratzer."

Sobald sie fertig war, setzte er sich wieder aufs Bett. „Ich habe den Großteil des Tages geschlafen, aber ich bin bereit, mich noch mal aufs Ohr zu hauen."

„Willst du Gesellschaft?"

Seine Miene wurde fröhlicher, dann wieder enttäuscht. „Da ist heute Abend aber kein Spaß möglich. Ich bin nicht ..."

Brooke drückte ihm einen ihrer Finger auf die Lippen und führte ihn zurück zur Matratze. „Wir bekommen doch nicht viele Gelegenheiten zum Kuscheln. Ich werde mich nicht beschweren."

Mack brummte zustimmend, dann musste er heftig gähnen. „Tut mir leid."

Sie lachte leise. „Mach es dir gemütlich."

„Du auch." Seine Worte wurden träger, seine Erschöpfung zeigte sich.

Sie zog die Schuhe aus, die Jeans und das Oberteil, stahl sich sein T-Shirt in dem Augenblick, als er es sich auszog. Während er den Kopf auf seinen festen Bizeps stützte, beobachtete er sie mit schweren Lidern.

Brooke legte sich neben ihn, und er zog ihr Bein über

seines, seine Hand ruhte auf ihrer Hüfte. Sie zog die Decke über sie, und sie wurden ruhig, schauten einander im Beinahe-Dunkel an.

In anderen Teilen der Feuerwache wurden leise Geräusche laut, aber hier waren es nur sie.

Seine Wimpern hoben und senkten sich. Sein Atem wurde langsamer. „Ich freue mich, dass du da bist", flüsterte er.

„Ich auch."

Er schlief von einem Atemzug auf den anderen ein, der Griff um ihre Hüfte wurde weicher, war aber immer noch besitzergreifend.

Es war mitten am Nachmittag, darum war Brooke nicht mal annähernd bereit zum Schlafen. Aber es war der Schmerz in ihrem Herzen, der ihre Gedanken auf Wanderschaft schickte. Sie hatte zwar nichts falsch gemacht, aber trotzdem war etwas falsch, und zwar so richtig.

„Ich wünschte, ich wäre heute Vormittag für dich da gewesen." Sie flüsterte diese Beichte.

Ja, er hatte ihr gesagt, er hätte den Großteil des Tages verschlafen, aber dieses dumme Dasein, wo es die Norm war, voneinander getrennt zu sein – das hieß, sie hatte es nicht gewusst. Hatte nicht gewusst, dass er verletzt war, war nicht da gewesen, um zu sehen, dass er auch innerlich Schmerzen litt.

Sie bedauerte ihren tollen Tag nicht, denn sie hatte dabei Blicke auf das erhalten, was sie in ihrer Welt haben wollte. Teile einer Zukunft da draußen, die ihre sein konnte, mit Familie und Freunden und Gelächter und Liebe.

Dieser Ort, an dem sie waren, war ein Niemandsland – es war nicht richtig, und sie hatte genug davon, so zu tun, als wäre es das. Das war der Teil, der kaputt war und den man richten musste.

„Ich liebe dich." Noch ein Flüstern.

Was zwischen ihnen bestand, war etwas Behagliches, das

so groß geworden war, dass es drohte, ihr Herz von innen heraus zu sprengen. Sie würde das richtigstellen. Sie mussten wirklich zusammen sein.

Brooke lag in der Stille und beobachtete, wie ihr Herz schlief.

11

———

Sie hatten ein Publikum.

Nicht nur das, sondern durch die Gruppe Senioren, die es mit der Kälte an diesem Montagnachmittag aufnahm, hatten Mack und Ryan mindestens ein Dutzend Aufseher und Leute, die Vorschläge einbrachten.

Es war unterhaltsam.

Die Gruppe stand in ihren aufgeplusterten Jacken da, ein dichtes Rudel alter Augen starrte mit großem Interesse zu ihnen herauf.

„Mehr nach links", rief einer von ihnen, während gleichzeitig ein anderer vorschlug, mehr nach rechts zu gehen.

Ryans unzerstörbare Ruhe zeigte allmählich Spuren von Erschöpfung, aber Mack hatte einen Riesenspaß. Es erwies sich als ein großer Erfolg, den Weihnachtsschmuck an der Seniorenresidenz von Heart Falls anzubringen, nicht nur in Bezug darauf, die Erinnerungsstücke der Familie Silver weiterzuverwenden, sondern auch, um eine Menge anderer Leute glücklich zu machen.

Als er an diesem Vormittag aufgewacht war, war er nicht

sicher gewesen, ob es dazu kommen würde. Er und Ryan hatten den Ausflug zum Schmücken vor ein paar Tagen vereinbart, aber entweder der Sturm oder das Feuer hätten ihre Pläne vereiteln können.

Doch der Sturm war vorüber, und obwohl es noch kalt war, war der Himmel wieder leuchtend blau geworden. Mack hatte seinen Schlaf aufgeholt, obwohl er leicht verlegen war, dass er Brooke im Bett hatte, und sich kaum daran erinnerte, sie dort gehabt zu haben.

Bis auf das Gefühl des Friedens, das mit ihr kam – an diesen Teil erinnerte er sich nur zu gut. Und die Sorge in ihren Augen, weil er sich so doof den Kopf angestoßen hatte. Er war bereits zu einem kleineren Stück Verband übergegangen, das gerade reichte, damit die gestrickte Oberfläche seiner Mütze nicht die Kruste abriss.

Er und Ryan hatten auf dem Dach Wege freigeschaufelt, um feste Stellplätze für die Holzrahmen zu bekommen, und inzwischen war der Schnee in gewisser Weise eine Hilfe und kein Hindernis mehr.

Ryan wankte auf eine Seite, wich einem Schneeball von einem der aktiveren Senioren aus, der in seine Richtung geworfen wurde. „Hey. Lasst das", befahl er. „Wir sind hart arbeitende Freiwillige, keine Zielscheiben."

„Es gibt da was, das nennt man Multitasking. Ihr könnt beides gleichzeitig sein", rief der Unheilstifter zurück, aber er wischte sich den Schnee von den Handschuhen und ging wieder dazu über, mit der Frau in dem hellgrünen Mantel neben ihm zu flirten.

Fröhliche Erheiterung war eine gute Therapie für die Schwere, die Mack nach dem Feuer in seinem Herzen spürte. Wenn es um seinen Job ging, wurde er normalerweise nicht niedergeschlagen. Manchmal geschahen schlimme Dinge, und er zog weiter und lebte damit.

Dieses Mal wurde es dadurch schwerer, dass er die geplante Auszeit mit Brooke verpasst hatte.

Das andere, was ihn daran störte, gehörte zu den Schattenseiten der Arbeit in einer Kleinstadt. Es war nicht dasselbe gewesen, als er als Feuerwehrmann bei der Canadian Air Force zu Einsätzen gegangen war. Diese Kleinstadt und das Gemeinschaftsgefühl bedeuteten, dass er wusste, wer durch die Katastrophe verletzt worden war. Sie waren alle verbunden, keine namenlosen Gesichter in einer Menge.

Mack hatte die Familie schon getroffen, der die Tankstelle gehörte. Zu wissen, dass sie in einem einzigen Ereignis alles verloren hatten – das war eine ernüchternde Erinnerung daran, wie schnell das Leben sich ändern konnte.

Der Blick hinab auf die Gesichter der Leute unter ihm, die jetzt diese zahme Unterhaltung genossen, wie zwei erwachsene Männer eine Santa-Figur auf ihr Dach stellten, rief Mack auch in Erinnerung, dass kleine Freuden riesig sein konnten.

Es dauerte nicht lang, um jemanden von Zufriedenheit zu Sorge zu bringen. Wenn alles in einem Augenblick weg sein konnte, war die wichtigste Lektion, an die er sich erinnern musste, das Leben voll auszukosten, wenn man die Gelegenheit bekam.

Hatte er das alles falsch angestellt? Hatte er darauf gehofft, seinen Antrag protzig und erinnerungswürdig zu gestalten, aber kam es darauf gar nicht wirklich an?

Mack hatte endlich den Punkt erreicht, an dem er es sich leisten konnte, etwas darüber zu sagen, was er empfand, und den nächsten Schritt gehen zu können. Teufel, er hatte kurz davor gestanden, gestern damit herauszuplatzen, als sie in seinem Bett gewesen war, weich und nachgiebig. Mit Sorge in den Augen, und doch war da auch Stolz gewesen.

Er liebte sie so sehr. Darauf kam es an, oder nicht?

Eisige Kälte zerbarst an seinem Hals, Teile eines

Schneeballs brachen ab und fielen in seinen Kragen. Mack fluchte langsam und schaute hinüber zu Ryan.

Der ihm den Rücken zugewandt hatte und nicht gerade stabil stand, also war der andere Mann weit davon entfernt, der Schuldige zu sein.

Mack schaute sich die Schar der Senioren an, die immer noch töricht genug waren, draußen herumzuhängen. Sie hatten sich zusammengedrängt und bewegten sich wie ein Rudel Wölfe, die einander warm hielten. Sein Angreifer war keiner von ihnen, außer er oder sie war noch gelenkig genug, um in den Haufen zurückzuspringen, ohne den Rest von ihnen umzustoßen wie Dominosteine.

Er griff nebensächlich nach unten, um Schnee aufzunehmen, den er zu einem perfekten Ball formte.

Wenn die Antwort nicht A war, musste sie logischerweise B sein ...

Er wollte sein Geschoss gerade auf Ryans Kopf abfeuern, als eine Bewegung eine Schaffell-Jeansjacke enthüllte, die am Rand der Hecke zwischen der Residenz und dem Haus westlich davon entlangschlich.

Plötzlich trat Ashton Stewart vor, die reine Unschuld auf seiner Miene. Er pfiff nebensächlich, während er über den Bürgersteig ging, bevor er überrascht aufsah, um Mack auf dem Dach zu sehen. „Na, hallo auch."

Mack hob eine Augenbraue. „Schön, dich hier zu treffen. Bist du auf einem Spaziergang?"

„Ich betätige mich ein wenig sportlich, ja." Ashton nickte Ryan zu, bevor er sich wieder an Mack wandte. „Ich habe Neuigkeiten für dich über diesen Gegenstand, nach dem du suchst. Wenn du die Munition in deiner Hand fallen lässt, erzähle ich dir was darüber."

Stattdessen warf Mack den Schneeball nach oben, fing ihn in der Hand ein paar Mal auf, während er Ashton einen stählernen Blick zuwarf. „Vielleicht erzählst du mir, was du weißt, damit ich es dir nicht heimzahle. Ich habe immerhin die Oberhand."

Schneebälle trafen ihn gleichzeitig an der Seite des Kopfes, der Schulter und dem Rücken, und er drehte sich, um zu sehen, dass die Rentner seine mangelnde Konzentration ausgenutzt hatten, um einen eigenen Angriff auf die Beine zu stellen. Er erkannte auch den Grund, weshalb sie wie Baseballhelden warfen, trotz ihres Alters.

„Hey. Sind das Ballwurfmaschinen? Wo ist denn da der Spaß?", beschwerte sich Mack erheitert.

„Wenn man achtzig ist, nutzt man jeden Vorteil, den man hat", lautete die Antwort.

Dagegen konnte Mack nicht viel einwenden.

Ryan grinste, während er den Kopf zur Seite neigte und Mack bedeutete, dass er sich ihm anschließen sollte. „Wir sind ziemlich fertig. Gehen wir runter vom Dach, damit wir ein kleineres Ziel abgeben."

Sie trafen sich auf dem Bürgersteig neben Macks Truck.

„Ich fahre los", sagte Ryan. „Talia wird bereit sein, sich abholen zu lassen, und wir fahren raus nach Black Diamond zu meinen Eltern. Für meine Schicht am Weihnachtsfeiertag bin ich dann zurück in der Stadt."

Mack schüttelte ihm fest die Hand. „Schöne Feiertage, und danke für deine Hilfe hier. Ich melde mich."

Sein Freund trat weg.

Ashton lehnte sich an die Seite des Trucks und beobachtete, wie Ryan mit festem Schritt die Straße entlang ging. „Er war ein zu guter Zugang für Heart Falls", sagte der ältere Mann.

Das war ein unterhaltsamer Gedankengang. „Ich bin kürzer da als Ryan. Hast du dich bei mir schon entschieden?"

Ashton lachte leise. „Ich hab dir doch schon gesagt, du bist unterhaltsam. Und du hast gute Rätsel – war verflixt anstrengend, Garys Stern aufzutreiben."

„Also, hast du rausbekommen, wer ihn verstaut hat?"

Er nickte rasch. „Es ist nur nicht der einfachste Ort im Bezirk, um hinzukommen."

Er sagte Mack den ungefähren Standort, und obwohl es nicht weit von der Stadt entfernt war, hatte Ashton recht. Die Zugangsstraßen waren alle auf der anderen Seite des Grundstücks, um zu verhindern, dass sie über den Fluss führten, sodass der kurze Ausflug ein sehr viel längerer wurde.

Mack warf einen nachdenklichen Blick zum Himmel. Über ihm war es blau, während sich über den Bergen Wolken bildeten. „Glaubst du, das Wetter wird lange genug halten, dass ich rasch da raus kann, um ihn mir zu holen?"

Der ältere Mann dachte nach, beäugte den Horizont mit wissendem Blick. „Wenn es sich normalerweise so aufbaut, hat man mindestens einen Tag, bevor sich alles ändert. Aber wir sind ziemlich aus dem Tritt durch den Sturm kürzlich, der alles auf den Kopf gestellt hat."

Mack schlug ihm mit der Hand auf die Schulter. „Du könntest ja einen Job als Meteorologe kriegen. Du hast es gerade geschafft, zu sagen, dass du keine Ahnung hast, mit einer ganzen Menge hübscher Worte."

Der Mann grinste. „Dazu würde Kelli draußen auf der Ranch sagen: Wenn du sie nicht mit deiner Brillanz verwirren kannst, verblüffe sie mit deinem Schwachsinn."

Es dauerte nur einen Augenblick, die Wegbeschreibung zu dem Silo und der Scheune zu bekommen, wo Ashton gehört hatte, dass der Stern aufbewahrt wurde. „Ich habe erwähnt, dass du vielleicht irgendwann vorbeikommst, und Yoder sagte, das wäre für ihn in Ordnung. Brenn bloß nichts ab."

„Ja, denn das ist bei mir immer ein Berufsrisiko", sagte Mack trocken.

Ashtons Grinsen wurde besonders breit. „Nein, aber es ist allgemein bekannt, dass du und Brooke zusammen seid, und das bedeutet, sie wird vermutlich bei dir sein. Die Frau hat im ganzen Bezirk den Ruf, Lagerfeuer in Küchen anzuzünden."

Das war eine Anmerkung, von der Mack nicht beabsichtigte, sie mit Brooke zu teilen.

Aber der Rest? Er brauchte sie auf jeden Fall an seiner Seite. Er beeilte sich, seine letzte Aufgabe abzuschließen und eine Zeitschaltuhr für die Weihnachtslichter einzustellen, und als er auf die Uhr schaute, war es gerade kurz vor vier.

Er würde ihr keine Nachricht schreiben – falls sie mit einer Aufgabe beschäftigt war, würde sie sowieso nicht antworten. Wenn sie das tun wollten, mussten sie es rasch machen, bevor sie das Licht verloren.

Mack war in unter zehn Minuten draußen an der Werkstatt, marschierte durch die Tür und warf einen Blick in die Runde, um seine liebste Frau auf der ganzen weiten Welt zu finden. „Brooke?"

Sie schoss hinter einem großen Chevy Dually hoch wie ein Kastenteufel. Ihre Miene hellte sich auf, ihre Lippen wölbten sich nach oben. „Hey. Was machst du denn da?"

„Etwas", scherzte er. Er marschierte durch die Werkstatt, lehnte sich hinab, um zu flüstern: „Wo ist dein Dad?"

„Der ist zur Bank gefahren", flüsterte sie zurück. „Heißt das, du kannst mich direkt hier in der Werkstatt küssen?"

Er hob sie auf und nahm sie in eine Umarmung, küsste sie begeistert. Brooke schlang die Arme um seine Hüfte und klammerte sich fest, die Handflächen fest auf seine Wangen gedrückt, als sie es ihm mit gleicher Münze zurückzahlte.

Es war so verdammt perfekt – nur dass es nicht der richtige Augenblick war, um abgelenkt zu werden.

Er zog sich zurück. „Auf einer Skala von eins bis zehn, wie viel Ärger bekommst du, wenn ich dich jetzt gleich entführe?"

Neugier und Schalk hellten ihre Miene auf. „So mancher Ärger lohnt sich total."

Bingo. „Kommst du mit mir auf eine Schatzjagd? Ich glaube, ich weiß, wo der Stern deines Dads ist."

~

Sie stürzte sich auf die Chance, auf ein Abenteuer zu gehen.

Die Entscheidung war leichter, da sie ihre Liste von der Arbeit schon durch hatte und Dad nicht hängen lassen würde. Sie besaß genug Geistesgegenwart, ihm eine rasche Nachricht zu schreiben und sie irgendwohin zu stecken, wo er sie auf jeden Fall sah, bevor sie ihren Arbeits-Overall auszog und sich Mack im warmen Truck anschloss.

Sie glitt neben ihn und legte die Arme besitzergreifend um seinen Bizeps. „Also, diese Schatzjagd. Erzähl mir mehr darüber."

„Ashton hat herausgefunden, dass das letzte Mal, als der Stern aufgestellt wurde, in den Lagerräumen der Kirche renoviert wurde. Die gesamte Deko wurde zu unterschiedlichen Familien nach Hause geschickt, und erst danach wurde sie zurückgebracht und in dem Geräteschuppen verstaut. Ein paar Jahre später haben sie sie alle deinem Dad zurückgegeben, und er hat sie auf den Speicher gebracht."

„Nur dass der Stern nicht zurückgekommen ist."

Mack bog auf eine kleine Nebenstraße ab, stellte den Truck auf Allradantrieb, um mit dem heftigen Schnee fertig zu werden, der noch nicht vom Schneepflug weggeräumt worden war. „Jemand draußen auf der Yoder-Ranch war krank oder so was, darum haben sie den Stern nicht zurückgebracht. Vor ein paar Jahren hat ihn allerdings mal jemand gesehen, wenn er also noch dort ist, haben wir vielleicht Glück."

Draußen war der Himmel immer noch hell, ein

wunderschöner Wintertag, an dem das Sonnenlicht auf den Schneekristallen tanzte. „Es ist eine Menge Arbeit, um etwas zurückzubekommen, das nicht mal bei uns zu Hause aufgestellt werden wird."

Mack verschränkte die Finger in ihren. „Aber dein Dad wusste es noch, und es hat ihm was bedeutet. Außerdem weiß ich auf jeden Fall, dass die Leute drüben im Seniorenheim es zu schätzen wissen werden, ihn oben auf ihrem Dach leuchten zu sehen."

Dann erzählte er ihr eine Geschichte von Schneebällen und Santa und Ballwurfmaschinen hinterrücks, und sie kicherte, bis sie vor einer langen Zufahrt zu einer fernen Scheune zum Stehen kamen.

Der Zaun verlief in einer ziemlich geraden Linie, die oberen Enden der Holzpfähle ragten heraus wie hoffnungsvolle Schösslinge im Frühjahr. Nur dass auf der Straße offensichtlich den ganzen Winter lang niemand mehr gefahren war.

„Ich schätze, damit ist die Sache am Ende", sagte sie traurig. „Wir können im Frühling rauskommen und nachsehen, ob er da ist. Dann sind wir fürs nächste Jahr vorbereitet."

„Ach, du hast so wenig Zuversicht." Mack hatte die Tür geöffnet, schaute auf die Straße neben sich. „Das ist doch nur ein bisschen Pulverschnee."

Brooke ging auf die Knie, um ihm nachzusehen, während er durch die Schneewehen watete. „Ein bisschen? Ich habe den Drang, einen Witz darüber zu reißen, dass du dich bei der Beurteilung von Größenverhältnissen echt leicht verschätzt, aber das nimmt dann vielleicht ein schlimmes Ende."

Mack grinste. Er bot ihr eine Hand und lotste sie dann dorthin, wo er einen kleinen Kreis aus zusammengebackenem Schnee festgetreten hatte. „Komm schon. Ich habe doch gesagt, das wird ein Abenteuer."

Der Anblick ihrer Tasche auf dem Rücksitz löste eine Idee aus. „Also gut, aber ich muss Vorräte mitnehmen."

Er wirkte einen Augenblick lang verwirrt, bis sie hindeutete. Dann kam ein zustimmendes Nicken. „Das ist eine tolle Idee."

Er schnappte sich ihre Tasche und warf sie über seine Schulter, dann griff er nach seinem Rucksack und richtete ihn so aus, damit er sie beide mühelos tragen konnte.

Der Truck stand weit genug von der Straße entfernt, dass man sicher vorbeikam, falls noch jemand durch musste, der oder die versehentlich über einen abgelegenen, nicht passierbaren Teil der Straße fuhr. Nicht sehr wahrscheinlich, doch es war gut, auf der sicheren Seite zu sein.

Brooke grinste, während sie hinter Mack her ging, seine großen Stiefel hinterließen eine Spur für sie, der sie folgen konnte.

„Du hast Glück, dass ich groß bin", erklärte sie ihm. „Kürzere Schritte würden dich aussehen lassen wie einen Pinguin, der durch die Schneewehen stapft."

Das Geräusch männlichen Gelächters trieb zu ihr zurück, und er schaute über die Schulter. „Ich mag Pinguine."

„Ich weiß."

Die Unterhaltung verlegte sich auf ihre Lieblingstiere, und was sie tun würden, wenn sie mit solchen Schneebedingungen zu kämpfen hätten, und der fünfzehnminütige Spaziergang zur Scheune ging rasch vorbei.

Der Haupteingang war von einer Schneewehe versperrt, die fast bis oben an den Türstock ging.

Mack schaute sich um und bedeutete ihr dann, ihm noch ein wenig weiter zu folgen. „Ich habe eine Idee."

Seine Idee erwies sich als ein Seitenfenster, das nach innen aufschwang, als er daran drückte. Man konnte leicht hinaufklettern, denn die Schneewehe war nicht nur so hoch wie der Fensterrahmen, sie war auch vom Wind hart und fest zusammengebacken. Fest genug, dass Brooke hinaufklettern und dann die Füße über den Fenstersims schieben konnte, um in die Stille der Scheune zu gleiten.

Mack warf die Taschen eine nach der anderen hinein, bevor er sich ihr anschloss.

Drin war es nur etwas wärmer als draußen, der Wind wurde von dem robusten Holzbau abgehalten. Brooke lauschte, aber die Stille war das Hauptgeräusch, bis auf den stetigen Rhythmus von Macks Atemzügen.

Die Decke erhob sich zweieinhalb Stockwerke nach oben, öffnete sich über ihren Köpfen wie eine Kathedrale. Die Stille legte sich um sie, doch sie war nicht erschreckend, sondern ehrfurchtgebietend. Insbesondere, als Mack ihr ihren Handschuh auszog, damit sie die Finger ineinander verschränken konnten.

Sie standen da, die Stille war etwas fast Spürbares.

Als sie schließlich etwas sagte, war es ein Flüstern. „Wow. Das ist besser als jede Kirche, in der ich je war."

„Ist verdammt toll", stimmte er zu. „Willst du mit mir Sternegucken gehen?"

„Nö." Obwohl sie das bald tun würden. Das war nicht der richtige Augenblick, um herumzustapfen, sogar auf der Suche nach einem so wichtigen Bestandteil der altmodischen Weihnacht. Das war ein Augenblick, der genossen werden musste.

Mack legte fragend den Kopf schief.

Sie zog ihn an sich und bot ihm ihre Lippen an.

Er verstand den Wink, nahm ihren Hinterkopf und gab ihr einen ausgiebigen Kuss. Langsam, doch stark, während sie sich verbanden, nach einer Zeit, die sie getrennt verbracht hatten. Sich einander zuwandten an diesem Ort, der sich schön und unheimlich zugleich anfühlte.

Mack nahm sie hoch, seine Lippen streiften immer noch ihre, während er ein paar Schritte ins Halbdunkel ging. Kaum genug Licht fiel durch die verschiedenen Fenster, um sie sehen zu lassen, dass sie in einem Werkstattbereich waren. Das bedeutete, irgendwo gab es einen Tisch, auf den er ihre Hüften stützte, bevor er sich an sie drängte und ihre Körper noch enger zusammenbrachte.

Sie fuhr mit den Fingern durch seine Haare, passte auf die Verletzung auf seiner Stirn auf. Seine Mütze fiel unbeachtet zu Boden. Sie waren eher damit beschäftigt, einander zu necken – Küsse auf ihre Wange und sein Kinn zu pressen.

Er knabberte an ihrer Unterlippe, dann küsste er sie, um es wieder gutzumachen. „Du hast da ein erstaunliches Talent, mich meine Konzentration verlieren zu lassen.“

„Das gebe ich gern zurück. Lass mich dich schnell mal dran erinnern, was wir getan haben – dazu gehörte Küssen. Dazu können wir jederzeit zurückkehren.“

Die Stirn fest an ihrer, schaute er ihr in ihre Augen.

Dann ... ratterte die Stille. Und das Rattern ... brauste.

Die winzige Menge Licht in dem Bereich um sie herum verwandelte sich zwischen zwei Atemzügen von schwach in gar nichts. Als wäre ein Vorhang gefallen, standen sie plötzlich in völliger Finsternis da.

Ein Kreischen erklang, ein wildes Heulen wie die Nachbarskatzen, wenn sie beschlossen, mitten in der Nacht eine Party zu feiern. Die Temperatur senkte sich deutlich.

Brooke drehte sich gleichzeitig zum Fenster wie Mack. Der Riegel, den sie locker geschlossen hatten, löste sich, und der Wind, der hereinrauschte, war keine sanfte Brise, sondern eine hämmernde, hungrige Bestie, die das Papier in die Luft wirbelte und die Glasscheibe an die Wand knallen ließ.

Der Sturm war zurück.

12

Er hatte es besser gewusst. Ein Teil von ihm hatte gespürt, dass sie es übertrieben, als sie überhaupt erst diese Schnitzeljagd angetreten hatten, in dem Augenblick, in dem er die Scheune betreten hatte, hatte er das bevorstehende Desaster gespürt.

Sollte man es doch Intuition nennen, oder die Vorahnung eines Soldaten. Oder man nannte es ein Gespür für das fallende Barometer, aber er hatte gewusst, dass etwas Großes passieren würde.

Mehr als nur der wilde Drang, den er gerade eben verspürt hatte, mit seinen Gefühlen herauszuplatzen, bevor er auf ein Knie sank. Denn so perfekt es gewesen wäre, ein erinnerungswürdiger Augenblick, mussten sie erst wichtigere Dinge klären. Etwa, wie schlimm die Lage war, und was man würde tun müssen, um die Nacht durchzustehen?

„Kundschaften wir mal ein bisschen", sagte er locker dahin, marschierte hinüber zum Fenster, um den Kopf hinauszustrecken und ein besseres Gefühl dafür zu bekommen, womit sie es zu tun hatten.

Etwas wie aus einem Horrorfilm, wie es schien. Der Himmel brodelte, als würden böse Magier Zauber aufeinander werfen. Ein Hochgeschwindigkeitsansturm im Schnellvorlauf mit Wogen aus schwarzen Wolken und Schnee, der unnachgiebig auf sein Gesicht peitschte.

Brooke war in seinem Rücken, ihre Hand ruhte auf seiner Taille, während er rückwärtsging und das Fenster fest verriegelte. „Ich nehme an, das ist nicht gut.“

Er drehte sich direkt zu ihr um, richtete sich neu aus, damit er ihre Miene sehen konnte. „Der Sturm hat wohl gleich hinter dem Berggrat gewartet. Ich weiß nicht, wie er so schnell gekommen ist, aber verlagern wir uns mal nicht in den Truck. Noch nicht.“

Erstaunlicherweise stand in ihrem Gesicht keine echte Sorge. Nur tiefes Vertrauen, während sie zustimmend das Kinn neigte. Dann grinste sie, beugte sich vor und sprach laut genug, um über das beständige Pfeifen des Windes hinweg gehört zu werden. „Du bist sexy, wenn du dieses *der Soldat übernimmt die Verantwortung*-Ding abziehst. Ich sag ja nur.“

Erheiterung kam auf, und er lachte. „Gut, dass du ihn magst, denn ich habe so ein Gefühl, dass er in den nächsten dreißig Minuten eine Menge Präsenz zeigen wird.“

„Wir kundschaften?“ Als er nickte, fuhr sie hoch und salutierte vor ihm. „Geh voraus, Cap. Ich schätze, wenn wir ein paar Stunden hier festsitzen, können wir uns auch gleich den besten Platz aussuchen, an dem wir uns einbunkern. Und wer weiß? Vielleicht sehen wir den Stern.“

Er ging zu seinem Rucksack und zog die Taschenlampe heraus, die er oben hineingesteckt hatte. Als er sie auf Brooke richtete, sah er mit einem Hauch Erheiterung, dass sie gerade von ihrer Tasche zurücktrat und jetzt eine Lampe hielt, die mit Batterie lief.

„Beeindruckend", sagte er.

„Ich war nie bei den Pfadfindern, aber es ist gut, vorbereitet zu sein." Sie rümpfte die Nase. „Ich saß einmal in einem Hotelzimmer fest, als der Strom ausfiel, und es war kein Spaß, ohne Licht da drin zu sein. Das ist Teil meiner Notfall-Ausrüstung."

„Habe ich noch nie gesehen."

Brooke hob eine Augenbraue. „Bei uns ist auch noch nie der Strom ausgefallen. Vertraue mir, die ist immer in meiner Tasche."

Sie nahm die Hand, die er ihr anbot, und sie gingen nebeneinander her, mit Handschuhen und Mützen, die Jacken fest geschlossen gegen die Kälte, während sie das Untergeschoss erkundeten.

„Wow. *Das* ist ja mal sexy." Brooke löste sich von ihm, um mit dem Handschuh über den Fender eines alten Traktors zu fahren, dessen Herkunft er nur schätzen konnte, da er einen elliptischen Raupenantrieb anstatt von Reifen hatte. „Hallo auch, du Süßer. Was machst du denn hier draußen, so ganz allein und für dich?"

Mack kam von hinten zu Brooke und legte die Arme fest um ihre Taille, während er sich an die Seite ihres Nackens schmiegte. „Ich schätze, damit ist die Wahrheit raus. Meine Mitbewerber haben Panzerketten und eine Schaufel."

Sie kicherte, lehnte sich weit genug zurück, um ihm einen Kuss auf die Wange zu drücken. „Keine Sorge, in meinem Leben ist Platz für euch beide."

Dieses flatternde Gefühl in seinen Eingeweiden und seinem Herzen war wieder da, und es hatte nichts mit der Tatsache zu tun, dass sie wahrscheinlich nicht nur für ein paar Stunden festsaßen, sondern viel länger.

„Glaubst du, der fährt noch?", fragte Mack die Expertin.

Brooke ging ein wenig weiter um den Traktor, spähte in den Motorraum, ohne eine der Metallplatten zu bewegen. „Kann ich nicht sagen, aber irgendwann werde ich mit dieser Schönheit spielen und sehen, ob ich sie zum Schnurren bringe."

Er nahm sie an den Fingern und zog sie zur Treppe. „Wenn du weiter so redest, werden wir früher oder später irgendwo einen Platz zum Liegen finden müssen."

Sie schaute überrascht zu ihm auf, als würde sie noch mal darüber nachdenken, was sie gerade gesagt hatte, und trotzdem nicht verstehen, wovon er da redete.

„Ach, egal", murmelte er. „Ich bin derjenige mit den schmutzigen Gedanken."

„Mir gefallen deine schmutzigen Gedanken." Sie blieb stehen, während er ihr den Pfad zur Treppe versperrte. „Sag mir nicht, du schaust erst mal hoch, um sicherzustellen, dass es sicher ist."

Er schüttelte den Kopf. „Ich bin ziemlich sicher, dass es sicher ist, aber der erste, der hochgeht, wird die ganzen Spinnweben losmachen. Du kannst gerne vorgehen, wenn du magst."

Sie bedeutete ihm, vorzugehen. „Mein Ritter in glänzender Rüstung. Leg los."

Im ersten Stock waren ein kleiner Bürobereich und ein großer Heuschober, der zwei Drittel des Bereichs einnahm. Aber bis auf einige Büromaterialien gab es an dem Ort nicht viel, das man nicht in jeder verlassenen Scheune gefunden hätte.

Es gab auch nicht viel, das ihnen helfen würde, eine behagliche Nacht zu verbringen. Das Heu war alt und muffig, Teile davon waren von Tieren angefressen oder schimmelig, weil es vom Dach getropft hatte.

Mack bedauerte schon die Idee mit dem „wilden Abenteuer".

Brooke wandte sich zu ihm und nieste dann. Sie war vorbereitet, als weitere drei Explosionen erfolgten, bevor sie sich in die Nase kniff und ihn mit feuchten Augen anschaute. „Nach unten, sofort."

Er lotste sie zurück zum Hauptgeschoss, schaute sich panisch nach einer Möglichkeit um, das wieder hinzukriegen.

Brooke ging zurück zu ihrer Reisetasche, riss ein Taschentuch heraus und putzte sich die Nase von dem Staub, oder was immer das ausgelöst hatte. Sie blinzelte fest, lächelte ihn schwach an. „Jetzt bekommst du mich in all meiner Herrlichkeit zu sehen – Stauballergien sind das Beste."

Das war nichts, worum sie sich Sorgen machen musste. „Du bist wunderschön."

Er sagte es aufrichtig, still. Oder zumindest so still er konnte, da das ganze Gebäude um sie herum rumpelte, als wären sie mitten in einem apokalyptischen Film vom Ende der Welt.

Ihr Lächeln wärmte ihn von innen heraus. „Du bist ein Guter. Ich glaube, ich behalte dich."

Für immer.

Es war der erste Gedanke, der ihm in den Kopf kam. Es war genau das, was er ihr erzählen würde, sobald er ihr versichern konnte, dass sie nicht erfrieren würden.

Prioritäten nervten.

Ein leises Geräusch kam vom Brooke, und er folgte ihrem Blick zur Rückseite der Scheune, wo, man sehe und staune, der fehlende Stern an der Wand gelehnt stand, ein winziger goldener Glanz spiegelte sich von der Lampe in ihrer Hand.

„Gut gemacht", sagte Mack, während er sie wieder an der Hand nahm und sie zu ihrem Ziel führte. Das würde sie über Nacht nicht warmhalten, aber es war etwas, das man feiern konnte. Er richtete die Lampe darauf, bewunderte die nahtlose Schweißarbeit, die Gary verrichtet hatte. „Ich sehe schon, warum er darauf stolz ist."

Er griff danach, um ihn von der Wand zu nehmen, doch er gab nicht nach.

Brooke deutete nach unten. „Der Ständer ist auf den Boden genietet."

Mack ging in die Hocke, um sich das Ganze anzusehen, und die Taschenlampe enthüllte eine ziemlich unerwartete Überraschung. „Weißt du irgendwas über die Familie Yoder, der diese Scheune gehört?"

„Bis auf die Tatsache, dass sie schon ewig in der Gemeinde sind? Ich weiß nicht allzu viel über sie – sie bleiben die meiste Zeit so ziemlich für sich. Sie haben ihre Kinder wohl selbst unterrichtet, denn ich erinnere mich nicht daran, mit einem von ihnen zur Schule gegangen zu sein."

„Würdest du sie als gefährlich betrachten?" Mack schob ein wenig Laub und herabgefallenes Heu von dem Griff, den er entdeckt hatte.

„Die *Yoders*? Gefährlich, nein. Nur nicht sonderlich redselig oder Leute, die sich gleich jeder Gesellschaft anschließen. Ich weiß, dass sie immer zu den Gemeinschaftsdingen wie Parkerschließung und Schulnachmittagsprogrammen beitragen, obwohl ihre Kinder gar nicht hingegangen sind. Und ich erinnere mich, dass Rose ihren Namen als eine der Familien erwähnt hat, die jedes Jahr etwas für die Tafel spenden."

Was bedeutete, dass das vermutlich nicht so gefährlich war, wie es sein könnte, aber trotzdem.

Er schaute sich Brooke an, die die Lampe hob, um um ihn herum zu schauen. „Tu mir den Gefallen und geh etwa zehn Schritte zurück."

Sie zögerte, bevor sie die Lampe hob, um ihr Gesicht zu

beleuchten, sodass ihr finsterer Blick sichtbar war. „Was machst du denn?"

„Sei so lieb. Ich will sicherstellen, dass alles koscher ist."

Sie zögerte, dann trat sie zurück, verschränkte die Arme über der Lampe und beobachtete ihn genau. „Ich erwarte sofort einen vollen Report, Cap. Ich werde nicht gern im Dunkeln gehalten."

Er öffnete die Falltür, und ihre Augen wurden groß. „Wenn ich richtig mit dem liege, was ich gefunden habe, wirst du nicht mehr sehr viel länger im Dunkeln sein."

Er richtete die Taschenlampe hinab zu den verborgenen Treppen, die aufgetaucht waren, drehte sich rasch, blieb aber vorbereitet, falls es irgendwelche Anzeichen für Fallen gab.

Es dauerte nur einen Augenblick, um herauszufinden, dass seine erste Ahnung richtig gewesen war, und mit leichterem Herzen eilte er wieder zurück nach oben, rief Brooke unterwegs schon zu: „Es ist okay. Es ist sicher, und du wirst es nicht glauben."

Sie traf ihn oben, ihre Arme immer noch um ihren Körper geschlungen, während ihre besorgte Miene einer neugierigen wich. „Was ist da unten?"

Er ließ seine Freude durchkommen. „Es scheint, als würden die Yoders fest daran glauben, gut vorbereitet zu sein. Also so ziemlich extrem."

Brooke stand der Mund offen. „Sie sind Prepper?"

Mack trat zur Seite und bedeutete ihr, vorzutreten. „Kommen Sie und sehen Sie sich Ihr Quartier für diesen Abend an, Ma'am."

DAS KAM VÖLLIG UNERWARTET.

Von dem leichtherzigen Glück während der Fahrt im

Sonnenschein bis zur Ankunft des Sturms – der Kontrast war ein Schock gewesen, aber trotzdem noch normale, alltägliche Ereignisse, die für Brooke leicht zu verstehen waren.

Als sie eine steile, schmale Metalltreppe hinabstieg, heraus aus dem heulenden Wind, betrat sie etwas, das auch einem Science-Fiction-Roman hätte entstammen können.

Mack schaltete die Lichter an, und der Eindruck, an einem andersweltlichen Ort zu sein, setzte sich fort. „Ein ovaler Gang?", fragte sie.

„Ein unterirdischer Kanal, vermutlich von außen mit Beton umhüllt, weshalb die Akustik hier drin so fantastisch ist."

Sie kamen an eine offene Metalltür, deren Form verdächtig war. Brooke schaute zurück zu Mack, um die Bestätigung zu erhalten, ihre Stimme war schockiert. „Ist das eine Tür von einem U-Boot?"

Er grinste. „Du kannst sie von dieser Seite öffnen, falls sie nicht abgesperrt ist, aber sie hat ein luftdichtes Siegel und ist auf der anderen sehr gut gesichert."

Sie trat durch die Tür, und der Raum um sie herum wurde größer. Ein größerer Kanal als der, der als Gang gedient hatte, war in den Bunker selbst verwandelt worden.

„Erst das Bad?" Sie schaute zur Seite und keuchte. „Willst du mich auf den Arm nehmen? Die haben hier unten eine richtig große Badewanne und eine Dusche."

Mack trat vor und lotste sie um die Ecke dorthin, wo sechs Stockbetten, zwei auf einer Seite, vier auf der anderen, ordentlich aufgestellt waren. „Ich würde schätzen, diese Einrichtung hat einen Durchmesser von mindestens sieben Metern, was bedeutet, dass es genug Platz für eine ganze Familie gibt. Und ja, erst das Bad, da wir hier an einem Ende sind, wodurch man mehr Privatsphäre hat, falls man tatsächlich mal länger in dem Bunker festsitzt."

Auf den Raum mit den Betten folgte der

Hauptwohnbereich. Banksitze wie in einem Burger-Restaurant auf der linken und ein Schreibtisch auf der rechten Seite. Etwas weiter unten kam ein Unterhaltungsbereich gegenüber einer Ledercouch.

„Ich denke, auf der Prepper-Skala ist das hier ziemlich luxuriös." Brooke starrte fasziniert nach vorn.

Er trat vor sie, der zusätzliche Platz auf dem Küchenboden gab ihm den Raum, sie zu einer weiteren geschlossenen Tür zu lotsen. „Für diesen Luxus bist du in ein paar Sekunden bestimmt ziemlich dankbar."

Er öffnete die Tür und zog sie durch.

„Da ist ein Doppelbett drin. Aber natürlich." Brooke wandte sich mit einem glücklichen Seufzen zu ihm. „Okay, du kannst meine Katastrophen jederzeit planen."

Er zog sie näher, drückte ihr die Lippen auf die Schläfe und küsste sie kurz. „Ach, du sagst so süße Sachen. Und ich habe dir noch nicht mal das Beste gezeigt."

„Besser als ein Doppelbett in einem Bunker, von dem ich annehme, dass man ihn besser heizen kann als den staubgefüllten Schuppen über uns?"

Mack verzog das Gesicht. „Vielleicht nicht besser als das, aber doch noch ziemlich cool." Er zog sie zum Ende des Bettes und deutete auf einen weiteren runden Durchgang. „Das ist der Zugang zum Fluchttunnel."

„Hör doch auf."

„Ich hatte keine Zeit, das wirklich zu überprüfen", gestand er. „Aber wir müssen uns um ein paar andere Dinge kümmern, bevor wir auf Erkundung gehen. Du hast Wärme erwähnt – gib mir ein paar Minuten, und ich kann das rauskriegen."

„Was ist mit Luft? Ist es sicher, oder werden wir einfach die Tür offenlassen müssen? Haben wir Wasser?"

„Ich habe ein Steuerelement gesehen. Da finde ich gleich die Antworten."

Er machte sich auf einer Seite des Wohnbereichs an die Arbeit, während Brooke sich ablenkte, indem sie durch die Schränke im Küchenbereich wühlte. Es gab ausreichend Wasser in Flaschen und Trockennahrung. Sie würden nicht verhungern.

Mack unterbrach ihre Plünderung. „Alle Systeme sind online. Die Kohlendioxidsensoren funktionieren, und wir haben eine volle Zisterne mit Wasser. Wir sind so ziemlich im Schoß des Luxus, und ich fühle mich wohl damit, alles zu nehmen, was wir brauchen. Ich werde mich bei den Yoders melden und alles ersetzen, was wir anbrechen."

„Glaubst du, sie sind angepisst, weil wir wissen, dass das hier ist?" Brooke konnte sich vorstellen, dass Leute, die so etwas betrieben, vielleicht nicht gerade erfreut darüber waren, dass ihre Geheimnisse ans Licht kamen.

„Ich kümmere mich um sie", versicherte ihr Mack. „Wie du gesagt hast, sie scheinen sich vorzubereiten, aber nicht gefährlich zu sein. Ich sorge dafür, dass Brad als Verstärkung mitkommt, und vielleicht Ashton, aber ich habe auch Kontakte aus meiner Zeit bei der Air Force. Ich könnte ihnen womöglich Informationen liefern, wie man das Ganze sogar noch besser gestaltet. Vertraue mir."

Das war genau das, was sie hören musste. Da das alles so weit außerhalb ihres Erfahrungsschatzes lag, ließ sie es einfach so stehen. „Was jetzt?"

„Wir gehen wieder rauf nach oben, schauen uns noch mal an, was draußen los ist, und dann treffen wir eine endgültige Entscheidung."

Der Weg die Treppen hinauf war, als würde man in eine Soundmaschine laufen. Ihre Ohren waren nach der Zeit im Bunker wieder auf Normalbetrieb gelaufen, und nun hämmerte schon allein der pfeifende Wind auf sie ein, sodass sie eine Gänsehaut bekam.

Brooke schloss sich Mack am Fenster an, aber es war komplett dunkel geworden, und das Einzige, was vor dem Schein seiner Taschenlampe noch sichtbar war, war eine Fläche aus seitwärts wirbelndem Weiß.

Sie schaute auf ihr Handy. „Kein Empfang."

„Ich weiß nicht, ob das am Sturm liegt, oder weil wir außerhalb der Reichweite sind", sagte Mack.

„Luftlinie sind wir nicht so weit von der Stadt weg. Ich weiß, wir sind in einem großen Bogen gefahren, um herzukommen, aber es ist sehr wahrscheinlich, dass das System ausgefallen ist. Man kann auf keinen Fall eine Nachricht rausschicken."

„Wird sich dein Dad Sorgen machen?", fragte Mack.

Sie schüttelte den Kopf. „Er wird annehmen, dass ich drüben auf der Feuerwache war und beschlossen habe, bei dir zu bleiben, als der Sturm aufgekommen ist."

Kurz umfassten große Hände die ihren. Mack musterte sie genau. „Ich glaube, es ist am sichersten, wenn wir in der Scheune bleiben und nicht versuchen, zurück zum Truck zu gelangen oder irgendwo hinzufahren, aber es liegt bei dir, ob wir den Bunker nutzen oder nicht."

„Mensch, lass mich mal kurz nachdenken. Angestaubte Heuballen oder etwas, das aussieht wie eine extra dicke Daunendecke auf dem Bett." Sie tippte sich an die Lippen. „Ich weiß, ich werde einfach nur gern bestraft, aber tun wir doch so, als wären wir Präriehunde."

Er hob ihre Taschen auf und führte sie zurück zur verborgenen Treppe.

„Irgendwann hätte ich Dads Stern gern zurück, aber vielleicht lasse ich ihn dich als Verhandlungsposten nutzen." Brooke glitt an Mack vorbei und übernahm die Führung, der Druck auf ihren Ohren ließ sofort nach. „Das ist so seltsam."

Im Hauptteil war es bereits spürbar wärmer. Brooke holte tief Luft. „Riecht frisch.“

Mack schloss die Tür hinter ihnen, drehte an den Hebeln und versiegelte sie. Er schaute auf. „Nur, um sicherzustellen, dass sich niemand unerwartet an uns ranschleicht. Lass mich mal die Sensoren prüfen, aber die Luft riecht gut.“

Einen Augenblick später hatte er es bestätigt. Sie waren ganz offiziell bestens eingeigelt.

Es war nicht das Hotel, das sie vor zwei Nächten gebucht hatten, aber es war eine Chance, unter sich zu sein. Völlig unter sich, und Brooke fühlte sich plötzlich nervös. Das Gefühl war empörend und falsch, aber sie hob den Blick zu seinem, und es schien, dass ihm der gleiche Gedanke gekommen war. Die Sache, dass sie unter sich waren.

Seine Augen waren düster, und seine Miene war ernst geworden. „Brooke.“

Sie schluckte schwer. Keiner würde sie stören. Es war die perfekte Gelegenheit, dass sie ihm sagte, was sie empfand, aber ihre Zunge klebte ihr am Gaumendach, und die Worte wollten sich nicht einstellen.

Die eigenen Gefühle auszudrücken, war in ihrer Familie nicht wirklich ein großes Ding. Nicht, als ihre Großeltern noch gelebt hatten, und in den Jahren seither auch nicht. Sie wusste, dass ihr Dad sie liebte. Sie liebte ihn auch, aber es zu sagen ...

Mack trat näher, seine Finger strichen über ihr Kinn, während er ihr ins Gesicht schaute. „So ernst. Das wird Spaß machen, Baby. Und ich weiß genau, was wir als nächstes tun.“

„Übernimmt jetzt wieder der Soldat?“ Es war leichter, zu scherzen, als sich vor Zorn selbst zu ohrfeigen, weil sie nicht mutig genug war.

„Der übernimmt auf jeden Fall die Kontrolle, und die erste Regel, wenn man sich über Nacht einbunkert, lautet, dass man es sich gemütlich macht. Es ist ein reiner Glücksfall, dass wir unsere Taschen dabei haben, aber ich nehme an, du hast noch was anderes dabei als Jeans."

Brooke wurde fröhlicher. „Habe ich. Aber was meinst du mit *reiner Glücksfall*? Ich habe meine Tasche aus einem sehr wichtigen Grund mitgenommen."

Mack hob eine Augenbraue. „Du wusstest, dass wir über Nacht festsitzen würden?"

Sie schnappte sich ihre Tasche von dort, wo sie sie auf ein Stockbett fallen gelassen hatte, und machte sich auf den Weg zum großen Schlafzimmer. „Vielleicht. Oder vielleicht bin ich einfach wirklich ehrenhalber Pfadfinderin und glaube daran, vorauszuplanen. Ich komme gleich mit einer Überraschung zurück."

Er lachte, ging aber auch zu seiner Tasche.

Sie nahm sich nur ganz kurz, um sich im Schlafzimmer umzuschauen – das jenseits aller Grenzen krass war, wenn man es zehn Meter unter der Erde fand. Stattdessen wühlte sie in ihrer Reisetasche herum, dankbar um die Gelegenheit, ihre Arbeitsklamotten aus- und was Hübsches anzuziehen, das sie für ihre Auszeit eingepackt hatte und dann niemals hatte nutzen können.

Ihre Wangen wurden rot, aber sie machte weiter und zog ein Dessous-Set an, worüber dann eine weiche Jogginghose und ein T-Shirt kamen. Schließlich schnappte sie sich die magische Zutat, die sie als Überraschung versteckt hatte.

Bei der Rückkehr in den Wohnbereich, als Mack gerade sein T-Shirt herabzog, blieb sie stehen, um den Anblick zu genießen. Der Schnitt seines hellgrauen T-Shirts und der Schlafanzughose aus Flanell ließ ihn aussehen, als wäre er ein eleganter Überlebenskünstler.

Sein Lächeln, als er ihre Kleider betrachtete, war so heiß, dass ihr Puls tief in ihr hämmerte. „Verdammt soll ich sein. Brooke Silver in weicher Baumwolle, und ich darf sie irgendwann mal auspacken – besser wird es nicht.“

Ihr Herz schlug schneller, aber ihre Lippen wölbten sich unwillkürlich zu einem Lächeln. „Das ist nicht dein Geschenk, das hier ist es.“

Sie schob ihm eine Tüte Mini-Marshmallows hin.

13

Brooke war perfekt. Oben von ihrem Kopf mit Pferdeschwanz bis hinab zu den kuscheligen Hausschuhen, die sie angezogen hatte. Alles an ihr entspannte ihn, machte ihn aber auch begierig. Die makellose Mischung aus dem Vertrauten und dem Behaglichen schuf eine Sehnsucht, die nicht verschwinden wollte.

Sie stand da, hielt ihm eine Tüte Marshmallows hin, ihr Lächeln erhellte den Raum. Ihr war es egal, wo sie waren – er wusste das bis ins Innerste. Wären sie oben geblieben bei den Heuballen und dem Staub, hätte sie ihn trotzdem noch so angesehen, wenn auch von etwas mehr Rotz begleitet.

Es ging nicht darum, wo sie waren. Es ging nicht darum, einen Hintergrund wie auf einer Postkarte zu haben, einen spektakulären Sonnenuntergang in perfekter Umgebung. Es ging darum, dass sie zusammen waren.

Diese Wahrheit war so groß, dass er kaum Luft bekam.

Er trat näher, wühlte in seiner Tasche nach dem Grund, weshalb *er* darauf beharrt hatte, seinen Rucksack mitzunehmen. „Das ist ein ziemlich erstaunliches Geschenk. Wie wäre es, wenn wir tauschen?"

Mack ging vor ihr auf ein Knie, beobachtete sie ganz genau, um den Augenblick zu erkennen, in dem ihre Augen groß wurden. Er hob die Schatulle in seiner Handfläche zu ihr und wartete.

Sie riss die Arme zurück, zog die fluffige Tüte Marshmallows an ihre Brust. „*Was?* Mack?"

Er schluckte den Kloß in seiner Kehle, öffnete den Deckel der Schatulle, um sie den Ring darin sehen zu lassen. „Dahinter steht eine krasse Geschichte, und ich werde dir die auch bald erzählen, aber das Wichtigste? Ich liebe dich. Ich brauche dich in meinem Leben, nicht nur, wenn wir die Zeit finden, sondern immer und für alle Zeiten. Willst du mich heiraten?"

Sie drückte immer noch die Marshmallows, als würden sie ihr helfen, sich aufrecht zu halten. „O mein Gott. Aber ich habe doch nie ... Aber ich dachte ... O mein Gott, mein Gott, mein Gott."

Seine mutige, vorwitzige Frau war völlig von den Socken.

„Brooke?" Mack wackelte mit der Ringschatulle. „Der Soldat schlägt vor, dass du dich an die Prioritäten hältst. Erst sagst du mal Ja, dann können wir zwanzig Fragen durchspielen."

Ihr Blick hob sich langsam von dem Ring und zurück zu seinen Augen, ihr Lächeln wurde größer. „Na ja, wenn du es so einfliegst ..." Sie warf die Tüte Marshmallows auf das Sofa und sich in seine Arme. „Ja. Oh, so was von *Ja*."

Seine Finger schlossen sich instinktiv um die Schatulle, schoben sie zurück in seine Tasche. Er nahm den anderen Arm, um ihn um sie zu legen, während sich ihre Lippen zu einer freudigen Feier trafen. Die Verbindung war perfekt wie immer, der Hunger und das Glück in ihrem Kuss passten zu seinen.

Mack machte die Bewegung langsamer, wollte das Tempo aus ihrer automatischen Hochgeschwindigkeitsromanze nehmen. Es war noch nicht mal fünf Uhr, und sie würden mindestens bis zum Morgen da sein. Er konnte sich so viel Zeit lassen, wie er wollte.

So viel Zeit, wie er brauchte, um zu beweisen, dass das, was er gesagt hatte – dass es nicht nur Worte waren. Das *alles* an ihm sie verehrte.

Er vertiefte den Kuss und hob sie in seine Arme, um sie ins Hinterzimmer zu tragen. Legte sie ab und glitt über sie, ohne die Verbindung ihrer Münder zu unterbrechen.

Im Raum war es noch kühl, aber ein leichter Strom warmer Luft strich über ihre Haut. Die Ellbogen auf beiden Seiten ihres Kopfes gestützt, die Hüften zwischen ihren Oberschenkeln, war es ihnen beiden warm genug, um sich auf die Berührungen zu konzentrieren. Das Streicheln.

Das Zusammensein.

Mack küsste sich von ihrem Mundwinkel hinauf zur Wange und hinüber zur Oberseite ihres Ohres. Brooke bebte unter ihm.

Das gefiel ihm, aber er musste sie unterbrechen, bevor sie sich zu sehr darauf einließen. „Ganz kurz mal. Uns ist was entgangen."

Sein Herz hämmerte, als er sich zurücksetzte und den Ring aus der Schatulle holte, ihn ihr auf die Hand schob, die sie ihm anbot. Beide schauten sie einen Augenblick lang hin, die blassrosa Edelsteine blitzten in den Lichtern über dem Kopfende des Bettes.

„Er ist wunderbar", sagte sie.

Vielleicht. Das Verblüffende war, dass sie einander hatten, und er nun die Freiheit besaß, jedes bisschen seiner Energie für sie aufzubringen. Langsam, langsam, so unfassbar langsam.

„Ich werde dich verehren", warnte sie Mack, leckte an

ihrem Ohrläppchen, bevor er es in den Mund nahm und sanft daran saugte. „Du gehörst mir."

„Du gehörst auch mir", flüsterte sie.

„Ja, aber ich hab's zuerst gesagt."

Ein erheitertes Schnauben entschlüpfte ihr, und er fuhr mit den Zähnen an der Seite ihres Halses hinab. Ihr Lachen wurde zu einem Stöhnen, und dann ließ er eine Hand unter ihr T-Shirt gleiten, um die Handfläche auf ihren warmen Bauch zu drücken.

„Alles an dir. Ich werde dich berühren und schmecken und streicheln, bis du genau weißt, wie viel du mir bedeutest."

„*Mack.*" So klang Verzweiflung.

Er schob den Stoff ihres T-Shirts hoch, und ein hellblauer BH kam zum Vorschein, so dünn, dass er ihre Nippel durch den Stoff hindurch sehen konnte. Wenn überhaupt, wurde er vor Vorfreude noch steifer.

Während er sie hoch genug hob, um ihr das Oberteil auszuziehen, lächelte Mack anerkennend. „Und schau mal. Noch ein Geschenk für mich."

Ihre Augen waren sanft und verhüllt, leicht vernebelt von seinen Küssen. „Du solltest weitersuchen. Vielleicht gibt es einen zweiten Teil zu dem Geschenk."

Das war eine Ermutigung, wenn er die überhaupt gebraucht hätte. Mack zog ihr ihre Jogginghose aus und schaute mit hämmerndem Herzen auf ihre langen Glieder und ihren süßen, kurvigen Körper, der von nur winzigen Stücken winterblauen Stoffs bedeckt war. „Ich war dieses Jahr wohl echt artig."

„Äußerst. Und ich hätte dir das wirklich öfter sagen sollen."

Der Hauch Traurigkeit in ihrer Stimme war völlig falsch. Mack schaute auf, schockiert, ihre Augen feucht werden zu sehen. „Hey ..."

„Ich liebe dich." Die Worte fielen von ihren Lippen wie eine Beichte. „Das tue ich schon seit langer Zeit, hab's dir aber nie gesagt ..."

Er legte sich hin und zog sie an sich, drückte sie dicht heran, als sie unerklärlicherweise in Tränen ausbrach. Ein leises Schluchzen, bei dem ihr Körper bebte und ihre Atmung abgehackt wurde. Er fuhr ihr mit der Hand über den Rücken, drückte ihr Küsse aufs Gesicht und die Lippen, während er beruhigende Worte murmelte, so gut er konnte.

Matt hielt den wichtigsten Menschen seiner Welt fest, bis sie wieder ins Gleichgewicht kam.

Als sie tief Luft holte und sie langsam ausstieß, sich unter sein Kinn schmiegte wie eine Wildkatze, die endlich ein Heim akzeptiert hatte, fühlte sich sein Herz an, als wäre es auf das Dreifache seiner normalen Größe angeschwollen.

„Tut mir leid. Ich weiß gar nicht, wo das herkam." Brooke neigte den Kopf und schaute ihm in die Augen. „Oder vielleicht doch. Mit tut es leid, dass ich nicht schon eher was gesagt habe. Ich hätte dir schon vor langer Zeit sagen sollen, was ich empfinde, aber ... ich bin nicht daran gewöhnt, das zu sagen. Wir machen das einfach nicht."

Er drückte mit der Hand zu, die nun auf ihrer Hüfte lag, ließ sie in leichten Bewegungen über ihre Haut gleiten und erwärmte sie mit seiner Berührung. „Es gibt nichts zu bedauern. Aus welchem Grund auch immer haben wir bis jetzt gebraucht, und wir schauen nicht zurück. Außerdem brauchen wir beide Übung, denn ich hätte es auch schon vor langer Zeit sagen können. Ich schätze, manchmal glauben wir einfach, andere Menschen wissen, wie wir zu ihnen stehen."

Ihre Lippen berührten seine, ein Gebet und eine Unterwerfung zugleich. „Ich kriege das mit dem Üben hin. Ich liebe dich, Mack. So, so sehr."

Mit dem Daumen wischte er eine Träne ab, die in ihrem

Augenwinkel hing. „Ich liebe dich. Und ich werde dich lieben. Ausgiebig."

Er rollte sie unter sich, und diesmal gab es keine Traurigkeit, während er ihre Lippen entlang küsste und sich gierig bediente. Ihre Zungen ineinander verstrickte und eine Reaktion herausforderte, während er sich über ihr aufstützte und ihr üppiger Körper ihn voller Vorfreude wiegte.

Brooke zerrte an seinem T-Shirt, drückte ihm die bloßen Hände auf den nackten Oberkörper. Er unterbrach den Kuss lange genug, um nach oben zu greifen und sich den Stoff über den Kopf zu ziehen, bevor er zu der Sucht zurückkehrte, die diese Küsse für ihn darstellten.

Er würde langsam machen, selbst wenn es ihn umbrachte.

Sie legte ihre Hände wieder auf ihn, schloss die Finger um seine Schultern und fuhr ihm mit den Nägeln über den Rücken und an den Seiten des Oberkörpers entlang. Wärmte alles in ihm, weil sie ausdrückte, dass ihr gefiel, was sie berührte, und sie mehr wollte.

Dass sie *ihn* wollte.

Sie stöhnte widerstrebend, als er sich zurückzog, um sich neben ihr auf die Matratze zu legen. Er küsste sie rasch zur Entschuldigung, aber er war auf einer Mission, schaute hinab auf ihre perfekten Brüste, die von feinster Spitze bedeckt waren. „So hübsch."

Erst einmal streichelte er sie nur, weil er es konnte. Kleine Kreise, bei denen ihre Hitze seine Fingerspitzen erreichte und seine Sinne mit seidiger Glätte und sinnlicher Wärme neckte. Als sie sich nach oben bog, ihm die Brust in die Handfläche drückte, schob er den Cup des BHs zurück, sodass sich die sanfte Krümmung durch den gerafften Stoff darunter wölbte. Ihr Nippel wurde hart, und er strich mit dem Daumen darüber.

Brooke atmete heftig ein.

Er konnte nicht wegschauen. Sie reagierte perfekt auf seine Berührung, ihr Körper bog sich durch, um ihm entgegenzukommen, bewegte sich mit seinen Streicheleinheiten, als könne sie es nicht ertragen, von ihm getrennt zu sein. Und als er sich vorbeugte, um ihr einen Kuss auf die kleine weiße Schleife zwischen den BH-Cups zu geben, drückte Brooke mit den Fingern zu, die sie in seine Haare gestoßen hatte, und zog daran.

Gelächter grollte aus ihm hervor, denn sie lotste ihn genau dorthin, wo er hinmusste. Langsam allerdings. Oh, so langsam, leckend und knabbernd, während er sich von der glatten Unterseite ihrer Brust zur Spitze hinaufarbeitete.

Er gab ihr einen Kuss auf die Spitze, und sie wand sich.

Mack öffnete den Mund und drückte die Zunge auf die feste Haut, und dann schloss er die Lippen und saugte sanft.

„Ja."

Völlige Zustimmung, und Mack lächelte. Er nahm sich Zeit, ging von einer Seite zur anderen, blieb völlig in Kontrolle, während er sie reizte und leckte. Als er sich zurückzog und sanft auf die feuchte Fläche blies, presste Brooke ihre Finger zusammen und zog als Reaktion an seinen Haaren.

Er nahm ihre Handgelenke und legte ihre Hände auf die Matratze. „Empfindlich?"

„Gierig. Ich will mehr. Ich will dich."

Sie wollte nach ihm greifen, aber er hielt sie fest, wo sie war. „Du bist noch nicht dran. Behalte deine Hände dort."

Die letzten Worte kamen heraus wie ein Befehl, und ihre Augen wurden kurz groß, bevor ihre Lippen zuckten. „Der Captain ist zu Hause."

„Der Captain ist im Bett. Keine Sorge, ich lasse dich wissen, wenn du damit dran bist, irgendwas anderes zu tun außer zu spüren."

Er beugte sich hinab und drückte ihr einen Kuss auf die

Mitte ihres Körpers, atmete ihren süßen Geruch ein und bereitete sich darauf vor, sich an ihrer Lust zu berauschen.

Sie hatten in ihrer Beziehung eine Kurve genommen, auf die sie eines Tages gehofft, aber nie erwartet hatte, dass sie so früh oder so vollständig kam. Selbst die Art, wie er sie berührte, fühlte sich anders an. Absichtsvoller, bedeutungsvoller.

Auf jeden Fall dazu bestimmt, sie in den Wahnsinn zu treiben.

Brooke spannte die Finger an der Oberfläche der Decke an, während Mack neckend ihren Körper hinabwanderte, küssend und liebkosend, ihre Schenkel weiter auseinanderschob, bis er ganz zwischen ihren Beinen war. Sie schaute hinab auf das bisschen Stoff, das sich als Unterwäsche ausgab, und freute sich plötzlich, dass sie sie gekauft hatte.

„Die sind sündhaft weich." Er strich mit den Lippen über den Stoff direkt über ihrem Venushügel. Ein Ansturm der Lust strahlte über ihre Haut nach außen, wie ein Prickeln von Elektrizität. „Ich könnte mich daran gewöhnen, dass du die ganze Zeit trägst."

„Unter meinem Arbeits-Overall?"

Seine Wange glitt zu ihrer Hüfte, seine Lippe streifte auf dem Rückweg über den schmalen Rand des Bündchens. „Auf jeden Fall. Das weiß keiner außer uns, aber jedes Mal, wenn ich in der Werkstatt vorbeischaue, werde ich mir dich so vorstellen. Wie du dich mir hier von ganzem Herzen hingibst, wenn sonst niemand diese Seite von dir zu sehen bekommt. So hübsch und feminin und klug und talentiert."

Brooke hob eine Ferse und strich mit den bloßen Zehen über seine muskulösen Schultern. „Du raspelst Süßholz."

„Stimmt aber." Sein Blick wandte sich direkt zu ihr, Leidenschaft stand in seinen Augen. „Du lenkst mich ab."

„Ich habe gehört, dass es Multitasking gibt."

Sie war nicht ganz sicher, weshalb ihn das so zum Grinsen brachte, aber dann dachte sie überhaupt nichts mehr, denn er schob einen Finger unter den Rand ihres Höschens und zog es nach unten.

Danach folgte eine Vorführung, wie man auf bestmögliche Weise die Konzentration verlor. Mack schob ihre Knie weiter nach oben, drückt ihr einen Kuss auf die Innenseite des Oberschenkels, bevor er sanft daran knabberte. Die andere Seite wurde genauso behandelt, dann glitt seine Zunge langsam nach oben, bis er ein kurzes Stück von dort entfernt war, wo sie ihn brauchte.

Er strich mit der Nase durch ihre Locken, seine Hände bewegten sich unter ihre Hüfte, um sie an seinen Mund zu heben.

Ein Lecken, langsam und neckend. Nicht genug Druck, nicht genug irgendwas, um mehr zu erreichen, als dafür zu sorgen, dass sie sich winden wollte. Aber das konnte sie nicht, denn er hatte ihre Hüfte im eisernen Griff.

Er schaute auf, ein Lächeln auf seinem fies verzogenen Mund, während er es noch einmal tat. Ein bisschen tiefer durch ihre Schamlippen, an der Spitze hielt er lange genug inne, um sie genau wissen zu lassen, wo er vorhatte, etwas Zeit zu verbringen.

Brooke packte die Decke und stellte sich auf einen langen Ritt ein.

Falls er vorgehabt hatte, mit diesem quälend langsamen Tempo weiter zu machen, hatte er allerdings keinen Erfolg. Es war, als würde er jedes Mal, wenn er sie berührte, ein wenig die Kontrolle verlieren. Er zog ihre Hüften näher zum Rand des Bettes, schob ihre Knie hinauf zum Kopfteil, und ging an die Arbeit, als wäre sein einziges Ziel, zu sehen, wie schnell er sie über den Abgrund bringen konnte.

Ziemlich verdammt schnell.

Die Hitze, die von seiner Zunge ausstrahlte, während sie an ihre Klitoris schnellte, schickte fiese Blitzstrahlen hinauf zu ihrem Bauch, die Spannung baute sich so schnell auf, dass sie in dem Augenblick, als er einen Finger in ihr Geschlecht schob, kam.

Er grollte zustimmend, während sie sich an seinem Mund wiegte, und leckte sanfter, arbeitete aber weiter an ihr, bis ihr Höhepunkt sich zu einem Crescendo aufbaute.

Als sie nach seinen Schultern greifen wollte, um ihn über sich zu ziehen, bewegte er sich nicht, sondern fing einfach noch mal von vorne an. Zwei Finger drangen in sie ein, die Fingerspitzen reizten in ihr eine Stelle, bei der sie sich die Hand auf den Mund drückte, um einen Lustschrei zurückzuhalten.

Er hatte wohl aufgeschaut, denn kurz wurde er reglos, bevor sein Finger mit dem Rhythmus weiter machte, und er sprach, ein Knurren in der Stimme, als wäre er derjenige, der versuchte, sich davon abzuhalten, vor Lust zu brüllen. „Wage es bloß nicht, still bleiben zu wollen. Hier kann niemand mithören, und verdammt, ich will alles. Ich will deine Lust und deine Stimme, die meinen Namen schreit und die mich genau wissen lässt, was ich mit dir angestellt habe."

Brooke keuchte, als er den Mund wieder auf sie legte und sie verzehrte, als wäre sie Sauerstoff und er Feuer. „Mack, o mein *Gott*."

„Gib es mir."

Wieder flammte der Druck auf, aber sie wollte nicht ohne ihn weitermachen. „Bitte, ich brauche dich. Ich will dich in mir. Ich will deinen Schwanz."

Einen Augenblick lang setzte der Rhythmus aus, dann

bewegte er sich. Zog sich aus und schob ein Kondom über, dann glitt er wieder auf die Matratze, um Platz zu machen. Er war über ihr, zog ihre Beine über seine Hüfte, während sein Schwanz sich an ihrem Schoß rieb.

Die dicke Wölbung war an ihrem Geschlecht ausgerichtet, und er hob sich hoch und fing ihren Blick auf. „Ich liebe dich."

Mack sagte es, als wäre es eine Tatsache. Als ob die Liebe zwischen ihnen stark wie Titan und bombensicher wäre. Seine Augen sagten es genauso wie seine Worte, und Brooke presste ihm eine Hand aufs Gesicht und bot ihm im Gegenzug ihr Versprechen an. „Ich liebe dich auch."

Er glitt in sie.

Vertraut, doch anders. Erhitzte Lust, mit der kühlen Woge eines elektrifizierenden Gefühls an ihren Nervenenden, das ihr sagte, dass sich ein weiterer Orgasmus aufbaute. Er bewegte sich in ihr, die Augen fest auf ihre gerichtet, seine Atmung wurde schneller. Sie schlang die Beine um seine festen Hüften, ihre Fersen pressten sich in seine Pobacken.

Sie packte seine Schultern, während er schneller wurde. Nicht ausreichend, um wild und außer Kontrolle zu sein, sondern lange, stetige Bewegungen, die sie beide zum Stöhnen brachten.

„Ganz dicht davor", flüsterte Brooke.

Mack stützte sich auf einen Ellbogen, holte eine Hand an den Mund und leckte sich die Finger. Er griff zwischen ihre Körper und fand ihre Klitoris. Neckte und reizte sie, noch während er seine Hüfte im perfekten Rhythmus wiegte. Eine Verbindung zwischen ihren Körpern, die mehr als nur körperlich war.

Er schaute ihr in die Augen, als der Tsunami eintraf. Diesmal weniger eine Explosion, doch stärker und überwältigender. Ihr Körper spannte sich um seinen an, und von seinen Lippen löste sich ein Geräusch. Etwas zwischen einem Gebet und einem Schrei. Während seine Schultern sich anspannten, kamen seine Hüften allmählich zum Stillstand, sodass er tief in ihr blieb.

Brooke schloss die Augen, als eine weitere Woge sie traf, diesmal mit dem zusätzlichen emotionalen Druck, als ihr klar wurde, dass das flüsternde Geräusch Mack war, der immer wieder „ich liebe dich" wiederholte.

Ihr Herz hämmerte, und ihre Atmung kam unregelmäßig, aber als sie aufschaute, um zu sehen, dass der wichtigste Teil des Herzens zu ihr herabsah, wusste sie, dass sie etwas Erstaunliches erlebt hatte. Einen Anfang, den sie niemals vergessen würde. Er beugte sich vor und küsste sie wieder. Weich, süß, auch wenn dieses Bild vermutlich nicht ganz gerechtfertigt war, wenn man bedachte, dass die Verbindung zwischen ihnen noch schwer und heiß zwischen ihren Beinen war.

„Wow. Das war ..."

„Ja, war es." Er küsste sie oben auf die Nase, dann rollte er sie herum, sodass sie auf ihm war und sich völlig entspannt auf seiner muskulösen Gestalt hinlegen konnte.

Sie lagen eine Weile dort, ihre Atmung aufeinander abgestimmt, ihre Herzen kehrten langsam zu einer normalen Geschwindigkeit zurück. Mack zog die Ecke der Decke über sie, aber die Hitze, die von seinem Körper aufstieg, machte sie genauso warm wie zufrieden. Beschützt in seinen Armen, während überall in ihr Befriedigung köchelte.

Erst, als sein Magen knurrte, schob sie sich widerstrebend hoch. Er hielt sie immer noch fest, doch sein Grinsen war wieder da. Das, das besagte, dass Schabernack im Anmarsch war.

„Ich schätze, es ist Zeit, sich mal die Notvorräte anzusehen", sagte sie. „Aber ich schlage vor, dass du vielleicht derjenige bist, der kocht. Ich habe kein Problem, in meinem eigenen Herd Feuer zu machen, aber ich glaube nicht, dass es eine gute Idee ist, hier unser Glück aufs Spiel zu setzen."

Sie glitten aus dem Bett, und Brooke stahl Macks T-Shirt, um rasch mal ins Bad zu gehen.

Als sie sich ihm in der Küche anschloss, hatte Mack sich auch gesäubert und ein Ersatzshirt angezogen. Auf dem Herd stand ein Topf, darunter eine Flamme, und eine Sammlung von Päckchen lag auf der Anrichte.

Nur dass eines davon eine Ziplock-Tasche war, die ihre Aufmerksamkeit auf sich zog. „Sind das Plätzchen?"

„Die kommen nicht aus dem Vorrat hier", versicherte er ihr. „Ich habe sie für unsere Auszeit gemacht, die wir nun endlich genießen können."

Sie öffnete die Tüte, und der üppige Geruch würziger Köstlichkeit füllte den Raum. „Hmmm, Zimtplätzchen. Irgendwas darin macht mir den Mund wässrig, wenn ich nur an sie denke."

„Es ist durchaus möglich, dass die altmodischen Plätzchen, die du backen willst, entfernte Verwandte von denen sind."

Brooke beäugte eines, das sie in den Fingern hielt, atmete zustimmend ein, obwohl sich ein winziger Hauch Traurigkeit in einen Abend schlich, der sich als umwerfend erwiesen hatte. „Das wird wohl das lahmste altmodische Weihnachtsfest aller Zeiten. Ich habe nicht mal das Backen hinbekommen."

„Nein, aber du hast die Weihnachtsmusik gefunden, und wir werden selbst gebastelte Geschenke haben, und wir werden immer noch eine besondere Mahlzeit und Zeit zusammen verbringen." Er drehte sich um und zog sie an sich, sein Bizeps fest, während er sie fest drückte. „Und vielleicht freut sich ja dein Dad, dass wir heiraten."

Sie nickte langsam. „Ich weiß, er ist mürrisch, aber er mag dich."

„Das wird schon", versicherte Mack ihr, bevor er ihre

Aufmerksamkeit auf die Sammlung aus Trockennahrung richtete, die er gefunden hatte, um sich was auszusuchen.

Es stimmte. Sie hatten die harte Arbeit bereits erledigt – zuzugeben, dass sie sich liebten. Was immer sie von hier an unternahmen, sie würden es zusammen tun.

Sobald der Sturm sie in die echte Welt zurückkehren ließ.

14

Der Bunker gab ihnen das Gefühl, als wären sie in eine andere Dimension getreten. Mack fand das sowohl unheimlich als auch faszinierend, aber das Wichtigste war, dass sie in Sicherheit waren, und dass sie zusammen waren. Er fand das Musiksystem und nutzte Bluetooth, um seine eigene Playlist in dem gemütlichen Raum abzuspielen.

Keine Geräusche kamen vom Sturm herab, keine Vibrationen, und die Wärme, die von der Heizung kam, verwandelte ihre Umgebung in etwas Gemütliches, sodass man im T-Shirt herumlaufen konnte.

Es war ein idyllischer Ort, um die Veränderungen ihrer Welt zu feiern.

Sie sprachen von gewöhnlichen Dingen, während sie die Trockenmahlzeit zu sich nahmen, die besser war als die Rationen, die Mack während seiner Tage bei der Air Force gegessen hatte. Aber danach zog ihn Brooke mit sich zur Couch, kuschelte sich neben ihm an und legte ihre Arme um seinen Oberkörper. Ihre Haare lagen auf seiner Brust, und er strich mit den Fingern durch, sinnliche Seide, von der er wünschte, sie würde seine Haut berühren.

„Wie willst du das machen?", fragte sie. „Ich meine, was ist der nächste Schritt, nachdem der Sturm weiterzieht und wir hier rauskommen? Und das Stück danach, wenn wir rausfinden, wie wir zusammen sein können."

„Wir können anfangen, nach einer Bleibe zum Mieten zu suchen." Er drückte ihr einen Kuss auf den Kopf, streichelte sie immer noch langsam. „Ein Teil des Grundes, weshalb ich nicht eher was gesagt habe, war meine billige Unterkunft in der Feuerwache. Ich habe meinen Eltern geholfen, ihre Hypothekenzahlungen im letzten Jahr zu leisten. Sie haben ein paar unkluge Entscheidungen getroffen, aber sie sind entschlossen, die Schulden loszuwerden, und ich wollte nicht erleben, dass sie bankrottgehen."

Sie setzte sich gerade hin, Sorge stand in ihrem Gesicht. „Geht es ihnen gut? Sie sind draußen in Ontario, oder?"

„Oshawa. Und ja, ich glaube, sie sind mit den Zahlungen hinterher, seit Dad vor ein paar Jahren seinen Job verloren hat. Moms Pension vom Militär ist nicht gerade üppig, aber da sie beide wieder arbeiten, geht es schon irgendwie. Spät letztes Jahr haben sie gestanden, dass sie Ärger haben, und ich dachte mir, da ich diesen tollen Deal mit der Feuerwehr hatte, dass ich dort wohnen kann, konnte ich mir leisten, ihnen zu helfen." Mit den Knöcheln strich er über ihre Wange, erstaunt, dass sie zugestimmt hatte, die Seine zu sein. „Ich habe nicht erwartet, dass ich dich treffe, aber sobald ich mich ihnen verpflichtet habe, konnte ich da nicht wieder raus."

„Natürlich nicht", stimmte sie zu. „Ich dachte, du würdest Studienkredite zurückzahlen – dahin ist ein mein zusätzliches Geld gegangen. Ich habe Anfang des Monats die letzte Zahlung geleistet. Ich hatte vor, im Januar zu fragen, ob du mit mir eine Wohnung suchen willst, zu der nicht gehört, dass wir bei meinem Dad wohnen."

Mack schüttelte den Kopf. „Blöde Finanzen. Wir hätten so viel eher zusammen sein können."

Sie zuckte mit den Schultern. „Du hast gesagt, wir würden nicht zurückschauen, also werden wir in die andere Richtung blicken. Aber ich bin stolz, dass du deinen Leuten hilfst."

Die Wärme kam, durch ihre Worte und wegen der Art, wie sie sie aussprach, nicht wegen seines Stolzes auf das, was er getan hatte. „Sie sind gute Leute und nicht sonderlich aufdringlich. Aber sie wissen von dir, und sie freuen sich darauf, dich zu treffen."

Brooke nickte langsam. „Mein Dad wird allein in der Wohnung klarkommen, aber ist es dir recht, wenn wir in Heart Falls bleiben? Du wirst doch nicht irgendwo anders stationiert, oder? Ich weiß, dass du nicht zurück in den aktiven Dienst gehst, aber sogar zivile Feuerwehrleute werden manchmal versetzt."

Ein plötzlicher Ansturm tiefer Gefühle traf ihn, als ihm klar wurde, dass sie Ja gesagt hatte, ohne zuvor sicher zu wissen, wo sie am Ende vielleicht in der Zukunft landen würden. „Ich würde dich niemals von deinem Dad oder deinem Job wegbringen. Wärst du nicht mehr da, würden doch die Hälfte der Fahrzeuge in Heart Falls stehenbleiben."

Sie grinste. „Vielleicht ein Drittel."

Er legte sich eine Hand aufs Herz, und er nahm sie am Handgelenk und hob es hoch, damit er den Ring begutachten konnte. Er war ein wenig groß, darum hatte sie ihn auf den Mittelfinger gesteckt, aber die blassrosa Steine glitzerten wunderschön, während sie die Hand drehte, um ihn zu bewundern.

„Gefällt er dir? Ich weiß, dass manche Frauen gern ihre

eigenen Ringe aussuchen, und das können wir auch noch tun, aber dieser wollte zu dir nach Hause kommen."

Ihre Augen wurden groß. „Du hast gesagt, da gäbe es eine Geschichte. Erzähl sie mir."

Also erzählte er von dem Tag, an dem er jedes Mal, wenn er sich umgedreht hatte, einen weiteren Juwelierladen gesehen hatte, der ihn verspottete. Aussteller in den Fenstern, die wunderschöne Brünette gezeigt hatten, die liebevoll in die Augen dunkelhaarige Männer schauten, und dabei war ihm klar geworden, dass das er und Brooke sein mussten, und zwar sofort.

Sie hob die Hand und musterte den Ring noch genauer. „Aber das ist kein neuer Ring. Ich dachte, du würdest mir erzählen, er käme von deinen Eltern oder Großeltern."

„Na ja, er kommt von *jemandes* Großeltern", gab er zu. „Ich habe dem Drang widerstanden, etwas in diesen schicken Läden zu kaufen. Ich dachte, sobald ich dich frage, könnte ich dich zu einem mitnehmen und sehen, was dir gefällt. Aber das Schicksal hat andere Pläne."

Sie beugte sich vor, wollte unbedingt den Rest der Geschichte erfahren, wie ein Kind, das auf die Ankunft von Santa Claus wartete.

„Ja, sobald die Idee aufgekommen war, dass ich dir einen Ring besorge, konnte ich auf keinen Fall ohne einen nach Hause zurück, die schicken Läden sollten doch verdammt sein. Ich musste noch ein letztes Mal anhalten, in sicherer Entfernung von jeglichem Juwelierladen, und fand einen Secondhandladen nebenan. Ich habe mir ein paar T-Shirts geholt, aber während ich mit dem Typen hinter der Kasse geredet habe, bekam der plötzlich ein Augenzucken und wurde ganz nervös, als würde er was Illegales machen. Als er unter den Tresen griff, dachte ich, er holt gleich einen Stapel Drogen hoch. Ich konnte nicht herausfinden, was ich gesagt habe, um ihn auf den Gedanken zu bringen, ich wäre an so was interessiert."

Inzwischen lachte Brooke, ihr Körper warm an seinem, ihre Finger in seinen verschränkt. „Hast du an diesem Tag besonders anrüchig ausgesehen oder so was? Denn Hallo, du bist doch ein sauber rausgeputzter Soldatenjunge."

„Ich schwöre, ich war ganz normal. Ich war auch sehr erleichtert, als er ein zum Großteil leeres Snacktablett herausholte, auf dem ein paar Schmuckstücke lagen, und sagte: ‚Wir stellen dieses Zeug nicht aus, aber ich habe das Gefühl, das Universum sagt mir, dass ich sie Ihnen zeigen muss.'" Mack ahmte den trägen Akzent des Mannes nach, grinste über Brookes Gesichtsausdruck. „Ich schätze, manchmal tauchen Schmuckstücke in den Taschen von Kleidern auf, die gespendet werden, oder in Gepäckstücken. In diesem Fall wussten sie, wem sie gehört hatten, denn sie hatten gerade eine Ladung ausgepackt, die aus einer Haushaltsauflösung kam. Als sie die Familie kontaktiert haben, um die Wertgegenstände zurückzugeben, sagte man ihnen, die könnten sie als Spende behalten."

Ihre Augen leuchteten, und ihre Lippen wölbten sich nach oben. „Du hast einen Ring in einem Secondhandladen gekauft. Nicht, dass ich das nicht mag, ich halte das für irgendwie cool, aber nur, um sicherzustellen, dass ich die Fakten richtig verstehe."

„Ich habe auf jeden Fall einen Ring in einem Secondhandladen gekauft, obwohl ich ihnen schon gut Geld gegeben habe."

„Mehr als zehn Mäuse?"

Er grinste. „Mindestens zwanzig. Das bist du wert."

Sie kicherte. „Also, kannst du mir irgendwas sonst über diesen Ring erzählen? Er gefällt mir, und er ist hübsch. Aber ich glaube nicht, du hättest ihn gekauft, nur weil jemand vorgeschlagen hat, dass du das tun solltest."

Und das war mit der Grund, weshalb er sie liebte. Sie verstand, dass es eine tiefere Bedeutung gab.

Er hob ihre Finger an die Lippen und küsste sie langsam. „Ein Ring ist ein Zeichen der Verpflichtung, aber dieser ist auch ein Symbol für *uns*. Ich wollte etwas Einzigartiges und nicht wie den ganzen Rest, den man dieses Jahr sonst so kauft. Der war schon eine Weile da, und er hat bewiesen, dass er der Zeit standhält."

„Das weißt du?"

Bei der Erinnerung wurde alles in seinem Inneren ganz weich. „Das Paar hatte über sechzig Jahre zusammen. Ich dachte, das ist ein ziemlich gutes Ziel für den Anfang."

Sie hielt die Hand hoch und wackelte nachdenklich mit den Fingern. „Bei mir wird aber keine Frau namens Ethel spuken, die ihren Ring zurückwill?"

„Auf gar keinen Fall", erwiderte er sofort. „Sie hieß Dorothea."

Ein Lachen löste sich von Brookes Lippen, während sie sich neu ausrichtete, um sich zu beiden Seiten seiner Oberschenkel zu knien, die Hände lagen auf seinen Schultern. „Na, das ist gut." Sie lehnte sich vor und streifte seine Lippen mit ihren. „Ich liebe meinen Ring, und ich liebe diese Geschichte, und ich liebe dich. Das hast du gut ausgesucht."

Während der Abend zur Nacht wurde, hielten sie einander abermals fest und liebten sich, und Mack konnte nichts finden, was an ihrer Verkündigung falsch gewesen wäre. Das Zusammensein mit ihr im Bunker war erst der Anfang.

Früh am nächsten Morgen wachte er auf, schlüpfte widerstrebend aus dem Bett und weg von Brookes Wärme, um sich ihren Status anzusehen. Er war kaum oben an den Stufen angelangt, als das heulende Geräusch des Windes schon ausreichte, um ihn zu warnen, dass der Sturm immer noch tobte.

Er schaute auf ihren beiden Handys nach dem Empfang, bevor er aufgab und wieder in die Sicherheit des Bunkers zurückkehrte.

Als er zurück ins Bett kroch, keuchte Brooke leicht, bevor sie ihren warmen Körper an seine kühlen Glieder drückte.

„Sitzen wir immer noch fest?“, fragte sie verschlafen.

„Äußerst fest.“

Sie drehte sich zu ihm, schmiegte sich an seine Brust. „Ich habe eine wichtige Frage.“

„Ich dachte, das hätte ich schon erledigt.“

Sie grinste, ihre Wimpern waren halb geschlossen. „Wie viele Tage können wir überleben?“

„Hängt davon ab“, gab er zu. „Wie viele Kondome hast du in deine Notfalltasche gepackt? Denn bei unserem Tempo werden wir in den nächsten vierundzwanzig Stunden in die Sicherheit entfliehen müssen, oder wir bekommen Ärger.“

Ein amüsiertes *Hmmm* kam von ihren Lippen, während sie ihm eine Hand auf die Brust legte und sich so hin manövrierte, dass sein Rücken auf der Matratze lag und sie auf ihn gleiten konnte. „Dann kommen wir mindestens noch eineinhalb Tage klar.“ Sie griff in ihren Vorrat und hielt eins hoch. „Wollen wir das rationieren?“

Die Antwort fiel ihm leicht. „Auf gar keinen Fall.“

Er wartete, bis sie ihn gequält hatte, indem sie ihn bedeckte, sich dann herumrollte und ihn an ihre Seite führte, damit er ihre Brüste streicheln konnte, während er sich fest an ihren Rücken presste. Sie liebten sich, langsam und träge. Sein Schwanz glitt von hinten zwischen ihre Beine und schob sich an ihr Geschlecht, bis sie die Hüften zurückwiegte, als würde sie um mehr betteln.

Als er in sie hineinstieß, sich in einem lockeren Rhythmus

bewegte, war es perfekt. Lust baute sich auf, die Dringlichkeit nahm zu, bis sie beide sich auflösten. Er schmiegte sie an sich, intim und verbunden, während sie mit den Fingern über seine Hände strich, seine Unterarme. Zurück über seine Hüfte, um in die nackte Haut seines Hinterns zu kneifen, als könnte sie nicht aufhören und wollte die Verbindung zwischen ihnen nicht unterbrechen.

Er drückte ihr einen Kuss auf den Nacken. „Ich liebe dich."
Es klang so perfekt wie all die anderen Male.

Es war ein bisschen, als hätten sie Flitterwochen, ohne sich mit den Förmlichkeiten einer Hochzeit herumschlagen zu müssen. Obwohl Brooke noch nie ein Urlaubsresort wie ihren Prepper-Bunker gesehen hatte.

Sie gingen alle paar Stunden nach oben, um die Wetterlage zu überprüfen, aber wenn überhaupt, hatte Mutter Natur entschieden, dass der Heiligabend schlimmer war als das, was man ihnen am Dreiundzwanzigsten entgegengeschleudert hatte.

Brooke hatte Mack geneckt, bis er seine ganze Winterausrüstung angezogen hatte, und sie gingen beide nach draußen und bogen um die Ecke, um dem rohen Zorn des Windes zu entkommen.

„Der einzige Grund, weshalb ich wir das machen, ist, weil ich schwer genug bin, um nicht weggeweht zu werden", setzte Mack sie in Kenntnis, hielt sie fest an der Taille, während sie auf der windabgewandten Seite der Scheune standen und in den kurzen Augenblicken, wo nicht alles blendendes Weiß war, über das Feld hinaus schauten.

„Es nicht das, womit die mich jeden Tag rumschlagen will, aber es ist seltsam aufregend, hier draußen zu sein", erklärte sie, bevor sie sich in das kalte, aber windfreie Innere der Scheune zurückzogen.

Sie machte sich ein paar Minuten lang an dem Traktor zu schaffen, bewunderte sein klassisches John-Deere-Design, aber dann ging sie bereitwillig, als Mack sie zu dem Stern und der Wärme zog, die darunter versteckt war.

Der ganze Tag verging auf die wunderbarste Weise. Mack beharrte darauf, dass sie alle Annehmlichkeiten voll ausnutzten, und das hieß heiße Duschen, und dass sie Spiele herausholten. Obwohl sie vorschlug, dass sie Wasser sparten und zusammen duschten.

Ihr Stapel Kondome ging rasch dahin, und sie hatte Mack noch nie so entspannt und glücklich gesehen.

Sie sprachen über die Leute, die sie vermissen würden, aber nicht mal da konnte Brooke allzu viel Sorge verspüren. „Mein Dad weiß, dass du dich um mich kümmerst."

„Dein Dad weiß, dass du dich um *mich* kümmerst", erklärte Mack. Er verzog das Gesicht. „Ich habe versucht, ein paar Schuldgefühle aufzubauen, weil ich nicht für die Notfalldienste von Heart Falls da bin, aber deshalb haben wir ja zusätzliche Freiwillige ausgebildet. Außerdem habe ich gehört, dass jemand sehr Kluges vorgeschlagen hat, niemand solle unersetzlich sein."

Da kam sie zu ihm heran, ihre Hände legten sich an seine Wangen, während sie in seine schönen Augen schaute. „Auf der Arbeit? Sehe ich auch so. Aber wenn es darum geht, in meinem Herzen zu sein, will ich niemanden, nur dich."

Aus irgendeinem Grund lösten ihre Worte ein weiteres Stolpern ins Bett aus.

Ups?

Aber als sie am Heiligabend zu Bett gingen und immer noch im Sturm festsaßen, musste sie zugeben, dass sie etwas enttäuscht war.

„Ich verabscheue es, wie eine kaputte Schallplatte zu klingen, aber das Wetter vermasselt uns unsere Pläne. Wenn der Sturm nachlässt, und falls wir deinen Truck zum Anspringen bringen, und falls wir es in die Stadt schaffen, ist jede Chance auf das altmodische Weihnachten, auf das ich gehofft habe, inzwischen dahin." Sie schlang die Arme um die Beine, zog im Halbdunkel eine Schnute. „Bah, Unfug."

Mack drückte ihr einen Kuss auf den Arm, strich mit den Fingern sanft über ihren Oberkörper. „Wir können am Neujahrsabend Truthahn machen, denn du hast recht, der ist immer noch richtig durchgefroren, also können wir den auf keinen Fall morgen essen, selbst wenn wir am Vormittag hier rauskommen."

Seine Finger erreichten eine kitzlige Stelle, und sie wollte sich wegwinden. „Ich hab's vergessen – ich wollte vorschlagen, dass wir am Weihnachtsfeiertag in die Seniorenresidenz gehen. Ich glaube, Geraldine und Floyd würden sich über Gesellschaft freuen."

„Zwei Dumme, ein Gedanke", sagte er zu ihr. „Ich hatte auch diese Idee, als ich dort den Weihnachtsschmuck angebracht habe. Und falls wir durch einen dummen Zufall morgen Abend immer noch festsitzen, gehen wir am nächsten Tag. Oder dem nächsten. Sie werden die Gesellschaft schätzen, wann immer wir es schaffen."

„Wir können Floyd vermutlich erzählen, dass eine Woche später immer noch Weihnachten ist, und für ihn wäre es okay. Also ist es eigentlich nicht das tatsächliche Datum, auf das es ankommt", sagte Brooke leise, während sich Verständnis einschlich.

Es ging eigentlich nicht um ein zufälliges Datum auf dem Kalender, sondern darum, mit wem man es verbrachte.

Das Kitzeln wurde ernster, und am Ende kicherten sie wie

zwei Kinder, bevor ihr Spiel sich etwas Erwachsenerem zuwandte.

Der Weihnachtsfeiertag kam, und Brooke wachte früher auf als Mack. Sie glitt aus dem Bett, um auf Erkundung zu gehen, nur um zurückzulaufen und am Rand des Bettes auf und ab zu hüpfen. „Wach auf, wach auf.“

„Ich will mein Geschenk im Bett aufmachen“, beschwerte er sich, griff nach ihr, verpasste sie aber, da sie vor seinen zupackenden Händen zurücktänzelte.

„Später“, sagte sie aufgeregt zu ihm. „Komm und horch.“

Er stöhnte, folgte ihr aber gehorsam zur Tür am Ausgang. Sie schwang sie auf, drückte sich einen Finger auf die Lippen.

„Ich höre gar nichts.“ Macks Augen wurden groß. „Oh. Ich höre gar nichts.“

Sie eilten die Stufen empor, Brooke direkt auf seinen Fersen, und begaben sich zum nächstbesten Fenster.

Es war früh genug, dass der Himmel sich allmählich aufzuhellen begann, das Sonnenlicht erreichte aber noch nicht ganz die Berggipfel im Westen. Aber die Tatsache, dass sie die Berge sehen konnten, war ein kleines Weihnachtswunder, auf das sie gehofft hatte.

Brooke drehte sich in seinen Armen und zog ihn dicht heran. „Frohe Weihnachten für uns.“

Sein Grinsen sagte alles, bevor er sie leidenschaftlich küsste.

Auf dem Weg in die Küche, um rasch was zu essen, bevor sie ihren Fluchtweg antraten, blieb Mack am Unterhaltungsbereich stehen. „Wo sind die denn hergekommen?“

Sie machte auf unschuldig, während er auf die bunten Socken deutete, die auf Augenhöhe hingen. „Na, verdammt soll ich sein, das hat Santa gemacht.“

Er schaute sie an und grinste. „Das hättest du mir sagen

sollen."

„Ich? Nein. Sieh mal, das war Santa. Da sind das leere Glas und der Plätzchenteller, die ich gestern Abend für ihn aufgestellt habe." Sie hatte den Großteil des Zimtplätzchens gegessen, während sie ein winziges Stück abgebrochen und es als Zierde auf dem Teller hinterlassen hatte.

Sie holte einen Socken herab und reichte ihn ihm. Mack schaute hinein, bevor er vorsichtig die winzigen Strichmännchen und Gebäude herausholte, die sie gemacht hatte, indem sie Zahnstocher durch die winzigen Marshmallows geschoben hatte.

„Ach, das ist ein Feuerwehrauto. Und ein Haus und ein paar winzige Menschen." Er grinste sie an. „Du und ich?"

Sie nickte.

Mack schüttelte erheitert den Kopf, dann griff er nach der anderen Socke, seine Miene wurde verwirrt, als er feststellte, dass sie leer war. „Du Scherzkeks. Du hast deinen eigenen Socken aufgehängt."

„Ich war das doch nicht", beharrte Brooke. „Dieser Santa, das ist schon ein unartiger alter Elf."

Sie drehte ihren Socken um und schüttelte ihn, und ein Dutzend von ihrem Kondomvorrat fielen in seine Hand wie Schneeflocken für Erwachsene.

Er zog sie an sich und küsste sie begeistert, seine Lippen immer noch zu einem Lächeln gewölbt. Als sie beide Luft holten, schaute er sie auf eine Art an, in der alle möglichen Versprechungen standen. „Räume dein Geschenk doch mal weg. Ich verspreche, wir genießen jedes bisschen davon später, aber ich glaube, wir sollten hier raus, so lange wir können, falls dieser Sturm noch zu Runde drei zurückkehrt." Sie teilten sich ihre Aufgaben. Brooke setzte die Dinge wieder zusammen und räumte im Bunker auf, während Mack sich nach draußen begab, um zu sehen, ob der Truck ansprang.

„Es bringt nichts, wenn wir beide durch den Schnee waten, falls wir ihn nicht zum Laufen bringen. Und ich habe zwar Batterien und Überbrückungskabel gesehen, aber ich werde sie nicht rausräumen, wenn ich sie nicht brauche."

Brooke beschloss, die Bettlaken und Tücher mitzunehmen, die man waschen musste, damit sie nicht noch mehr Arbeit für die Yoders hinterließen. Außerdem hatten sie eine Liste von allem angefertigt, was sie verbraucht hatten, als Mack es also zurück zur Scheune schaffte, hatte sie beide Taschen randvoll gepackt und wartete.

Die Enttäuschung auf seinem Gesicht machte klar, dass sie mit den Schwierigkeiten noch nicht durch waren.

„Der Truck springt nicht an?"

Er schüttelte den Kopf. „Komm mit mir. Ich bringe die Batterien, wenn du die Kabel trägst. Du kennst da vielleicht ein paar andere Tricks, um ihn zu starten. Zumindest gibt es jetzt einen Weg für uns, auf dem wir gehen können."

Sie schloss sich ihm draußen an, das Sonnenlicht erhellte den Himmel und glitzerte auf den Millionen kristalliner Schneeflocken. Die Luft war entsetzlich kalt, spürbar hinten in ihrer Kehle.

Brooke konnte ein Lächeln nicht unterdrücken, als sie die Batterie dranhängte und den Truck immer noch nicht zum Laufen bringen konnte.

„Warum grinst du?" Mack beugte sich über die offene Motorhaube des Trucks, seine Augen blitzten vor ihr, tief darin stand ein Lachen.

Sie berührte mit ihrer Nase seine. „Weil ich bei dir bin. Weil ich glücklich bin."

„Du sitzt auch mit ihr fest", erklärte er.

„Nimm die Batterie mit. Ich habe noch eine Idee." Er folgte ihr zurück zur Scheune. Sie hatte da seit einiger Zeit was ausgebrütet, und mit seiner Hilfe räumte sie einen Weg rund um den alten John-Deere-Pflug frei.

Mack beobachtete, wie sie den Motorraum öffnete und in die Hocke ging, um es sich genau anzusehen. „Du nimmst mich doch auf den Arm. Du glaubst, das Ding funktioniert noch?"

„Das finden wir bald raus. Er ist alt, aber diese Dinger wurden gebaut, um lang zu halten, und das meine ich nicht als Werbespruch der Firma."

Sie fand den Hauptschalter und legte ihn um, bevor sie die Überbrückungskabel anschloss. „Wir müssen Benzin einfüllen, und ich brauche Arbeitshandschuhe. Das Modell hat einen offenen Vergaser mit Direktzugang zum Motor, also muss ich das Ende abdecken, damit genug Vakuum entsteht, sodass der Motor anspringt."

Sie wühlten beide herum, bis sie einen Benzinkanister fanden, in den sie etwas lila Traktorenkraftstoff für den Motor abfüllen konnten. Mack war derjenige, der ein paar abgetragene Lederhandschuhe in einer Schublade bei der Werkbank fand.

Sie zog sie an und zwinkerte ihm zu. „Drück mir die Daumen."

Brooke öffnete die Benzinleitung, dann legte sie die geschützte Hand auf das Ende des Vergasers. Sie wackelte am Starterkabel, hörte sich das Geräusch an, wie der Motor sich drehte, anfangs harsch, bevor er auf das geschmeidige Tuckern eines alten Zweitakters verfiel.

Sie stand auf, erfreut über ihren Erfolg, und stellte fest, dass sie hochgehoben und in einer glücklichen Umarmung herumgewirbelt wurde.

„Du bist genial", sagte Mack zu ihr. „Was bedeutet, dass es Zeit wird, dass wir uns herrichten. Diese Fahrt könnte eine Weile dauern."

Nicht mal annähernd so lang, wie er dachte. Sie half ihm,

ihre Sachen zusammenzusuchen, und befestigte sie auf dem Traktor, damit sie nicht im Weg waren oder herunterfallen konnten.

Das Scheunentor bekamen sie mit etwas Arbeit auf – Gott sei es gedankt für Schiebetüren, die sich öffneten, wenn auch fast kein Platz war. Dann hatten sie den Traktor draußen, wo er im Leerlauf lief, während Mack hochstieg, um sich ihr anzuschließen.

Er deutete auf den Highway. „Abenteuer ahoi."

Sie nahm sich sein Handgelenk und änderte den Winkel seines Arms, die Finger deuteten jetzt auf die schneebedeckten Felder, die sich in Wogen hoben und senkten, bis zu den kaum sichtbaren Kirchtürmen am Rande von Heart Falls.

„Da entlang, Cap."

Er schwang sich weit genug herum, um ihr fest in die Augen zu schauen, als würde er herausfinden wollen, ob sie Witze machte. „Da entlang gibt es eine Menge Schnee, Baby, aber wenn du glaubst, dass wir es schaffen ..."

„Luftlinie schaffen wir es auf jeden Fall. Und mit so viel Schnee gibt es keinen Zaun zwischen hier und dem Stadtrand, der uns aufhalten wird. Es wird trotzdem eine Weile dauern, aber wir haben genug Benzin, und es ist ein schöner Tag zum Fahren", sagte sie erheitert.

Seine starken Arme legten sich um sie, während er sich hinten einrichtete und sie die Kontrolle über das Lenkrad und die Pedale übernehmen ließ. „Fahr uns nach Hause", befahl er.

Mack drückte sie fest, als sie den Gang im Traktor einlegte, und der alte Raupenantrieb eine stetige elliptische Bewegung begann, um sie über die Massen aus frischem Schnee nach vorne zu tragen.

Um sie für Weihnachten nach Hause zu bringen.

15

———

Bis sie am Stadtrand ankamen, taten Mack schon die Wangen weh, weil er so viel grinste. Am heutigen Festtag hatten sich die Menschen allmählich herausgetraut, und sie alle waren stehen geblieben, um zuzuschauen, während Brooke den alten Traktor im höchsten Gang – was nicht schneller war als ein schnelles Gehen – über Heart Falls' Hauptstraße zur Werkstatt fuhr.

Das langsame Pulsieren des alten Motors schlug einen stetigen Rhythmus an, wie ein kleiner Trommler, und Mack hielt es für eines der magischsten Geräusche der ganzen Welt.

„Ich muss vielleicht rausfinden, ob die Yoders ihn verkaufen würden." Brooke senkte die Pflugschaufel und schob einen wunderbaren Weg auf dem Parkplatz frei, bevor sie das Biest abstellte.

Sie mussten nicht mal reingehen, um zu wissen, dass Gary nicht zu Hause war. Brooke deutete auf die leere Stelle, wo ihr Dad normalerweise die Fahrzeuge parkte, ein Stirnrunzeln legte sich auf die Züge, als sie zu den Reifenspuren hin wies, die noch im Schnee sichtbar waren. „Glaubst du, er ist uns suchen gegangen?"

Mack hatte sein Handy rausgezogen und schaute auf seine Nachrichten. „Ich bekomme noch immer keinen Empfang, was immer also ausgefallen ist, ist heftig ausgefallen."

Brooke schob die Außentür auf, schaute aber rasch auf ihr Handy, bevor sie zustimmend nickte. „Ich nehme einen anderen Server, und meiner ist auch nicht verfügbar." Mit beiden Händen auf dem Geländer nahm sie zwei Stufen auf einmal. „Dad. Bist du da?"

Mack folgte ihr rechtzeitig hinauf, um zu sehen, wie sie einen Zettel nahm, der auf dem Tisch lag.

Sie las laut vor. *„Ich denke, ihr beiden werdet irgendwann heute zurückkommen. Ich bin drüben in der Seniorenresidenz und helfe aus. Wenn ihr das nicht kriegt, spüre ich euch später auf. Du läufst mal besser nicht schon wieder von zu Hause weg, Brooke."*

Sie schauten einander an, dann brach sie in Gelächter aus.

Brooke schüttelte den Kopf, dann wischte sie sich Tränen aus den Augen. „Gut zu wissen, dass er nicht hier rumsaß und sich Riesensorgen gemacht hat."

„Wann bist du denn von zu Hause weggelaufen?", fragte Mack.

„Da war ich fünf. Es war Schlafenszeit, und Oma hatte mein Spiel-Werkzeugset weggeräumt, also habe ich beschlossen, dass ich in der Werkstatt wohnen würde, wo ich alle Hammer und Schraubenschlüssel haben könnte, die ich wollte." Sie deutete auf ihr Zimmer. „Duschen wir schnell und ziehen uns um, damit wir diesen Dieselgeruch loskriegen, bevor wir zur Residenz fahren."

Diesmal wurde nicht rumgeknutscht, nur rasch gesäubert und neue Kleider angezogen, die Mack sich aus seiner Reisetasche holte. Sie waren in Brookes Truck und fuhren schleunigst zur Seniorenresidenz, schlossen sich dort den anderen Fahrzeugen an, die an der Straße parkten.

Der Schmuck auf dem Dach war unter dem frischen Schnee kaum sichtbar, der in den letzten zwei Tagen gefallen war.

Drinnen roch es nach Weihnachten.

Weihnachtslieder kamen über das Sound-System, und es war kurz nach dem Mittagessen, sodass ein köstlicher Duft in der Luft hing. Brooke verschränkte die Finger in denen von Mack, und sie gingen zusammen den Gang entlang, dorthin, wo er sich im letzten Monat ein paar Mal ganz hinterrücks mit Geraldine getroffen hatte.

Der Hauptraum war mit kleinen Menschengruppen gefüllt, manche um die Tische versammelt, manche mit Stühlen, die dicht an Rollstühle gezogen waren, um eigene kleine Gruppen zu bilden.

Gary Silver saß am Tisch bei Geraldine und Floyd. Yvette kam in Sicht, ein Tablett voller Teetassen in der Hand.

Ihre Augen leuchteten, als sie sie sah. „Ihr seid zurück."

Garys lockere, entspannte Art verschwand, als er hochschoss und herübergelaufen kam, um Brooke in eine riesige Umarmung zu nehmen. Ohne etwas zu sagen, drehte er sich um und nahm Mack ebenso stark in die Arme, schlug ihm auf die Schulter, bevor er zurücktrat.

Gary wandte seine Aufmerksamkeit Brooke zu. „Du hättest mir einfach sagen können, dass dir an Weihnachten nicht nach Kochen ist."

Sie verdrehte übertrieben die Augen, bevor sie grinste. „Es war viel einfacher, sich von einem Schneesturm in die Falle locken zu lassen, als sich dem Zorn der Weihnachtsfeen zu stellen, weil ich den Truthahn zerstört habe."

Ihr Vater legte einen Arm um ihre Schultern und drehte sie

zu Geraldine und Floyd. „Meine Kinder sind sicher zurück, also schätze ich, die Feier kann losgehen."

Mack hielt kurz inne, weil er nicht sicher war, ob er den Mann richtig verstanden hatte, aber er folgte den anderen an den Tisch und ließ sich an Brookes Seite nieder. Yvette brachte zwei weitere Tassen, und sie ließen eine riesige Teekanne herumgehen, und einen Teller, auf dem sowohl Dörrobst- als auch Butterplätzchen waren.

Floyd nahm eins und beäugte es, roch vorsichtig dran, bevor er mit der Schulter zuckte. „Sieht gut aus, aber nicht so gut wie meine Plätzchen."

Gary senkte die Stimme etwas und beugte sich dichter an Mack. „Ich dachte mir, ihr beiden seid zusammen, also wäre schon alles okay. Gibt es was, was ich wissen muss?"

Er wollte Gary nichts von der Unterkunft erzählen, bis er die Gelegenheit gehabt hatte, sich bei den Yoders zu melden. Und er würde nicht die Katze aus dem Sack lassen, dass er ihr einen Antrag gemacht hatte, denn er dachte, Brooke würde das gerne verkünden.

Aber es gab eines, was Mack mitteilen konnte. „Deine Tochter hat einen klassischen John-Deere-Schneepflug kurzgeschlossen, damit wir fliehen konnten. Sie spricht davon, ihn zu kaufen."

Garys Miene zuckte kaum, und sein Mangel an Reaktion brachte Mack zu der Frage, wie viel Schabernack Brooke eigentlich anstellen konnte, wenn sie sich bemühte.

Dann nickte ihr Vater. „Es freut mich, dass es euch Jungen gut geht."

Auf der anderen Tischseite hatte Brooke ein großes iPad rausgeholt, wo sie das Weihnachtslied vorgemerkt hatte. Sie stellte es auf dem Tisch vor Geraldine und Floyd auf, winkte ihren Vater näher heran. „Viel ist es nicht, aber ich habe versucht, ein paar alte Erinnerungen aufzustöbern, und das hier gefunden. Ich hoffe, es gefällt euch."

Sie drückte auf Play, und der leise Klang einer singenden Frau war zu hören. Mack hatte das Video oft genug gesehen, um ein paar Worte zu erkennen, aber zum Großteil war es die verblüffende Reinheit der Stimme der Sängerin, die die Schönheit und tiefen Gefühle der Weihnachtszeit übertrug. Es kam der Perfektion näher als alles, was er je gehört hatte.

Bis das nächste Wunder passierte.

Geraldine begann mitzusingen, ihre Stimme tief genug, um eine Begleitung für das Original zu sein. Mack schaute über den Tischen hinweg Brooke in die Augen. Sie holte tief Luft, Glück strömte auf ihr Gesicht.

Floyd blinzelte ein paar Mal. Dann schloss er sich ohne weitere Vorbereitung an.

Wenn die Solistin schon perfekt war, und Geraldines Stimme noch etwas darüber hinaus, verlegte Floyds Gesang die Erfahrung auf etwas, das kurz vor himmlisch stand. Der Mann schloss die Augen, wiegte sich sanft in seinem Rollstuhl, während er sang. Seine Stimme war kristallklar, und jedes Wort facettiert und scharf wie ein Edelstein. Kein Zögern, keine Probleme beim Erinnern – er ging das ganze Lied zuversichtlich und sicher durch.

Gary und die anderen im Raum hatten sich auch angeschlossen. Leiser, eher als Backgroundsänger, während Brooke erstaunt zusah, was ihr kleines Geschenk ausgelöst hatte.

Mack saß still da und saugte die Freude in sich auf.

An der Seite sang Gary immer noch, wischte sich verstohlen Tränen weg. Er versuchte, es hinterrücks zu machen, wie es viele Männer taten, und als er sich von der Menge abwandte, fiel sein Blick auf Brooke, die schamlos ein Taschentuch nutzte, um sich das Gesicht abzuwischen.

Die Lichter funkelten kurz auf dem Ring, den Mack ihr geschenkt hatte, und der inzwischen sicher auf ihrem vierten Finger saß.

Gary wurde reglos. Richtete sich auf.

Er drehte sich sofort und fing Macks Blick auf, seine Miene war nicht zu deuten.

Als die Musik nachließ, war eine Menge glücklicher Leute im Raum.

Sobald man sich fertig umarmt hatte, deutete Gary auf Brooke und Mack. „Ich muss mit euch beiden reden. Irgendwo, wo wir unter uns sind."

Brooke kam bereitwillig mit, aber einen stillen Platz zu suchen, war schwieriger, als Mack es sich vorgestellt hatte. Schließlich hatten sie sich in eine Nische zurückgezogen, das Fenster nach draußen rahmte eine kleine Kiefer ein, an der winzige rote Kugeln hingen.

„Was ist los?", flüsterte Brooke, doch Mack schüttelte den Kopf und zog sie an seine Seite, drehte sich um, um sich ihrem Vater zu stellen.

Der Mann wirkte elend und glücklich gleichzeitig, falls so etwas überhaupt möglich war. Gary fuhr sich mit der Hand durch die Haare.

Er schaute zu Brooke, und dann zurück zu Mack, dann schüttelte er langsam den Kopf. „Man möchte meinen, in diesem Stadium des Lebens hätte ich dieses Ding, ein Vater zu sein, schon raus, aber es sieht aus, als hätte ich es wieder vermasselt. Mit guten Absichten, das schon, aber trotzdem."

Brooke runzelte die Stirn. „Was hast du denn getan?"

„Zu lang gewartet, um euch was zu sagen." Gary schaute Brooke in die Augen. „Ich bin stolz auf dich. Du hast im Lauf der Jahre schwer gearbeitet, und ich weiß zu schätzen, was du getan hast, um den Laden zum Erfolg zu machen, und alles, was du getan hast, um mir das Leben zu erleichtern. Du bist keine schlechte Mitbewohnerin, aber du hast mehr verdient. Besonders, sobald offensichtlich wurde, dass du es mit dem da ernst meinst."

Er wies mit dem Daumen auf Mack.

Mack hielt den Mund, fragte sich aber, weshalb Gary sich immer noch weigerte, seinen Namen auszusprechen.

Gary fuhr fort. „Ihr beiden heiratet, ja?"

Die Wärme von Brookes Lächeln erleuchtete den ganzen Alkoven. Sie streckte die Hand vor, damit ihr Dad es sehen konnte. „Wir sind ganz aufgeregt."

„Ich gratuliere." Er hielt inne und wechselte komplett das Thema. „Wisst ihr schon, wo ihr wohnen werdet?"

„Wir dachten, darum kümmern wir uns nach den Feiertagen", erklärte ihm Mack. „Aber es wird hier in Heart Falls sein. Wir bleiben in der Nähe."

Gary schien schwer zu schlucken, und plötzlich fand Mack es auch nicht mehr so leicht.

Es war eindeutig, wie sehr Gary Silver seine Tochter liebte. Als Gary Brookes freie Hand in seine nahm und sie fest drückte, gab es nicht viel, was Mack in diesem Augenblick nicht getan hätte, um sie beide glücklich zu machen.

„Was, wenn ich euch sagen würde, dass ich ein Haus für euch habe?" Gary grinste ein wenig über Brookes Keuchen. „Darum möchte ich mich ja treten, denn ich hätte das schon eher sagen sollen. Wir haben das Haus in der Elm Street schon jahrelang vermietet. Als ich sah, dass es mit euch beiden ernst wird, habe ich sichergestellt, dass die Mieter wissen, dass sie raus müssen, wenn ihr Vertrag ausläuft. Leider ist das erst Ende Dezember."

Brooke war sprachlos.

Mack auch beinahe, aber irgendwie schaffte er es, eine Frage rauszupressen. „Du hast ein Haus für uns?"

„Das Haus, in dem wir mit Oma und Opa gelebt haben. Es

ist nichts Schickes, aber es hat ein gutes Grundgerüst, und es ist groß genug, dass ihr ein paar Jahre drin wohnen könnt."

Brooke packte Mack am Arm. Er schaute auf sie hinab. Sah die Liebe in ihren Augen und die Freude, die direkt aus ihrer Seele leuchtete.

„Was meinst du?", fragte er.

~

Was meinte sie?

Die Achterbahnfahrt dieses Tages ließ Brooke nicht viel Raum zum Atmen, und ihr Kopf war so voller unerwarteter Glücksgefühle, dass sie dankbar für Macks Arm war, der ihr etwas gab, an dem sie sich stützen konnte.

Sie schaute zwischen ihnen hin und her – dem Vater, der sie so viele Jahre ganz allein aufgezogen und sich um sie gekümmert hatte, und dem robusten Soldaten, der vor einem Jahr in ihr Leben getreten war und es mit allem angefüllt hatte, was ihr gefehlt hatte.

„Ich halte das für krass und absolut perfekt. Und ich glaube, Dad, du musst wissen, dass du der Beste bist, und an deinem Timing ist absolut gar nichts falsch." Sie schaute Mack tief in die braunen Augen. „Vorher waren wir noch nicht bereit, aber jetzt sind wir es. Wir sind bereit für den nächsten Schritt."

Sie drehte sich wieder zu ihrem Vater, und er grinste die beiden an, als hätte er etwas damit zu tun, sie zusammenzubringen.

„Vielen Dank", sagte Mack, der die Hand ausstreckte.

„Gern geschehen." Gary nahm seinen Handschlag entgegen, und Brookes Umarmung, dann neigte er den Kopf zum Gemeinschaftsraum. „Ich gehe mal besser zurück, bevor Floyd noch eine Suchmission losschickt."

Zurück im Hauptraum war die Atmosphäre noch etwas quirliger geworden. Alle Bewohner, die an diesem Tag da waren, hatten sich versammelt. Bunte Päckchen wurden durch das Zimmer getragen, und als Brooke sich neben Geraldine setzte, war sie überrascht, in ihren Händen ein festlich eingepacktes Geschenk zu finden.

Brooke versteifte sich vor Überraschung. „Oh. Ich wusste nicht, dass wir uns was schenken."

Geraldine winkte ab. „Du hast das Lied für mich und Floyd mitgebracht. Das ist ein ordentlich großes Geschenk." Sie wackelte aufgeregt mit den Fingern. „Mach es auf. Mach es auf."

Brooke tat wie geheißen, schnitt vorsichtig das Band auf und schlug das abgewetzte Geschenkpapier um, damit man es wiederverwenden konnte.

In der Schachtel war eine vertraute blaue Emailletasse. „Die habe ich schon mal gesehen", sagte Brooke unsicher. „Ich glaube, ich weiß noch ...""

„Sharon sagte immer, das wäre ihre Lieblingstasse. Es war die einzige, die sie beim Kochen benutzte."

Wieder kamen Erinnerungen auf. Die hübsche blaue Tasse in Brookes Händen war die gleiche, die sie im Lauf der Jahre unzählige Male gesehen hatte, wenn ihre Großmutter gekocht hatte. Eine Erkenntnis ergriff sie, und sie hob die Tasse triumphierend zu Mack.

Sie schrie die Worte mehr oder weniger: *„Weihnachtsplätzchen."*

Mack hatte keine Ahnung, wovon sie sprach, grinste aber. „Okay?"

Brooke war es egal, ob sie wirr klang. Sie wandte sich an Geraldine und umarmte sie fest. „Vielen Dank, das ist wunderbar."

Es wurde weiter geschenkt. An manchen Stellen im

Raum flog das Geschenkpapier weg, als wären Zweijährige am Werk, aber zum Großteil waren es Lächeln und Gelächter, die in der nächsten Zeit das Geschehen bestimmten.

Dann schaute Mack Geraldine bedeutsam an, bevor er ein seltsam geformtes Päckchen hob und es Brookes Dad reichte. „Frohe Weihnachten. Es ist selbst gebastelt, wie Brooke mich angewiesen hat. Vielleicht bedeutet das, es ist ein wenig unausgegoren, aber ich hoffe, dir gefällt es."

Mit Neugier auf dem Gesicht öffnete Gary rasch das Päckchen. Absoluter Schock trat auf seine Züge, als er ein Paar Pantoffeln herausholte, die mit denen identisch waren, die ihre Großmutter im Lauf der Jahre so häufig gestrickt hatte. Abwechselnd in beigen und braunen Farben, waren sie nicht ganz so perfekt wie die von Oma, aber es waren auf jeden Fall Pantoffeln, und man konnte sie tragen.

Direkt hier an Ort und Stelle zog Gary seine Schuhe aus und die Pantoffeln an. Er stand auf und stapfte ein bisschen herum, sein Grinsen wurde größer. Dann ging er an Macks Seite, zog ihn hoch und umarmte ihn fest. „Vielen Dank, mein Sohn."

Brooke hatte in diesem Augenblick perfekt Sicht auf Macks Gesicht. Die reine Freude, die sie dort gespiegelt sah, leuchtete so hell wie jeder Stern.

Ein paar Stunden später entkamen sie den Spielen und dem Gelächter, und die drei kehrten in die Wohnung über der Werkstatt zurück.

Als allererstes zerrte Brooke die Zutaten heraus, um Plätzchen zu backen. „Deshalb ist das Rezept nichts geworden. Wir haben nicht die richtige Tasse benutzt."

„Ernsthaft? Du bäckst jetzt Plätzchen?", fragte Mack mit einem Lachen.

„Wenn du hilfst, damit ich sie nicht anbrennen lasse. Ich

weiß ganz sicher, dass die blaue Tasse die fehlende Zutat ist, um perfekte Weihnachtsleckerbissen zu machen."

Mack schüttelte den Kopf, doch er schloss sich ihr an der Arbeitsfläche an und begann, die inzwischen vertrauten Zutaten zusammenzusuchen, nur dass sie diesmal die magische blaue Tasse nutzten, um jede davon abzuwiegen.

Sobald das Plätzchenblech sicher im Ofen war, ließ sich Brooke neben Mack auf dem Sofa nieder. Sein Arm lag um ihre Schulter, und seine Finger spielten mit ihren Haaren. „Ich habe Neuigkeiten von Brad. Ich bin nun von morgen Vormittag an die nächsten vier Tage lang auf Schicht, aber danach habe ich frei. Dann können wir Pläne machen, okay?"

Sie nickte. „Bleibst du heute Nacht bei mir?"

„Keine zehn Pferde könnten mich da wegbringen." Er schmiegte sich mit der Nase hinter ihr Ohr, und sie bekam eine Gänsehaut. „Außerdem hat dein Dad gesagt, dass er vorhat, die Nacht draußen bei Ashton zu verbringen, was bedeutet, keiner von uns muss sich mit dem peinlichen Morgen danach am Frühstückstisch herumschlagen."

„Davon musst du mal wegkommen, das ist dir schon klar", scherzte sie.

„Früher oder später. Vielleicht, sobald wir mal verheiratet sind."

„Wie altmodisch."

„Nur ein bisschen", erklärte er. „Ich habe kein Problem damit, so oft wie möglich in deinem Bett zu sein. Ich will nur nicht, dass er das weiß."

Sie lachte leise, als ihr Dad ins Zimmer kam und sich mit einem zufriedenen Seufzen auf seinem Sessel niederließ. Er hob die Füße auf den Fußschemel, wackelte mit den Zehen, dann grinste er Mack an. „Das ist das, was ich wollte. Ein perfektes altmodisches Fest."

Brooke erstarrte. Der Geruch von würzigen Plätzchen wehte aus der Küche herein, und sie hatten ein paar Dinge von ihrer perfekten Weihnachtsliste geschafft, aber so viel war gescheitert.

„Wie kannst du denn das sagen?" Sie richtete die Frage an ihren Vater. „Es gab kein Essen mit Truthahn, der Schmuck ist drüben am Haus von anderen, und wir warten immer noch auf den Nachtisch – falls er essbar ist. Wie soll das denn ein perfektes altmodisches Weihnachtsfest sein?"

Er schnaubte. „Das ist doch alles nur Deko. Ich meine, ich genieße sie sehr, aber perfekt wird es doch durch die Familie, mit der man es teilen kann." Ihr Vater schaute Mack an, Anerkennung lag in seinem Blick. „Du kümmerst dich weiter so um sie, wie du das im letzten Jahr getan hast, und ich weiß, dass sie in Zukunft glücklich sein wird, ganz gleich, was kommt."

Macks Arm spannte sich um sie an, zog sie dichter heran. „Das habe ich vor, Sir."

„Mehr kann man sich als Mann nicht wünschen." Er schaute Brooke verlegen an, bevor er sich wieder an Mack richtete. „Den Großteil des letzten Jahres habe ich mich immer in der letzten Sekunde zurückgehalten, bevor ich dich meinen Sohn genannt habe. Brooke dachte wohl, dass ich deinen Namen vergessen habe, aber es war leichter, dich nicht irgendwie zu nennen, als mir Hoffnungen zu machen. Ich wollte keinen von euch soweit verängstigten, dass ihr keine Zeit mehr zusammen verbringt. Es ist irgendwie schön, sich mal nur entspannen zu können und es zu sagen. Zu wissen, dass du auch hierbleibst."

Gary öffnete seine Zeitschrift und fuhr damit fort, sie zu ignorieren.

Brooke fühlte sich wie benebelt. Sie drehte sich weit genug, um Mack in die Augen zu schauen. Er hatte eine äußerst zufriedene Miene auf, die auch nicht so bald wieder verschwinden würde.

Als sie an diesem Abend dann in ihrem Bett lagen, in der stillen Wohnung, lächelte er immer noch bis über beide Ohren.

Sein Lächeln wurde noch größer, als er sich aufrichtete, um sich ein weiteres Plätzchen von dem Tablett neben dem Seitentisch zu schnappen.

„Deine Plätzchen mit der blauen Tasse sind genauso gut, wie du es schon angekündigt hattest", sagte Mack zwischen zwei Bissen zu ihr. „Süß und würzig und genauso, wie Weihnachten schmecken sollte. Ich habe ein Dutzend davon versteckt, bevor dein Dad eine Tüte gepackt hat, um sie zu Ashton mitzunehmen."

„Dad hat auch die Pantoffeln eingepackt, die du ihm gemacht hast, und sie mitgenommen." Sie fuhr mit den Fingern über Macks Brust, streichelte die weiche Haut über den festen Muskeln. „Ich glaube, du solltest in deiner Freizeit mit dem Stricken anfangen, nur, damit er weiter einen Vorrat hat."

„Das wird es wert sein", versprach Mack. „Ich muss zugeben, irgendwie kommen mir jedes Mal wieder die Tränen, wenn er mich Sohn nennt."

Ihr ging es genauso. „Du bist nett zu ihm. Und du bist fantastisch zu mir. Danke für das Foto."

Sie schaute auf die Kommode neben ihrem Bett, wo sie das gerahmte Bild von ihnen beiden aufgestellt hatte. Es war ein Selfie, das sie bei einer Wanderung hoch in den Bergen aufgenommen hatten. Sie hatten sich einen Spaß gemacht und alberne Bilder aufgenommen, aber dann hatte sie ein ernstes Paarfoto gewollt. Er hatte ein paar geschossen, auf denen sie beide angeblich in sein Handy geschaut hatten.

Das Bild, das er vergrößert hatte, hatte einen Moment erwischt, in dem sie direkt in die Kamera sah, die Wildnis überall um sie herum, und Mack …

Seine ganze Aufmerksamkeit lag auf ihr. Und obwohl er an diesem lang vergangenen Tag die Worte noch nicht gesagt hatte, drückte seine Miene eindeutig aus, was in seinem Herzen war.

„Ich liebe dich." Das tiefe Grollen seiner Stimme holte sie zurück, um ihn anzuschauen.

„Ich liebe dich auch. Offensichtlich, denn ich lasse dich in meinem Bett Plätzchen essen."

Mack lachte, während er sie an der Hand erwischte. Er drückte ihr einen Kuss auf die Handfläche, dann einen zweiten dorthin, wo sein Ring war. Brooke kam zurück neben ihn, nahm seine Umarmung und seine Streicheleinheiten an, genoss seine komplette Aufmerksamkeit, während er sie wieder zusammenführte.

Als sie fertig waren, mit verschlungenen Gliedern und zufriedenen Körpern, legte sie ihm den Kopf auf die Brust und seufzte.

„Ich schätze, es gibt nichts Altmodischeres an Weihnachten als die Liebe."

Mack strich mit den Fingern durch ihre Haare und grollte zustimmend. „Es ist alles, was ich mir gewünscht habe."

EPILOG

Früher Dezember, ein Jahr später ...

Es gab keinen Grund, weshalb Ryan Zhao an diesem Abend gehen musste, bis auf seine Rastlosigkeit, die entschieden zurückgekehrt war, um seine Gedanken in einen Wirbel aus Zorn und Trauer zu ziehen. Schlaf stand gar nicht zur Debatte, und da Talia eine fröhliche Übernachtungsparty bei ihren Freundinnen genoss, musste er nicht zu Hause bleiben.

Wie üblich führten ihn seine Wege auf den Friedhof vor Heart Falls. Seine Frau lag dort nicht begraben, sondern an einem anderen stillen, kalten Ort weit weg. Doch das vertraute Gefühl dieses Orts der Erinnerung reichte aus, um beide Orte in seinem Herzen zu verbinden. Er konnte Justinas Ruhestätte nicht besuchen, aber sie war trotzdem irgendwie da.

Und die Lichter waren da. Die kleinen Lichter in den Bäumen, die an winzigen S-Haken hingen, alle in der Gegend verstreut, um ein fantasievolles Element zu einer ansonsten praktischen und ernsten Umgebung hinzuzufügen. Sie waren alle solarbetrieben, und in dieser Wintersaison hatte es so wenig Schnee gegeben, dass die schwarzen Paneele oben dem kurzen Sonnenlicht des Tages ausgesetzt waren. Mit geladenen Batterien leuchteten die Lichter hell, obwohl das nicht die ganze Nacht so gehen würde, wie es im Sommer der Fall war.

Ryan ging um den Friedhof herum, seine Stiefel kratzten auf dem guten Zentimeter Schnee über dem zähen Präriegras vor dem schwarzen, schmiedeeisernen Zaun. Er nahm hin und wieder mal etwas Müll mit, den der Wind herangetragen hatte und der sich im Metallgitter verfangen hatte, und steckte sich den Abfall in die Tasche.

Wie so oft war dieser Friedhof eine Mischung aus alt und neu. Auf hohen Markierungssteinen standen ältere Daten, mit verblichenen Blumen in Halterungen am schwarzen Granit, der sich vor der dünnen Schicht aus Weiß erhob. In der dritten Reihe war jemand aus der Gemeinde, der kürzlich begraben worden war, der Erdhügel über dem Grab erhob sich höher als die Wege und das Gras drumherum.

Feierlich. Wartend.

Friedlich, sodass Ryan tief Luft holte und sie langsam ausstieß.

„Ich vermisse dich, meine Süße", gab er zu. „So sehr. Aber es fühlt sich an, als ..."

Der Wind, der stets präsente und offensichtlich entschlossene Wind, kam in diesem Augenblick auf. Er hob seine Haare an, als würden ihm geisterhafte Finger durch streichen, um ihn zu liebkosen. Eiskalt, aber erfrischend, und seine Wangen fühlten sich an, als hätte sie die Berührung des Winters geküsst.

Es fühlt sich an, als wäre ich bereit, wieder zu lieben.

Ryan hatte nicht erwartet, dass diese Beichte so eindeutig kam, nicht mal vor sich selbst. Aber es stimmte. Oder vielleicht war es nicht die Liebe, für die er bereit war, sondern Justina war acht Jahre lang weg. Er vermisste ihr Lachen und ihren Streit. Er vermisste, sie über die Dinge reden zu hören, für die sie so schwer gearbeitet hatte, weil sie ihr wichtig gewesen waren.

Er vermisste Gesellschaft. Erwachsene Gesellschaft, und ganz gleich, wie viel er am Abend mit den Jungs unternahm oder sich mit Freunden traf, Talia im Schlepptau, das konnte diese Bedürfnisse nicht befriedigen.

Er wollte eine Partnerin, mit der er über alltägliche Pläne reden konnte. Mit der er vor dem Feuer sitzen konnte, während sie lasen. Eine Frau, die er des Nachts halten konnte. Und ja, wenn er schon im Geiste alles beichtete, wollte er auch jemanden, mit dem er wieder körperliches Vergnügen genießen konnte.

„Es ist Zeit", sagte er zu Justina, bot seine Worte dem Himmel dar. „Es wirkt falsch, und doch fühlt es sich genau richtig an."

Noch ein Windstoß.

Er lachte, stellte den Kragen auf, dann richtete er eines der glitzernden Lichter wieder auf, die umgefallen waren. „Es wird allerdings schwer werden, in Heart Falls jemanden zu treffen. Ich werde vielleicht um Hilfe bitten. Aber der Himmel hilf, vor meinen Eltern werde ich das auf gar keinen Fall erwähnen. Sie werden mich verkuppeln, bevor ich fertig gesagt habe: *Ich bin bereit, wieder auf Dates zu gehen.*"

Die Temperatur fiel weiter, und Ryan ging langsam zurück zu seinem Truck. Er freute sich, dass seine rastlosen Beine ihn hier herausgebracht hatten. Es hatte sich richtig angefühlt, hier zu sein. Tatsächlich die Worte auszusprechen, die in den letzten Monaten in seinem Herzen gewesen waren.

Es war Zeit, diesen Teil des Lebens wieder zu leben.

Der Motor gab ein hustendes Geräusch von sich, bevor er

ansprang, und er merkte sich im Geiste vor, einen Termin zu vereinbaren, um das so rasch wie möglich prüfen zu lassen.

Seine Freunde – vielleicht hatte die Tatsache, dass er sie so verliebt sah, ihn letztlich zu der Erkenntnis geführt, dass Ryan mehr brauchte. Nun, fast ein Jahr, nachdem er Mack geneckt hatte, dass es mal Zeit wurde, die Dinge in festere Bahnen zu lenken, war klar, dass Brooke und Mack für die Ewigkeit waren.

Bevor Mack anfangen konnte, nachzubohren, wann Ryan endlich weiterziehen würde, würde er es tun.

Die Abbiegung vom Friedhof zur Nebenstraße des Highways war rutschig vom Eis, und sogar mit Winterreifen hatte Ryan alle Mühe, auf der Straße zu bleiben. Er wurde langsam, folgte vorsichtig der gewundenen Straße rund um Heart Falls zu dem kleinen Haus, das er im halbstädtischen Außenbezirk besaß.

Leichter Schnee rieselte herab, die Flocken schufen einen blendenden Vorhang über der Straße. Ryan richtete das Fernlicht aus, damit er besser durch das seltsame Leuchten kam.

Ein Licht blitzte links von ihm auf, wo es kein Licht geben sollte.

Ryan schaute im Rückspiegel nach, um sicherzustellen, dass niemand hinter ihm war, dann wurde er ganz langsam, fuhr weit genug rüber an die Seite der Straße, damit sein Truck aus dem Weg war. Er schaute zurück über die Schulter, aber nichts schien los zu sein. Keine Lichter. Nichts war passiert.

Es wäre leicht gewesen, weiterzufahren. Den Motor zu starten und nach Hause zu gehen, wo die Wärme wartete. Aber sein Bauchgefühl ließ es nicht zu. Die gleiche Anspannung, die ihn vor so vielen Jahren erfasst hatte, als Justina ganz nebenher erwähnt hatte, dass sie Kopfschmerzen hatte ...

Eine Vorahnung? Etwas im Wind, das seine Aufmerksamkeit erforderte? Ryan betrachtete sich nicht als abergläubisch, aber er glaubte daran, dass es Dinge gab, die man nicht erklären konnte.

Er schaltete seine Warnblinkanlage ein und holte die Notfalltaschenlampe unter dem Sitz hervor.

Der Wind riss ihm die Tür aus den Fingern, und Schnee hämmerte in ihn hinein wie Steine. Entschlossen ging er zurück zu der Stelle, wo er etwas gesehen hatte, der glühende Kreis der Taschenlampe hüpfte über den Boden, damit er gute Tritte fand.

Ein tiefes Summen drang durch den Wind, und Ryan runzelte die Stirn, während er weitereilte, die Straße immer noch dunkel und leer. Es schien, als wäre er der Einzige, der töricht genug war, diesen ziemlich abgelegenen Abschnitt des Highways so spät in einer solchen Winternacht zu nutzen.

Er überquerte die Straße, Adrenalin hämmerte in seinem Körper.

Oder doch nicht der Einzige, der töricht genug war, um herumzufahren – denn Reifenspuren lagen vor ihm, verschwanden die Uferböschung hinab zum Fluss. Ein schwaches rotes Glühen war zwischen den verschneiten Wirbeln sichtbar, dann das Geräusch eines Motors, der abgewürgt wurde, und die Lichter wurden trüber.

Ryan trat vom Seitenstreifen herab und rannte vor, um zu helfen.

~

New York Times-Bestsellerautorin Vivian Arend lädt nach Heart Falls ein. Diese Weihnachtsgeschichten spielen in einem kleinen Städtchen in Alberta, Kanada, das sich in das sanfte Vorgebirge schmiegt. Es ist ein Genuss, dabei zu sein, wie jeder dieser Freunde das ewige Glück findet.

~

Weihnachten in Heart Falls
Ein Feuerwehrmann zu Weihnachten
Ein Soldat zu Weinachten
Ein Held zu Weihnachten
Ein Cowboy zu Weihnachten
Ein Rancher zu Weihnachten

~

Vivian lässt derzeit ihre vielen Serien übersetzen. Bitte besuchen Sie deren Website für alle aktuellen Informationen.
www.vivianarend.com/de

ÜBER DIE AUTORIN

Mit über 3 Millionen verkauften Büchern ist Vivian Arend eine *New York Times-* und *USA Today*-Bestsellerautorin von mehr als 70 zeitgenössischen und paranormalen Liebesromanen.

Ihre Bücher lassen sich alle einzeln lesen und haben keine Cliffhanger. Sie sind witzig, aber auch emotional, es gibt heiße Szenen und glückliche Enden. Für Vivian ist das der beste Job der Welt. Sie lebt in British Columbia, Kanada, zusammen mit ihrem langjährigen Mann – der Inspiration für alle Helden ist und ein bereitwilliger Gefährte auf Abenteuern aller Art.

www.vivianarend.com

www.ingramcontent.com/pod-product-compliance
Lightning Source LLC
Chambersburg PA
CBHW032036310726
48972CB00002B/693